KB025212

김혜자라는 이름을 생각하면 어떤 샘이 떠오른다. 마야 유적지에 갔을 때 가이드가 근처에 유명한 우물이 있는데 가 보겠냐고 했다. 처녀의 샘, 혹은 황금의 샘이라 불린다는 얼핏 보기엔 그저 평범한 연못 같았다. 자세히 보니 물빛이 오묘했다. 그 물빛을 홀린 듯 바라보았다. 검푸르고 무언가 귀중한 것이나 깊은 슬픔이 밑바닥에 가라앉아 있을 듯한 그 물빛에서 그녀를 떠올렸다…… 김혜자.

눈이 예쁜 여배우는 많지만 김혜자만큼 아름다운 눈은 드물다. 예뻐서 아름다운 것만이 아니라 그 눈에는 인간에 대한 짙은 애정, 연민, 배려가 가득 담겨 있다. 40년 전, 「전원일기」를 쓰게 된 신인 작가라고 연출가가 소개한 자리에서 나를 바라보던 김혜자의 눈빛이 잊히지 않는다. 이 드라마는 젊은 사람이 쓰기 힘든 드라마인데, 하며 나를 바라보는 눈에는 염려와 함께 사람에 대한 대접이 담겨 있었다. 이름 없는 작가라고 무시하는 대신, "꼭 잘 써 줘요." 하는 격려와 응원이 담긴 따뜻한 눈빛. 그 응원에 힘입어 열심히 쓸 수 있었다. 고백하자면 나는 김혜자의 다소 심술궂은 광팬이다. 나는 그녀가 맡은 역에 일부러 대사나 지문을 장황하게 쓰지 않았다. 그녀가, 그녀의 눈이 대본을 보고 스스로 만들어 내는 게 보고 싶어서였다.

「겨울 안개」라는 드라마도 함께했었다. 그때도 「전원일기」를 쓰고 있을 때여서 새 작품 쓰는 것이 무리라며 사양했었다. 그런데 주인공이 '김혜자'라는 말을 듣고 밤을 새며 대본을 썼다. '그 깊고 짙은 눈으로 슬픔을 얘기해 본다?' 「겨울 안개」는 내게 잊을 수 없는 작품이다. 시청률이 어떻고 신드롬이 어떻고 하는 것 때문이 아니라 내가 보고 싶어 했던 김혜자의 눈을 통해 세상의 아픔과 아름다움을 실컷 볼 수 있었기에. 대본 쓰는 사람을 행복하게 하는 배우가 김혜자이다.

나는 그녀와 한 약속이 있다. "저하고 한 약속, 잊지 마세요. 마지막 작품은 제가 쓴다고 했었죠?" 그녀의 깊은 우물 속에 두레박을 던져서 푸른 바닷물을, 영롱한 진주를 한가득 건져 올리고 싶다. 그녀의 우물은 아래로 아래로 깊은 지층을 따라 흐르다가 마침내 드넓은 바다와 만나는 그런 신비한 샘이기 때문이다.

— **김정수**(「전원일기」 「엄마의 바다」 작가)

김혜자 선생님을 알게 된 것이 80년대 중반이었으니 40년이 가까워 옵니다. 존경하는 패션 디자이너 이신우 선생님과 김혜자 선생님이 대학 동창인 인연 덕분이었습니다. 너무 예뻐셔서 사진도 찍어 드리고 포트레이트 작업도 했습니다. 그분을 찍는 것 자체가 기쁨이었습니다.

사실 알 듯 모를 듯한 분이지만 제게는 가끔 속마음을 털어놓으셨습니다. 사람들은 김혜자 선생님을 보고 우아한 왕비 같다고 하지만, 그렇게 소탈한 왕비는 어디에도 없습니다.

아프리카에 동행했을 때였습니다. 내전 중인 수단의 국경 지대에서 봉사 활동을 했는데, 어느 천막 안에 들어가니 테이블 위에 커피와 설탕이 놓여 있었습니다. 설탕통을 여니 개미가 가득했습니다. 여자 스태프들뿐 아니라 남자들까지 기겁하고 물러서는데, 김혜자 선생님은 '이게 얼마나 귀한 건데…….' 하시며 손가락으로 개미를 다 훑어 내고는 커피에 설탕을 타서 아무렇지도 않게 마셨습니다.

현지 환경이 열악하다 보니 아이들 위생 상태가 좋을 리 없는데, 선생님은 항상 자기 자식처럼 안고 부비고 입 맞추고 하셨습니다. 아무나 할 수 있는 일이 아니었습니다. 또한 인상적으로 기억에 남는 것은 아프리카에서도 옷을 단정하게 입고 다니시던 모습입니다. 한번은 왜 그러시냐고 물었더니, 그래야 본인도 기분이 좋고 그걸 보는 스태프들도 기분 좋게 일할 수 있지 않겠느냐고 하셨습니다. 수많은 연기를 통해 완벽히 검증된 분이지만, 언제까지나 그 매혹적인 눈빛과 본성을 가까이하고 싶은 바람입니다.

— **조세현**(사진작가)

배우 김혜자에게서 저는 구도자의 모습을 봅니다. 연기라는 화두를 잡고 일생을 살아오신 분. 애초에 삶이라는 것이 드라마임을 알아차린 것인지……. 작품마다 그 배역이 되기 위한 열정과 노력은 구도자의 수행, 그것이었습니다. 연기를 통해 삶의 희로애락을, 그리고 모든 아픔 뒤에 항상 기다리고 있는 희망을 표현하고 싶어 한 진정 아름다운 수행자입니다.

그녀가 세상을 보는 시선은 누구보다 솔직합니다. 꾸밈이 없어 때로는 가차 없기까지 한 솔직함이 오히려 마음을 따뜻하게 만듭니다. 연기로써 세상을 알아 버린 큰 배우. 세상 속 여러 인물을 훌륭하게 살아 낸 배우.

미국 소설가 이디스 워튼이 말한, 빛을 퍼뜨릴 수 있는 두 가지 방법―촛불이 되거나 또는 그것을 비추는 거울이 되는 것. 저는 그녀의 인생이 촛불이고 동시에 그녀의 연기가 거울이었다 생각합니다. 모든 이들을 감동시킬 수 있는, 마치 스며드는 빛처럼, 비교 불가한 김혜자만의 매력과 힘. 함께 작업할 수 있어서 영광이었고, 앞으로 또 같이할 생각에 가슴이 설렙니다.

– **김석윤**(「청담동 살아요」「눈이 부시게」 연출가)

어느 아침, 선생님으로부터 받은 평범하지만 특별한 사진 한 장. 선생님 댁 테라스 풍경이었습니다. 작은 새들이 열심히 무언가를 쪼고 있는 평화로운 사진. 매일 아침 찾아오는 새들에게 쌀을 뿌려 주고 물을 나눠 주며 하루를 시작하시는 선생님. 시선이 닿는 것마다 사랑과 진심이 그렇게 늘 함께합니다.

선생님은 연기와 인생의 선배님이시기도 하지만 꽃과 하늘, 풍경 그리고 강아지 사진을 나누는 친구이기도 합니다. 일상의 소소하지만 사랑스러운 대상을 마주할 때 선생님이 먼저 떠오르는 이유는 그 아름다움을 누구보다 감사하게 바라보는 분이기 때문입니다.

대화 끝에 선생님께서 늘 덧붙이는 인사가 있습니다. "감사뿐이야!" 작은 것 하나도 허투루 여기지 않는 마음가짐 속에 선생님이 세상을 바라보는 시각이 담겨 있는 듯합니다. 그 마음이 티 없이 맑아서 저도 모르게 눈물이 차오를 때가 많습니다. 덕분에 선생님의 존재 자체로 세상이 한결 따뜻해지는 순간들을 경험하곤 합니다.

그런 선생님의 젊은 시절을 연기할 귀한 기회가 있었습니다. 잠시나마 '김혜자'로 살 수 있었던 덕분에 영광스럽게도 선생님께서는 저를 '나의 청춘'이라 불러 주십니다. 드라마 「눈이 부시게」 속 혜자의 바람처럼 선생님과 함께 오로라를 보는 것이 실제 저의 버킷리스트가 되었습니다.

'사랑만이 희망입니다. With Love.' 선생님이 보내시는 메시지처럼 늘 삶의 한가운데 사랑이 숨 쉬는 선생님의 모습을 닮고 싶습니다. 저의 인생에 있어 선생님을 만난 것은 선물입니다.

— 한지민 (배우)

생에 감사해

이 책은 2021~2022년 배우 김혜자와 나눈 긴 시간에 걸친 대면 및 전화 인터뷰, 구술. 누구에게도 고백한 적 없는 평생을 써 온 일기 형식의 글들, 신문 방송 등 여러 매체와의 인터뷰 기사 등을 토대로 편집자가 초고를 만들고, 저자가 다시 기억과 사실을 수정하고 추가하는 방식으로 원고가 완성되었다. 조명 눈부신 드라마와 직사각형의 스크린에서 걸어 나온 인간 김혜자와의 특별한 만남을 기대해 본다.

생에 감사해

김혜자

수오서재

차례

신의 대본에서 우리 모두는 배우

배우를 한다고 했을 때, 다른 사람들은 미쳤다며 모두 반대했지만 아버지(김혜자의 부친 김용택은 미국 노스웨스턴대학에서 학위를 받은 대한민국 2호 경제학박사이며, 미군정 시절 재무부 장관을 지냈다)는 나에게 말씀하셨습니다.

"유명한 배우의 한마디는 어떤 정치인이나 학자 못지않게 영향력이 있다. 찰리 채플린을 봐라. 웃기는 짓을 하는 것 같지만 그 사람이 얼마나 영향력이 있는지 아니? 좋은 배우가 되거라. 좋은 배우가 되면 톨스토이나 셰익스피어처럼 세상에 의미 있는 영향을 줄 수 있다. 그러기 위해서는 공부를 많이 해라. 그리고 책을 많이 읽어라."

내가 태어나기 직전, 아버지는 높은 연단에 서서 많은 군중의 박수를 받는 꿈을 꾸었습니다. 아버지 옆에 놓인 어항 속에 '예쁜 빨간색 붕어'가 헤엄치고 있었는데, 사람들의 박수는 어항을 향해 있었다고 했습니다. 그래서 아버지는 "우리 혜자는 많은 사람을 즐겁게 해 박수를 받는 사람이 될 것."이라고 말씀하셨습니다. 그런데 금붕어가 한 마리라 외롭겠다, 하셨답니다.

하지만 초등학교 시절은 그저 국어 시간이면 책 잘 읽는 정도의 평범한 아이였습니다. 오 남매 중 셋째로 태어나 부모의 사랑이나 간섭을 모르고 살아서 어려서부터 웬만한 일들은 혼자 생각하고 혼자 해결했습니다. 지금도 그렇지만 특별히 예뻤다거나 뛰어난 재주꾼도 못 되었고, 그래서 그런지 부모님이나 교사들이 내게 별로 큰 기대를 걸지 않았습니다.

고등학교 때 우리 학년만 해도 김혜자가 네 명이나 되었습니다. 얼마나 흔해 빠진 이름인지. 그래서 아이들은 다 다르게 불러야 하니까 그 네 명의 이름 앞에 각자의 특징을 붙여서 불렀습니다. 키 큰 김혜자, 피아노 잘 치는 김혜자, 공부 잘하는 김혜자, 배우 같은 김혜자라고 구분해서 불렀습니다. 내가 바로 배우 같은 김혜자였습니다. 연극반 주인공을 했었기 때문입니다. 그렇게 불리는 것이 싫지는 않았습니다. 그래서 나도 장차 배우가 된다고 늘 생각했던 것 같습니다.

그때의 동창들이 텔레비전에 나오는 내 얼굴을 볼 때마다 일찍부터 알아맞힌 자신들의 예언을 신기하게 생각할지도 모릅니다. 그때 아이들은 왜 나를 배우 같다고 했을까. 배우가 된 초기에 나를 거울에 비춰봐도 특별나게 배우 같은 데라곤 없었습니다. 그 당시에는 예쁘다든가 미인이라는 말을 직접 들어 본 적도 드물었습니다. 내가 봐도 결코 예쁜 얼굴은 아니라는 것쯤은 알고 있어서 그런 찬사를 기대하지 않았지만, 여배우 하면 우선 미인이어야 한다는 일반 사람들의 상식을 실망시킬까 봐 그것이 걱정이었습니다.

나는 고등학교 때부터 영화를 미치도록 좋아해서 거의 하루도 거르지 않고 영화를 봤습니다. 수업 시간이 왜 그렇게 지루했던지, 학교가 끝나는 종이 울리기 무섭게 감옥에서 풀려난 기분으로 뛰어나갔습니다. 영화관에 가서도 보았고, 텔레비전의 AFKN(1957년부터 1996년까지 송출된 주한미군방송)에서 틀어 주는 흑백영화로도 보았습니다. 영어 대사를 이해할 수 없으면 영상만으로도 보았습니다.

엘리자베스 테일러, 에바 가드너, 라나 터너, 오드리 헵번, 진 피터스, 마릴린 먼로, 앤 박스터, 잉그리드 버그먼, 데보라 카, 진 시몬스…… 이런 여배우들의 얼굴 표정에서부터 발끝 움직이는 것까지 내 머릿속을 온통 사로잡았습니다. 나의 조그만 가슴을 설레게 한 남자 배우는 로버트 테일러, 조셉 거튼, 제임스 메이슨, 게리 쿠퍼, 로런스 올리비에, 타이론 파워, 클라크 게이블이었습니다.

혜밍웨이의 「누구를 위하여 종은 울리나」 영화에서 총상 입은 게리 쿠퍼를 두고 말에 실려가는 잉그리드 버그먼이 애절하게 외치던 마지막 신의 여운이 귀에 남아서, 그 장면을 되새기면서 한밤을 짜릿한 슬픔으로 보냈던 일이 기억납니다.

「빗속의 방문객」(르네 클레망 감독의 1970년 프랑스 영화. 찰스 브론슨·마를렌 조베르 주연. 비 오는 거리에서 복면을 쓰고 쫓아온 남자에게 폭행을 당하고 정당방위로 그를 살해한 젊고 아름다운 여자의 이야기)의 주먹코 찰스 브론슨과 마를렌 조베르도 멋있었습니다. 조베르는 주근깨 투성이에 몸도 조그맣고 말랐지만 표정 하나하나가 관객을 사로잡는 매력을 가졌습니다. 조베르가 기차역에서 빨간 여행 가방을 몰래 훔치다가 찰스 브론슨한테 들키자 금방 샐쭉 웃던 깜찍한 모습은 몇 마디 대사보다 멋있습니다. 나는 조베르가 미인이 아니어서 은근히 호감이 갔습니다.

「누구를 위하여 종은 울리나」를 보면서 나 자신이 잉그리드 버그먼이 되고, 「성처녀」(개봉작 제목은 「베르나데트의 노래」)를 보면서는 아카데미 여우주연상에 빛나는 제니퍼 존스가 되었습니다. 라나 터너가 주연한 「파도」와 피어 안젤리가 나오는 「내일이면 늦으리」도 내가 좋아한 영화입니다.

그런 영화들을 보면서 연기자의 꿈을 키웠습니다. 극성스럽게 모았던 배우 사진과 영화 프로그램은 아직도 일부가 남아 있습니다. 그 바람에 성적은 끝에서 몇 번째였던 적도 있습니다. 그 당시 내가 다닌 경기여고는 영화관에 갔다가 발각되면 이유를 막론하고 정학이었습니다. 한번은 영화 「파도」(빅터 사빌 감독의 1947년 미국 영화. 라나 터너·도나 리드·리처드 하트 주연. 영국과 뉴질랜드를 배경으로 엇갈린 사랑과 운명, 인연, 삶을 다룬 대서사시)를 보러 갔다가 훈육주임이신 생물 선생님에게 들켰습니다. 사복을 입고 중앙극장(서울 중구 저동에 위치한, 한 시대를 풍미한 영화관. 1922년 일본인이 세운 '중앙관'을 1934년 '중앙극장'으로 변경했으며, 2007년부터 '중앙시네마'로 바뀌었다)에 갔는데 딱 마주쳤습니다. 그런데 그 생물 선생님이 나를 참 예뻐하셨습니다. 내가 가만히 고개 숙이고 서 있었더니, 그 선생님이 말했습니다.

"내가 너를 정학은 시키지 않을 거야. 하지만 양심적으로 화장실 청소는 네가 자진해서 하도록 해, 알았지?"

그래서 정학을 맞지 않고 아슬아슬하게 졸업장을 받았습니다. 겉으로는 얌전한 학생이었습니다. 별로 말을 하지 않고, 또 몸가짐도 조용한 편이었습니다. 배우가 된 후에도 주위 사람들이 충고를 할 정도로 평범한 차림으로 다녔습니다. 배우답게 멋을 좀 내라는 말을 자주 들었지만, 천성이 게을러서 그런지 외모에 인위적인 것은 신경을 쓰기 싫었습니다. 인기인일수록 여러 사람들과 어울려 사교에 익숙해야 한다는 것을 알면서도 번잡스럽고 떠들썩한 것이 싫어 녹화가 끝나면 집으로 곧장 직행했습니다. 하지만 내 내면의 세계, 공상의 세계는 무척 화려하고 엉뚱하다는 것을 남들은 알지 못했습니다.

여학교 때도 그랬지만 지금도 나는 친구가 없습니다. 하나 있던 친구마저 미국으로 이민을 가 버렸습니다. 많은 사람 앞에서 말도 잘 못하는 내성적인 성격인데, 그런 사람이 어떻게 배우 될 생각을 했을까, 남편까지 의아해했습니다. 일종의 신이들리는 것처럼 몰아의 경지에 빠진다고 하면 과장된 표현일지 모르지만, 주위 사람들조차 놀라워했습니다.

그 어떤 영화보다도 안소니 퀸과 줄리에타 마시나 주연의 「길」(페데리코 펠리니 감독의 1957년 이탈리아 영화. 순박한 소녀가 곡예사의 조수로 팔려 가면서 겪는 험난한 인생 역경을 다룬 내용), 로버트 테일러와 비비안 리가 주연한 「애수」(머빈 르로이 감독의 1940년 미국 영화. 첫눈에 반한 남녀의 애절한 사랑 이야기를 담은 전쟁 멜로 영화의 고전)는 나의 인생 영화였습니다.

「길」을 보고 그 영화에 나오는 여자 배역에 반했습니다. 짐승 같은 곡예사 잠파노에게 끌려다니면서 북을 치고 춤을 추는 등 온갖 일을 다 하는, 어딘가 좀 모자라지만 천사같이 마음씨가 고운 젤소미나 같은 역을 꼭 하고 싶었습니다. 철학박사 학위까지 갖고 있는 배우 줄리에타 마시나가 그런 바보 같은 연기를 해 내는 것을 보고 반할 수밖에 없었습니다.

대학교 2학년 겨울방학 때 KBS 탤런트 공채 1기생으로 뽑혀 연기자가 되었습니다. 하지만 열정만 가득했지 연기의 기초가 없었습니다. 손끝 하나 움직이는 것도 무서웠습니다. 그래서 아버지의 말씀대로 촬영이 없을 때는 열심히 책을 읽었습니다. 세계문학전집을 방에 가져다 놓고 한 권씩 읽어 나갔습니다. 그 밖에도 명작 소설, 추리 소설 등 하루 한 권 책을 읽어야 내 할 일을 다 한 것 같았습니다. 책을 읽고 있으면 너무 행복했습니다. 이때 톨스토이의 『부활』, 『전쟁과 평화』, 『안나 카레니나』를 끝까지 다 읽었는데, 얼마 전 톨스토이 전공자인 대학교수가 그 작품들을 끝까지 다 읽은 사람이 드물다고 해서 놀란 적이 있습니다. 어려워도 끝까지 읽어 내려고 했습니다. 내가 읽지 않은 책은 책꽂이에 꽂지 않는다는 생각으로 읽었습니다. '왜 이렇게 썼을까?' 하면서도 읽었고, 무슨 소리인지도 모르면서 읽었습니다. 손에서 책을 놓지 않았습니다.

토머스 하디의 장편소설 『테스』의 주인공 테스도 독서가 취미였는데 그녀의 기구한 운명과 사형당하는 결말에 얼마나 울었는지 모릅니다. 얼마 전에 영화로 만들어진 「테스」를 보면서 또다시 가슴이 찢어지는 듯 아팠고, 그 소설을 밤새워 읽던 사춘기 소녀 시절의 내가 생각났습니다. 인생이 그렇게 신기루처럼 훌쩍 지나갔습니다.

『테스』를 밤새워 읽고 학교에 갔는데 첫 시간이 생물 시험 시간이었습니다. 시험지에 반, 번호, 이름만 쓰고 엎드려 잠이 들었습니다. 종소리가 들려서 번쩍 눈을 떴는데, 뒤에서부터 시험지를 걸어서 오고 있었습니다. 한 줄도 답을 쓰지 못했습니다. 그런데 너무 감사하게도 나를 귀여워해 주신, 영화관에 갔다가 들킨 그 생물 선생님께서 과목 낙제를 면하게 해 주셨습니다. 벌써 돌아가셨겠지만 성함을 아직 잊지 않고 있습니다.

평소에는 얌전하고 숫기도 없었고, 국어 시간에만 좋은 글이 있으면 선생님께서 "김혜자, 한번 읽어 봐." 하시는 정도였습니다. 점심시간에는 방송실에 가서 마이크를 통해 수필이나 시 같은 것을 낭독했습니다. 작가는 기억이 안 나지만, 낭독한 작품 중에 『하얀 길』(소설가 겸 아동문학가 신지식이 이화여고 재학 시절 전국여학생 문예콩쿠르에서 당선된 작품으로, 꿈 많은 소녀의 감성을 아름답고 섬세하게 표현해 당대 베스트셀러에 올랐다. 신지식은 루시 몽고메리의 『빨강머리 앤』을 처음으로 국내에 번역 소개한 것으로도 유명하다)이라는 단편소설이 생각납니다. 학생들이 좋아해서 여러 번 낭독했습니다. 나는 연극반 소속이었고, 학급 대항 연극제에서 주연상을 타기도 했습니다. 제목은 「감나무」였습니다. 왜 이런 것은 잊히지 않는지 모르겠습니다.

레마르크의 『개선문』도 인상 깊게 읽은 소설입니다. 파리 뒷골목에서 무면허 의사로 살아가는 산부인과 의사의 이야기라는 것밖에는 지금은 내용이 다 생각나지 않지만 떠돌이 여가수와의 만남이 영화 같다는 상상을 하며 읽은 기억이 납니다.

도스토옙스키의 『죄와 벌』을 읽고는 몇 날 며칠 동안 잠을 설쳤습니다. 죄는 무엇이고, 벌은 무엇일까? 내 기준의 죄는 무엇이고, 신의 기준에서 벌은 무엇일까? 그렇게 문학작품은 나에게 사고할 재료를 주었습니다.

그리고 대본을 받으면 시놉시스를 보면서, 내가 이 역을 맡으면 세상에 무슨 영향을 줄 수 있나, 그런 생각을 먼저 하게 되었습니다. 아버지가 나에게 준 가르침이 그것이었습니다.

내가 맡은 배역이 아무리 인생의 속박에서 고통받는 역이라 해도 그 속에 바늘귀만 한 희망이 보이는가, 그것이 내가 작품을 선택하는 기준이었습니다. 주인공이 삶의 밑바닥을 헤매어도 그곳에 희망이 있나, 그 희망을 연기할 구석이 있나, 내일의 이야기가, 혹은 그다음이 보이는가? 끝없는 절망 속에서 이 여자가 그냥 죽음을 선택해 버리나? 그렇지 않고 아무리 힘든 상황 속에서도 한 줄기 빛이 어디엔가는 있나? 그것을 찾고 그것을 연기하려고 노력했습니다.

나는 가끔 죽음에 대한 생각을 합니다. 얼마 전 강수연 배우의 갑작스러운 죽음에 대한 소식을 듣고, 속으로 "잘 가." 하고 말했습니다. 강수연이 생전에 김혜자, 윤정희 같은 배우가 되고 싶다고, 늙어서 「집으로」에 나오는 할머니 같은 역을 해 보고 싶다고 말한 기사를 읽은 적이 있습니다. 어릴 때부터 우리나라를 빛낸 배우였습니다. 하지만 그 이후 그녀에게 연기할 수 있는 좋은 배역이 있었어야 했는데…….

배우는 연기를 해야 합니다. 그것이 배우에게는 유일한 빛이고 희망입니다. 또한 그것이 배우가 세상에 줄 수 있는 희망의 빛입니다. 그런 의미에서 강수연에게 모든 것이 너무 일찍 왔고 일찍 가 버렸습니다. 갓 스무 살 넘은 나이에 세계적인 무대(베니스 국제영화제와 모스크바 국제영화제)에서 연기상을 타고, 너무 어려서 월드스타가 되고 나니 아무것이나 할 수도 없고 아무것도 안 할 수도 없게 된 것입니다.

작품이 있어야 배우로서 '이렇게 해 볼까, 저렇게 해 볼까?' 고민하고, 설레고, 한 장면을 백 번 넘게 연습해 보고……. 그것이 배우를 살게 하는 것입니다. 그때 배우는 살아 있다고 느낍니다. 그것이 은총의 순간입니다. 그렇게 고민하고 가슴 설레는 것이 있을 때 삶이 은총으로 빛날 가능성이 높아집니다. 그렇지 않으면 배우로서는 이미 죽은 것입니다. 아무것도 아닌 삶이 되는 것입니다. 삶이 뒤엉키고 자신의 의지와 상관없이 흘러가더라도 배우는 자신이 연기를 하기 위해 태어났다는 사실을 잊으면 안 됩니다. 이것은 선택의 여지가 없습니다. 그렇지 않으면 무슨 재미로 살까요?

나는 평생을 배우로 살았지만 성공한 배우가 되는 법은 말하기 어렵습니다. 하지만 슬픈 배우가 되는 법은 말할 수 있습니다. 배우로서 생생하게 살아 있지 않고 다른 모습으로 하루하루를 보내는 것입니다.

강수연 배우의 갑작스러운 부고를 전해 받고 또다시 죽음에 대해 생각했습니다. 그리고 다시 나에 대해 생각했습니다. 배우를 살게 하는 것에 대해 생각했습니다. 과거로 돌아가 다시 시작할 수 없는 것이 인생입니다. 그렇기 때문에 산다는 것은 존엄한 것입니다.

누구든지 죽는다는 것은 슬픕니다. 어렸을 때 영화제에서 상 타지 않고 평범한 주부 역할도 하고, 세계적인 배우는 아닐지라도 평범한 여성으로 살았으면 더 좋았을지 모르겠습니다. 어릴 적에 강수연에게 너무 큰 것이 왔습니다. 정말 마음이 아팠습니다. 가엾어서. 김혜자, 윤정희 같은 배우, 「집으로」의 할머니 같은 역을 하고 싶다 했는데…….

그래도, 멋있어, 강수연. 배우답게 갔구나. 그곳에서 만나.

오래전에 읽은 톨스토이의 소설 『안나 카레니나』가 생각나서 다시 읽었습니다. 욕망에 눈이 멀어 불륜과 배신을 일삼으면서 파국을 향해 가는 부부관계와 남녀 이야기입니다. 요즘에 텔레비전 드라마로 만들었다면 아마도 막장 드라마가 되었을 내용입니다. 다 읽으면 톨스토이가 당시의 위선적인 귀족 사회를 풍자하고 있다는 것, 그리고 사람들 간의 진실한 관계가 무엇인지 말하고 있음을 알게 됩니다.

'행복한 가정은 모두 엇비슷한 이유로 행복하지만, 불행한 가정은 제각기 다른 이유로 불행하다.'라는 소설의 유명한 첫 문장도 인상적입니다. 영화나 드라마에서 내가 대사로 해 보고 싶은 말이라서 여러 번 외워 보기까지 했습니다.

가장 기억에 남는 부분은 등장인물 중 한 명인 레빈이라는 남자가 자신의 농장에서 풀을 베는 장면입니다. 사실 제목은 『안나 카레니나』이지만 내가 보기에 진정한 주인공은 이 남자입니다. 톨스토이가 세상과 사회에 대한 자신의 생각을 이 사람을 통해 말하고 있는 게 아닌가 하는 생각이 듭니다.

사랑하는 여자에게 거부당하고 상처 입은 레빈은 자신이 물려받은 영지로 가서 농부들과 함께 일합니다. 하지만 농부들은 부잣집 아들인 이 사람을 좋아하지 않습니다. 아무리 노력해도 농부들과의 벽을 허물지 못합니다. 그래서 농부들과 함께하고 싶어서 직접 풀베기를 합니다.

처음에는 많이 서툴지만, 계속 풀을 베어 나가다가 어느 순간 그 일에 완전히 몰입하게 됩니다. 어찌나 몰두했는지 30분 동안 베었다고 생각하지만 몇 시간이 흐릅니다('레빈은 풀을 베면 벨수록 더욱더 무아지경의 순간을 느끼게 되었다. 그의 손이 낫을 휘두르는 것이 아니라, 낫 자체가 저절로 풀을 베었다. 그럴 때가 가장 행복한 순간이었다'). 그렇게 몰입하면서 자신이 지주라는 신분도 잊고, 마음의 상처도 잊어버립니다. 그렇게 일하는 것을 보고 농부들도 그 사람과 하나가 된 걸 느낍니다. 그 몰입으로 인해서 남자와 농부들이 하나로 연결됩니다.

내가 인생에서 가장 감사하게 생각하는 것이 한 가지 있습니다. 연기자로 살아오면서 몰입의 순간들을 많이 가진 것입니다. 어떤 것에도 큰 의미를 부여하지 못하고 반쯤은 몽유병자처럼 흉내만 내면서 살아가는 나를 잘 아시는 신이 내가 몰입할 수 있도록 계속해서 작품들을 내 앞에 가져다주셨습니다. 그러면 흐릿한 불씨처럼 존재하던 나는 뜨거운 불로 타오를 수 있었습니다.

그 소설의 주인공 남자가 자신이 지금 풀을 베고 있다고 생각하면 풀 베는 줄이 비뚤어지고 일이 잘되지 않았다고 하듯이, '내가 지금 누구의 역을 연기하고 있다.'고 생각하면 연기가 좋지 않았습니다. 나를 잊고 몰입할 때 오히려 나의 연기가 가장 좋았고, 또 그 순간이 가장 행복했습니다. 그런 몰입과 행복의 순간을 계속 경험할 수 있게 해 주신 것에 대해 삶에게, 신에게 말할 수 없이 감사드립니다.

그리고 그렇게 몰입할 수 있도록 많은 대사를 외울 기억력을 주신 것도 말할 수 없이 감사합니다. 나는 어저께 무엇을 먹었는지, 그저께 누구와 무슨 얘기를 나눴는지조차 세상일에 대한 기억력이 매우 불투명한 사람입니다. 어쩌면 그것들에 많은 의미를 느끼지 못하기 때문인지도 모릅니다. "기억이 안 나.", "별로 기억하고 싶지 않아."가 늘 입에 붙어 있는 사람입니다. 그럼에도 대본을 외우고 기억하는 머리를 신이 주셨습니다. 다른 부분은 머리가 아주 나쁘지만, 그 한 가지 기억력 덕분에 많은 작품을 할 수 있었습니다. 그것이 무한히 감사합니다. 세월이 지나서도 내가 한 대사들은 이 나쁜 머릿속에 생생히 살아 있습니다.

　일본 배우 키키 키린(일본 아카데미상 최우수 여우주연상을 수상했으며 「도쿄 타워」, 「진짜로 일어날지도 몰라 기적」, 「그렇게 아버지가 된다」, 「바닷마을 다이어리」, 「앙—단팥 인생 이야기」, 「모리의 정원」, 「어느 가족」, 「일일시호일」 등 수많은 명작에 출연했다)이 있습니다. 죽을 때까지 280편이 넘는 드라마와 영화에 출연했습니다. 내가 출연한 영화 「마더」를 좋아해서 일본인 감독에게 영화를 본 자신의 감상을 열정적으로 이야기한 적도 있다고 합니다. 내가 연기하는 모습을 보면서 자신이 연기하는 상상도 해 보고, 그 영화를 만든 봉준호 감독과 함께 일해 보고 싶다고 했다는 말을 들었습니다.

　'이제는 그만해야 할 때가 된 것이 아닌가?' 하는 생각은 나뿐 아니라 누구나 할 것입니다. 하지만 키키 키린, 그녀는 60세에 왼쪽 눈의 시력을 잃고 암이 온몸에 전이되어서도 죽기 직전까지 연기 생활을 계속했습니다. 그녀의 거의 마지막 작품인 「일일시호일」을 광화문 씨네큐브 영화관에서 보는데 눈물이 났습니다. 불행한 결혼생활과 육체의 시련이 있었지만, 신은 그 배우에게도 연기에 몰입하는 순간들과 대사를 외는 기억력을 마지막까지 주셨습니다.

키키 키린도 그렇고 나도 그렇고, 그렇게 몰입하는 순간 인생의 허무와 고통, 슬픔, 갈등, 부질없는 생각들을 다 잊을 수 있었습니다. 그리고 그 순간에 어디에도 물들지 않은 순수한 나 자신이 되고 어느 때보다 행복할 수 있었습니다.

생의 모든 것에 감사할 수밖에 없습니다. 내가 그토록 부족한 인간인데 나를 배우로 만들어 주셨으니까. 내가 가장 좋아하는 연기 생활을 정말로 그만둘 때가 되면 그것으로 마지막이 될 것입니다. 『안나 카레니나』의 마지막 문장을 대사처럼 외웁니다.

'나에게 무슨 일이 일어나든 그것과는 상관없이, 내 인생은 매 순간순간이 무의미하지 않을 것이다.'

혜자에게

조금 거창한 말이 될지 모르지만, 나의 연기 생활은 유치원 시절부터 시작했습니다. 최초로 무대에 선 것이 여섯 살 때 일입니다. 유치원 선생님 추천으로 연세대 세브란스 의학전문학교(오늘날의 의과대학) 학생들의 연극 공연에서 아역을 맡았습니다. 그 역을 할 아이를 찾기 위해 유치원마다 다녔던 모양입니다. 내가 다니는 유치원에도 왔는데, 얼굴이 예쁘장하고 "엄마!" 하고 부르는 것도 조금 다르게 들렸는지 내가 뽑혔습니다. 아직도 제목이 잊히지 않는데 「생의 제단」이라는 연극으로, 개에게 물려 공수병에 걸려 죽는 아이 역이었습니다. 시공관 극장(지금의 국립극장)에서 했고, 열일곱 살 차이 나는 언니가 나를 데리고 다녔습니다.

극 중 아이의 이름도 '혜자'였습니다. 마지막에 목이 말라서 "물, 물." 하면서 죽어 가는 연기를 하니까, 얼마나 실감이 났던 지 관객들이 "혜자를 죽이지 말라!" 하고 아우성을 쳤다고 합니다. 언니는 그때부터 내가 배우가 될 줄 알았다고 했습니다.

그 연극이 끝나고 늑막염에 걸렸습니다. 유치원 미끄럼틀을 타고 내려오다가 밑으로 떨어진 탓도 있겠지만, 어린 나이에 열심히 한 연극이 끝난 후유증이 컸습니다. 내 몸 안에 들어와 사지를 작동해 주던 극 중 인물을 떠나보내자 살아 움직일 동기가 사라지니 맥을 놓는 것입니다.

그 일이 나도 모르게 무의식적인 습관이 되었습니다. 한 작품이 끝나면 맥이 풀려서 쓰러지고, 그다음 작품을 시작하면 다시 살아났습니다. 그렇다 보니 과거 모든 작품에 대한 나의 회상은 언제나 "그 작품 제안받았을 때 몹시 아픈 상태였는데……."로 시작됩니다. 새로운 작품은 나에게 신이 매번 주시는 살아야 할 이유가 되어 주었습니다.

일곱 살이었는데 옆구리에 물이 차서 견딜 수 없이 아팠습니다. 결국 병원에 가서 대수술 끝에 오른쪽 갈비뼈 하나를 떼어 냈습니다. 당시의 의료 기술로는 나를 살리기 위한 최선의 선택이었던 것 같습니다. 그래서 학교도 1년 늦게 들어갔습니다.

갈비뼈 하나가 없기 때문에 지금도 오른쪽 옆구리가 약간 접혀 있습니다. 연기할 때도 하나 부족한 갈비뼈의 빈 공간을 의

식하면서 몸을 더 곧게 세우려고 했습니다.

나는 내 이름 '혜자'를 좋아합니다. 흔한 이름이지만 나를 나타내는 이름이니까. 은혜 혜惠 자를 씁니다. 김석윤 연출가가 드라마 「청담동 살아요」 할 때도 주인공 이름을 '혜자'로 쓰더니, 「눈이 부시게」에서도 또 '혜자'였습니다. 봉준호 감독도 영화 「마더」에서 주인공 이름을 명명하지는 않았지만 '혜자'로 썼습니다. 누군가가 말했듯이, 아마도 연출자와 작가들에게는 '김혜자'라는 존재 자체가 탐구 대상인 듯합니다. 평범한 이름 '혜자'의 내면으로 들어갈수록 불가사의한 면이 보이니까 그러는지도 모릅니다. 국민 엄마 김혜자 안에서 「마더」의 짐승 같은 모성을 가진 여자가 나오니까.

드라마 「간난이」(고석만 연출, 이재우 극본 1983년 MBC 171부작 드라마. 김혜자·정혜선·김용건·길용우·김용림·박규채·김수양·김수용 출연. 전쟁 통에 고아가 된 소녀 간난이를 통해 6.25 전쟁을 치른 한국의 시대상을 그린 작품)에 간난이의 양부모로 출연했을 때의 일입니다. 그해에는 대한항공 여객기가 소련 전투기 미사일 공격으로 탑승객과 승무원 전원이 사망하는 비극이 일어났습니다. 전두환 대통령이 미얀마 순방을 갔다가 아웅산 묘소에서 북한의 폭탄 테러로 국가 최고 엘리트들이 목숨을 잃었습니다. 또 KBS의 특별 생방송 '이산가족을 찾습니다'(1983년 6월 30일부터 11월 14일까지 KBS가 생방송으로 방영한 이산가족찾기 운동. 10만

952건의 신청건수가 접수되어 1만 180여 이산가족이 상봉했다)로 전국이 울음바다였습니다.

세월의 격랑 속에서 제작된 「간난이」는 60%라는 높은 시청률을 기록했습니다. 정혜선 배우가 간난이 할머니로 명연기를 펼쳤습니다. 나는 간난이의 양어머니 역을 맡았습니다. 하루는 드라마에서 입을 의상을 빌리러 가다가 빙판에 미끄러져 넘어지고 말았습니다. 옛날 어머니가 입던 옷을 갖고 계신 분이 와서 보고 골라 가라고 해서 가던 중이었습니다. 가로등 있는 골목길이었고 부츠를 신고 있었는데 뚝, 뚝, 뚝 뼈 부러지는 소리가 세 번 났습니다. 그 순간 '어, 나 다리 부러진다.' 하고 생각했습니다.

깜깜한 길이었고, 아무도 없었고, 다리가 부러져 움직일 수가 없었습니다. 휴대폰이 있던 시절이 아니었습니다. 마침 지나가는 한 남학생이 있어서 소리쳐 불렀습니다.

"학생, 이리 좀 와 봐요. 내 얼굴 봐 봐요. 나 누군지 알아보겠어요?"

학생이 다가오더니 가로등 불빛으로 잘 보였는지 나를 금방 알아보았습니다.

"나 다리가 부러진 것 같아요. 나 좀 도와주면 안 될까? 저기 약국이 있는데, 거기까지만이라도 부축해서 데려다줘요."

학생이 놀라서 나를 부축해 약국까지 데려다주었습니다. 거기서 부츠 찢고, 금방 퉁퉁 부어오른 다리를 응급처치하고 병원에 실려갔습니다. 지금도 오른쪽 종아리 중간쯤 흉터가 있습니다.

결국 다리가 부러져서 「간난이」는 1부 방영 중에 죽는 것으로 하차했고, 「전원일기」는 극 중에서 실제로 다쳐서 병원 다니는 것으로 연기를 했습니다. 다른 배우들과 연출가에게 너무 미안했습니다. 내 연기 인생에서 중도 하차한 것은 그때가 유일합니다.

그때 골목길에서 나를 도와준 학생이 훗날 신문에 이런 내용의 글을 기고했습니다.

"내가 고등학생 때 골목길을 걸어가는데, 김혜자 씨가 빙판 길에 넘어져서, '학생, 나 좀 도와줘요.' 하고 나를 불러세웠다. 약국까지 모셔다 드리고, 약국으로 동네 의사분이 오셔서 김혜자 씨를 모셔 가서 치료했다. 그리고 나는 의대를 갔다."

아들이 그 글을 보고 나에게 알려 주었습니다. 우연히라도 만나면 "제가 그때 그 학생이에요." 하고 말해 주면 너무 반가울 것 같습니다. 나는 그때 경황이 없어서 학생 얼굴을 제대로 볼 겨를도 없었습니다.

그때도 나는 "하나님, 감사합니다." 하면서 넘어졌습니다. 넘어지면서도 그렇게 말했습니다. 왜 그러는지 나도 잘 모르겠습니다. 나는 늘 감사합니다. 생각해 보니까, 나는 무슨 일이 있어도 '하나님, 나한테 왜 이러세요?'라고 해 본 적이 없습니다.

연극 「19 그리고 80」(콜린 히긴스 작. 10대 청년과 80대 할머니의 우정과 사랑을 담은 희곡으로 김혜자, 김주승이 주인공을 맡아 1987년 무대에 올렸다. 공연은 연일 전석 매진을 기록했다)은 원제목이 「해롤드와 모드」였습니다. 그런데 당시 고등학생이던 내 딸 임고은이 말했습니다.

"영어 제목이라 사람들에게 익숙하지 않을 수 있어. 「17세와 80」이라고 하면 어때?"

그 얘기를 연출자에게 했더니 공감했습니다. 어감 때문에 17, 18 대신 19로 해서 「19 그리고 80」이 되었습니다.

현대백화점 지하에 극장이 있었고, 최불암 배우가 운영하던 소극장이었습니다. 여주인공 모드가 해바라기를 좋아했습니다. 관객들이 연극을 보러 올 때 해바라기를 한 송이씩 들고 와서 커튼콜할 때 무대로 던져서 무대 위에 해바라기가 가득했습니다. 그 연극, 잊지 못합니다. 누구나 한두 가지쯤은 다시 돌아보고 싶은 과거가 있어야 합니다. 그러기 위해서는 오늘을 잘 살아야 합니다.

모드는 나이가 80이지만 물구나무를 착- 하고 서는 여자입니다. 그래서 내가 집에서 장롱에 대고 물구나무 연습을 얼마나 많이 했는지 모릅니다. 혼자서는 설 수 없어서, 무대에 나무를 하나 단단하게 세워 달라고 하고, 그 나무에 기대어 물구나

무를 착− 하고 서면 사람들이 마구 박수를 쳤습니다. 늙은 여자가 물구나무를 서니까.

모드는 참 귀여운 여자입니다. 동물원 같은 데 가서 물범을 보면 "저거 훔쳐다가 바다에 풀어 주자."라고 하는 여자입니다. 나를 잘 아는 사람들은 "모드는 평상시의 김혜자와 똑같아."라고 말했습니다. 나는 우울한 역도 되고, 소녀 같은 역도 되고, 해맑은 역도 되었습니다. 극단 자유극장의 대표 이병복 선생은 "이 역은 김혜자밖에 할 수 없다."라며 늙어서도 꼭 하라고 말해 주셨습니다. 해롤드는 계속 자살하려는 아이였는데 할머니를 만나 구원받습니다. 너무 아름다운 이야기입니다. 이 연극으로 동아연극상 연기상을 탔습니다. 가끔 그 연극이 그리워서, 막 뒤져서 대본을 찾아 다시 보곤 합니다.

나는 할 줄 아는 게 연기밖에 없으니까 할 뿐입니다. 이것이 가장 좋고, 언제나 가슴이 뛰니까. 그리고 생각하고 또 생각하게 되니까 합니다. 예를 들어 연극을 할 때, 어제의 공연을 마치고 오늘 아침 대본을 다시 읽으면 "아!" 하고 깨치는 것이 있습니다. 그럴 때마다 '어제의 관객들에게 미안하다.'는 생각이 들 때가 많습니다.

'그 사람들에게 너무 미안하다. 어제는 이것을 느끼지 못하고 했는데……. 어제 왔던 사람들이 다시 왔으면 좋겠다.'

그럴 정도로 날마다 무엇인가를 발견합니다. 처음에는 느끼지 못하지만 연기를 계속하다 보면 그때까지는 모르던 것을 알게 됩니다. 그래서 대본을 계속 들여다봅니다. 작가가 그런 의도로 쓰지 않았는데도 나 스스로 발전해서 알아가는 것입니다. '아, 이거야, 이거!' 하고. 드라마는 촬영을 해서 방송을 하니까 어쩔 수가 없습니다. 하지만 연극은 날마다 새로 하는 것이나 마찬가지이니까 어제나 그제 온 사람들을 다시 오라고 하고 싶을 때가 많습니다. 연극이나 뮤지컬 하는 사람들은 다 공감할 것입니다.

물론 그냥 하는 사람도 있을 것입니다. 표면적으로 보기에 크게 다르지 않으니까. 그런데 예민한 눈을 가진 사람은 어제 그 배우의 연기에서 느꼈던 것과 오늘 느끼는 것이 어딘가 다르다는 것을 압니다. 메시지는 같지만 메시지의 깊이가 다른 것입니다. 같은 배우가 나와서 같은 대사를 하니까 크게 달라진 것 같지 않다고 생각하겠지만, 더 깊어져 있습니다. 알아차릴 사람은 다 알아차립니다.

자신의 얼굴로, 자신의 몸으로 하는 것인데 열심히 하지 않을 이유가 없습니다. 작가가 써 준 것을 내가 연구함에 따라서 내 눈빛이 더 깊어질 것이고, 내 손이 하나라도 더 움직일 것입니다. 이것은 나 자신이 하지 않으면 누구도 해결해 줄 수 없습니다. 어제 할 때는 몰랐는데, 오늘 알아지면 어떤 금은보화를 발견한 것보다 기쁩니다. 그 기쁨을 내가 멀리할 이유가 없습니다. 그렇기 때문에 그 기쁨을 자꾸만 맛보고 싶은 것입니다. 그 기쁨은 누가 빼앗아 갈 수 없습니다.

나 자신이 납득할 때까지 대사를 백 번도 더 읽습니다. 아까 했던 것과 지금 하는 것이 다르니까. 아흔아홉 번째 했을 때는 몰랐던 것을 백 번째 했을 때 느껴지는 것이 있으니까. 읽을수록 느껴지니까 대본을 계속 읽고 싶어집니다. 잘 쓴 대본은 읽을수록 깊어집니다. 우리가 셰익스피어 작품을 읽을 때처럼, 건성으로 읽으면 알 수 없는 것이 있습니다.

연극을 할 때 특히 그것이 두드러집니다. 연극은 미리 대본을 줍니다. 1년 전에 주는 경우도 있습니다. 그럼 계속 그 대본을 읽습니다. 보는 사람은 그게 그것일 수도 있습니다. 하지만 나는 얼마나 다른 감정인지 알기 때문에 날마다 대본을 손에 들고 있습니다. 계속 새로운 것이 찾아지니까 다른 것을 찾으려고 애씁니다. 그러면 꼭 보입니다. 처음부터 다 느껴지는 것이 아닙니다.

작가가 미처 느끼지 못하고 쓴 것까지도 배우는 느껴야 합니다. 그것이 이름난 배우를 쓰는 이유 아닐까요? 작가가 쓴 것보다 더 무엇인가 해 주기를 바라기 때문입니다.

먹고살 만한데 왜 저렇게 사서 고생을 하며 아직도 저러고 사는가 생각하는 사람도 있을 것입니다. 그 사람들은 이 기쁨을 모르니까 그렇습니다. 자기 인생에 솔직하고 진실한 사람이라면 이 말을 다 알아들을 것입니다. '여기까지 하면 됐어.' 하고 멈출 수도 있습니다. 대사 다 외웠고, 리허설 다 했으니 다 했다고 생각할 수도 있습니다. 그러면 결코 뛰어난 작품이 될 수 없습니다.

드라마를 하고 나면 '사람들이 어떻게 봤을까' 궁금하고 마음이 설렙니다. 그것이 연기자로 살아가는 보람입니다. '나는 사람들이 어떻게 생각해도 좋아.'라는 것은 거짓말입니다. 자기를 나타내고 싶어 글을 쓰고 연기를 하며, 그것이 인간의 본능이라고 나는 생각합니다.

'나를 어떻게 볼까?'

아무리 초연한 것 같아도 매번 고민되고 떨립니다.

모든 대사를 가슴으로 읽으려고 노력합니다. "갔니……"라는 대사 한 줄을 놓고, 왜 하필 '갔니'라고 썼을까? '갔구나', '갔다'도 있는데 '갔니'로 쓴 이유가 무엇일까? 이 작가는 이 장면에서 무엇을 원했을까……. 그런 고뇌를 계속합니다.

예전에는 쪽대본(드라마에서, 시간에 쫓긴 작가가 급하게 보낸, 바로 찍을 장면의 대본)을 많이 주었습니다. 나는 "톨스토이가 써도 쪽대본은 안 한다."라고 했습니다. 배우도 작가가 쓴 것을 생각할 시간을 주어야 합니다. 배우가 꼭두각시 인형은 아니기 때문입니다. 그냥 외우는 건 누구나 할 수 있습니다. 갔니, 갔다, 갔구나……. 이 차이를 알려고 노력하는 것이 배우가 할 일입니다.

지금까지 그렇게 했습니다. 그러니 한 작품 끝내고 나면 너무 기운이 빠져서 날마다 널브러져 있습니다. 나는 머릿속에 다른 생각이 별로 없습니다. 어찌 보면 늘 텅 비어 있습니다. 매미 허물처럼. 연기를 할 때 마음과 머리를 너무 써서, 끝나고 나면 아무것도 없는 것 같습니다. 그래서 토크쇼 같은 데를 나가지 않습니다. 나는 이미 연기로 내가 할 건 다 했습니다. 그래서 "저 드라마가, 저 연극이 곧 나예요."라며 인터뷰를 여러 번 거절했습니다.

소설가 박완서 선생의 글을 읽고 있으면 행주 냄새가 납니다. 그분이 내 책 『꽃으로도 때리지 말라』(2004년 오래된미래 간)에 추천사를 써 주신 글을 읽고 깜짝 놀랐습니다.

'김혜자의 연기를 보고 있으면 나라도 저럴 수밖에 없다고 생각한 나머지 그에게 내가, 아니 모든 여편네들이 썬 것처럼 오싹해질 때가 있다. 저런 연기의 깊이는 어디서부터 오는 걸까. 혹시 드라마 밖에서의 그녀는 힘이 다 빠져 무기력하게 지내는 건 아닐까, 궁금해하곤 했다.'

소름 끼치도록 정확하게 나를 보신 것입니다. 평소에 나 널브러져 있는 것을 어떻게 알았지? 아마 그분도 그런 거겠지. 소설 한 편 완성하고 나면 그러시겠지? 우린 같은 '과'일 것이라고 생각했습니다. 그러니까 아는 것입니다.

나중에 만났을 때 내가 놀라서 그분께 "그런 나를 어떻게 아셨어요?" 하고 물었더니, "나도 그래요." 하며 웃으셨습니다.

불쑥 박완서 선생 댁에 찾아갔던 날이 떠오릅니다. 눈 오는 날이었는데, 한겨울에 마당에 노란 꽃이 피어 있었습니다. 그분이 그 꽃을 가리키며 말했습니다.

"김혜자 씨, 이게 복수초라는 꽃이에요. 눈을 뚫고 나오는 아이지."

놀라워하면서도 나는 웃으며 말했습니다.

"그래도 이름이 '복수'인 거는 안 어울려요."

나중에 찾아보니 '원수를 갚는다'는 의미가 아니라, '복이 많고 장수한다'는 뜻이었습니다.

내가 힘을 쓸 때는 연기할 때와 아프리카에서 아이들 안아 줄 때 밖에는 없습니다. 연기를 하지 않을 때의 나는 때로 너무 무기력하게 보입니다. 나 자신도 스스로를 보면서 "너는 연기 안 할 때 이렇게 아무것도 하지 않고 널브러져 있어도 되니?" 하고 물을 때가 있습니다. 하지만 그렇게 기운을 다시 끌어모아야 다음 작품에 쏟아부을 수 있습니다. 꽃을 피우기 전에 꽃나무가 수많은 잔뿌리로 수액을 끌어모으듯이. 무슨 이유가 있어서 신이 나를 살게 하실 텐데, '하루하루를 죽이는 삶을 살지 않겠다.'라고 자주 마음먹습니다.

다른 연기자가 연예 프로에 나온 거 보면 재미있습니다. 하지만 나보고 나오라고 하면, "미안해요. 나는 그런 재주가 없어요."라고 말합니다. 대본에 대사가 적혀 있고, 그것을 여러 번 고민해야 무엇인가 나옵니다. 오래전 몇 번 나간 적이 있었지만, 나는 연예 프로에 나가는 게 어울리지 않는다고 판단해서 더 이상 나가지 않습니다.

연기에 대해서만 완벽주의자입니다. 다른 것에는 다 서툴고 모자랍니다. 살림도 못하는데 「전원일기」를 할 때 파 다듬는 장면을 찍기 위해 파 다듬는 법을 고두심 배우에게 물어서, 집에서 여러 단 사다가 파 다듬는 연습을 했습니다. 다듬이 방망이질할 때는 입에 물 머금고 푸~ 하고 뿜는 것을 얼마나 연습했는지 모릅니다. 아주 전문가처럼.

다른 사람들은 드라마 녹화할 때, 점심 때 뭐 먹을까 하고 나가는데 나한테 '녹화는 전쟁'이었습니다. 완벽하게 익히지 않으면 하지 않았습니다. 밥도 안 먹였습니다. 배 부르면 자꾸 졸려서, 배가 비어야 머리가 잘 돌아갑니다.

나는 방송국에서 가장 조용한 곳을 찾아다닙니다. 이곳저곳 돌아다녀 보면 뉴스룸이 가장 조용합니다. 방송하지 않을 때는 그곳이 작고 깜깜하니까, 아주 피곤하면 혼자 들어가서 20분 정도 잡니다. 그러면 밤새 잔 것보다 더 개운해지고 머리가 맑아집니다. 내가 그곳에 있는 줄 아무도 모릅니다. 내 나름의 방식입니다. 그래서 「전원일기」에서 예쁘게 나왔습니다. 잠깐 자고 일어나서 뽀얗게 돼서 연기하곤 했습니다.

나이를 먹으면 인중도 길어지고 콧구멍도 커집니다. 언제든 드러날 건 드러나게 되어 있습니다. 숨기는 게 없으니 훨씬 자유롭습니다. 「눈이 부시게」 촬영할 때 카메라가 얼굴을 밑에서 잡으니, 콧구멍이 무슨 터널처럼 크게 나왔습니다. 처음에는 "너무해. 감춰둔 걸 다 폭로시키다니!" 하고 투덜거렸습니다 그런데 또 그게 무슨 대수인가 싶습니다. 시청자들도 댓글로 '콧구멍 크다.'고 타박하더니, 이제는 또 서로 '너도 나이 먹으면 살이 얇아져서 콧구멍 커진다.'고 야단을 칩니다. 그걸 보면서 나는 '이 사람들이 참 다정도 해라.' 하고 생각합니다.

이제는 슬픈 이야기도 웃으면서 할 나이가 되었습니다. 처음에는 펑펑 울고, 심각한 장면은 내내 힘주며 했습니다. 그것이 지난날의 연기였다면, 연기를 계속하면서 배운 것은 힘을 뺄 때 정말 좋은 연기가 나온다는 것입니다. 사실 힘을 빼는 게 더 어렵습니다.

「눈이 부시게」에서 '등가교환'에 대해 얘기하는 장면이 있습니다. 영수(손호준)가 자고 있을 때 인터넷 방송 채팅방에 들어온 젊은이들과 이야기를 나눕니다. 이 장면에서는 정색하고 말하면 안 됩니다. "니네들 그렇게 살다가 나처럼 된다." 이 말을 장난처럼 툭 던져야 합니다. 무방비상태에 있던 사람들이 알아들을 수 있도록. 졸고 있다가 잠결에 들을지도 모르니까. 나는 그 대사를 한 백 번쯤 연습했습니다.

거저 얻어지는 건 없습니다. 내 귀중한 것을 희생하지 않으면 얻는 게 없습니다. 그것이 등가교환의 법칙입니다. 운이 좋았다 해도 노력하지 않으면 사라집니다. 나는 이해력도 부족한 사람이라 열심히 하지 않으면 할 수가 없습니다. 오죽하면 꿈에서도 맨날 대본이 나올까요.

어느 날 걸레질을 하면서, 오늘이 내가 전에 좋아했던 사람이 결혼을 하는 날이라고 혼자 상상했습니다. 이제 시작했겠네, 지금쯤 식장에 걸어 들어가겠지. 그러면서 걸레질하는데 눈물이 후두둑 떨어졌습니다. 그 와중에도 내가 지금 어떻게 눈물을 떨어뜨리고 무슨 표정을 짓는지 스스로 살피고 있었습니다. 기억하려고 굳이 안 해도 그런 것들이 저장됩니다.

죽기 전에 하고 싶은 연기가 있습니다. 촛대 훔친 장 발장을 회개하게 해 준 신부님 같은 역입니다. 너무나도 나쁜 사람을 변화하게 해 주는 할머니 역할을 해 보고 싶습니다. 어디로 가서 살 수도 없는 흉악범입니다. 도망다니다가 다 쓰러져 가는 집, 살 만한 집이었는데 오래되어서 폐허가 되어 가는 집에서 들리는 피아노 소리 때문에 편안함을 느낍니다. 그런 역할을 하고 싶습니다. 낡은 풍금이나 피아노로 감동적인 곡을 치는 할머니. 나 혼자 생각하는 것이지만 그런 역을 하고 싶어서 피아노를 배우고 있습니다.

그래서 요즘에 99세 할머니가 피아노를 독학으로 배우는 유튜브를 많이 봅니다. 이 할머니는 누가 가르쳐 주지 않는데도 혼자 하시는데, 나는 피아노 선생님도 있고 다 갖춰 놓고도 제대로 하지 않습니다. 나는 항상 열망은 가득합니다. 피아노를 잘 치고 싶습니다. 그런데 연기 외에는 실천이 부족합니다. 종종 후회합니다. 10년만 일찍 시작했더라면 지금쯤 한 곡 정도는 멋있게 연주할 수 있을 텐데, 그때 잠깐 시도했다가 다시 놓은 것을 후회합니다.

　　나는 직업란에 '탤런트'라고 쓰는 사람을 보면 무심결에 '아, 저이는 저걸 직업이라고 생각하는구나.' 하면서 놀랍니다. 아주 어렸을 때부터 연기를 해 와서 그런지 나는 연기가 직업이라고 생각해 본 적이 한 번도 없습니다. 직업이라고 하면 왠지 자존심이 상합니다. 「마더」의 엄마가 아들 도준(원빈)한테 "너는 나야." 하듯이 연기는 나입니다. 숨 쉬는 것처럼.

살아, 네 힘으로 살아

　나는 우울한 성품을 타고났습니다. 그리고 어려서부터 정신이 강하지 못했습니다. 삶에서 일어나는 일들에 적극적으로 도전하거나 사람들과 활발하게 소통하는 것이 힘들었습니다. 고등학교 때 수업을 마치고 집으로 오는 길이면 '이렇게 사는 것이 무슨 의미가 있나?' 하는 생각이 들곤 했습니다.

　죽는 생각을 하기 시작한 것이 그 무렵부터였습니다. 산다는 것이 싫었고, 무엇을 하든 머리가 이상해져 버릴 것 같았습니다. 그래서 '어떻게 하면 죽을 수 있지?' 하고 줄곧 죽는 방법을 생각했습니다. 그런데 죽어지지 않으니까 살아 있는 것이 더 싫어졌습니다. 그만큼 절실했습니다. 아무 특별한 이유 없이 그런 생각이 들었습니다. 일종의 병이었습니다. 그 당시 유행한 실존

주의 철학자들은 실존은 불안과 두려움을 안고 있다고 했는데, 내가 정확히 그런 상태였습니다.

수면제를 사 모으러 동네 약국을 열 군데나 넘게 돌아다녔습니다. 서울 회현동에 살았는데, 그 동네에 그렇게 약국이 많았나 봅니다. 하지만 자살은 실패로 끝났습니다. 살기는 싫었는데 죽는 것도 무서웠습니다. 그래서 집에서 일하는 언니에게 "나를 잘 지켜봐." 하고 말해 둔 것입니다. 결국 약을 먹은 직후에 곧바로 병원에 실려가서 위세척을 하고 살아났습니다. 자살하려는 사람은 주변 사람에게 메시지를 준다고 합니다. 죽고 싶은 마음이 곧 살고 싶은 마음인 것입니다. 그때가 열일곱이나 열여덟 살 때였습니다. 청소년기가 그렇게 온통 죽음에 대한 생각으로 흘러갔습니다.

경기여고를 그럭저럭 졸업한 후 뚜렷한 목적도 없이 이화여대 미술대학에 들어갔습니다. 미술 시간에 김창억 선생님이 내 그림을 칠판에 걸어 놓고 칭찬해 주셨기 때문입니다. 그 당시 고급 공무원을 하시던 아버지 덕분에 경제적 곤란을 모르고 대학 생활을 보냈습니다. 돈을 벌겠다든가 유명한 화가가 되겠다는 야망과는 거리가 먼 채, 따뜻한 햇살 아래서 풀 내음 맡기나 즐겼고, 여전히 혼자서 영화관에 다녔습니다. 하루쯤 학교에 가지 않아도 별로 눈에 띄지 않는 그런 조용한 성격이었습니다.

대학교 2학년 겨울방학 때였습니다. KBS 텔레비전 방송국 개국과 함께 탤런트 모집이 있다는 방송을 듣고 무턱대고 찾아가서 시험을 보았습니다. 그렇게 KBS 탤런트 공채 1기생으로 뽑혔지만 집안 식구와 주위 사람 아무도 몰랐습니다. 그때 나와 함께 합격한 사람은 정혜선, 김난영, 태현실, 박주아, 최정훈, 최길호 배우 등 모두 패기와 정열 넘치는 얼굴들이었습니다.

신인 연수 졸업 작품에서 주인공 역을 맡았지만, 보는 사람이 손에 땀을 쥘 정도로 연기를 너무 못해서 말 그대로 죽을 쑤고 말았습니다. 다시금 열등감과 회의에 빠져 망설였습니다. 그러다가 배역도 신통치 않아 왔다 갔다 하다가 아예 그만두었습니다.

배우가 되고 싶다는 열망만 가지고 배우가 되었고, 그 열망이 전부였을 뿐입니다. 너무 기초가 없어서 나 자신에게 크게 실망했습니다. 배우가 되려는 생각만 있었지 아무 준비가 되어 있지 않았던 것입니다. '나는 바보야.' 스스로 한심한 인간이라는 생각이 들었습니다. 탤런트 시험에 합격했다는 것이 신기할 따름이었고, 언제까지나 열등감에 빠져 있지 않아도 된다는 용기를 얻었을 뿐입니다.

자존심에 상처를 입어 연기도 그만두고, 학교도 더 이상 다니기 싫고, 그래서 도망친 곳이 결혼입니다. 하루는 어머니가 웬 손님 한 분을 내게 소개해 주셨습니다. 줄이 곧게 선 공군

제복 때문이었는지 믿음직스런 남자의 인상이 강하게 와닿았습니다. 대학 생활도 그다지 재미없고 하루하루가 지루해 커다란 변화를 기대하며 보내고 있을 때였습니다. 스물두 살이면 한참 학구열에 불타 미래의 꿈으로 부풀 나이였지만, 나는 학교 공부를 집어치우고 결혼해 버렸습니다.

어머니의 초대로 우리 집에 놀러 왔던 그 공군 아저씨가 신랑이었습니다. 결혼을 하면 내 위치가 어떻게 되며 곧 아이 엄마가 되어야 한다는 것도 미처 깨닫지 못하고 첫아이(아들)를 낳았고 시부모 밑에서 며느리 노릇도 했습니다.

아기에게 온 정신을 쏟았습니다. 출산도 하기 전에 인형을 가지고 목욕 연습을 시킬 정도로 극성스러웠습니다. 태어난 아기가 너무 예뻐 이마에 난 잔털을 매일 쓰다듬으며 젖을 먹였습니다. 나는 무엇에 몰두하면 얼마나 잘하는지 모릅니다. 시부모님이 아기 봐 주는 것도 싫었습니다. 내가 다 키우고 싶었습니다. 그렇게 아이만 보고 살았습니다.

아이가 네다섯 살쯤 되었을 때인데, 밖에서 친구가 부르는 소리에 물었던 젖을 얼른 놓고 나가니까 그 순간 너무 허무했습니다. 허무감과 죽음에 대한 생각은 잠시 숨어 있었을 뿐 어디로 가지 않았습니다. 아이를 어느 정도 키우고 나자 증상이 더 심해졌습니다. 결혼한 것도 싫고, 남편도 싫고, 아이 낳은 것도 싫었습니다. 그러는 나 자신 자체가 한 편의 부조리 연극이었습니다.

나 스스로도 정상이 아니라는 생각이 들었습니다. 그럴 때는 정신과 상담을 받는 것이 좋다고 어느 책에서 읽은 것 같습니다. 그래서 친구의 소개로 신경정신과 의사를 만나 상담을 받기 시작했습니다. 그당시 매우 유명한 의사였습니다. 그런데 그 의사가 나와 이야기를 하면서 내 뒤, 얼굴과 같은 높이의 선반 위에 놓인 시계를 힐끔힐끔 보고 있었습니다. 그래서 마음이 상했습니다.

나는 나 자신에게 말했습니다.

'그냥 살아. 네 힘으로 살아. 네 힘을 다해, 죽지 마.'

그렇게 생각하고 더 이상 상담받으러 가지 않았습니다. 오히려 그다음부터 씩씩해졌습니다. 누가 내 뒤통수를 때려야만 꼭 깨달아지는 것은 아닙니다.

허무가 깊어질 무렵 길을 가다가 고등학교 선배를 만났습니다. 그 선배가 물었습니다.

"혜자야, 너 연극 좋아했잖아. 너 시집 갔다면서?"

사실 탤런트 그만두고 너무 창피해서 결혼할 때 아무에게도 말을 하지 않았습니다. 피아노 반주해 줄 친구에게만 알린 것이 전부였습니다.

그런데 그 선배가 말했습니다.

"너 연극하고 싶지 않니?"

그 권영주 선배가 당시 드라마센터(남산 기슭에 있던 연극 전문 소극장. 1962년 극작가이며 연출가인 유치진이 미국 록펠러재단으로부터 재정 지원을 받아 설립했다. 이해랑이 초대 극장장을 맡아 많은 연극인을 배출했다)에서 연극을 했습니다. 지적인 연극인들이 많이 모여 있는 곳이었습니다.

"너, 거기 가서 연극하지 않을래?"

가끔 즐거울 때도 있었지만 지루하고 평범하게 몇 년을 집안에서만 지냈을 때의 일이었습니다. 이런 생활이 내 전부는 아닐 텐데 하면서, 그저 그런 아주머니로 인생을 살아갈 것만 같은 불안감을 느끼고 있을 때 권영주 선배가 나를 구제해 주었습니다. 연극을 하면 연기의 기초를 배울 수 있다고 그 선배가 권했고, 덕분에 드라마센터에 발을 들여놓았습니다.

셰익스피어 작품을 했는데, 나에게 백작부인 역을 시켰습니다. 물론 잘하지는 못했습니다. 그래도 백작부인이라고 넓게 퍼지는 옷 입고, 연기 실력이 서툴러도 재미있었습니다. 매일 드라마센터에 갔습니다.

그때는 실험극장(김의경, 이순재, 허규 등이 모여 1960년에 창단한 극단. 첫 공연으로 이오네스코의 「수업」을 무대에 올리는 등, 기존의 사실주의극이 아닌 부조리극을 공연함으로써 기성극단과 차별되는 실험 정신을 드러냈다. 한국의 대표적 극단으로 성장했다)이라는 극단이 있었는데 오현경, 김성원, 김동훈, 김동원, 나영세 등 유명한 연극배우는 다 그곳에 있었습니다.

지금은 돌아가신 연출가 허규 선생님이 드라마센터에서 내가 연극하는 것을 보고 배우가 될 성싶어 보였는지 실험극장으로 데려갔습니다. 그분으로 인해 지휘자에 따라 오케스트라 음악이 달라진다는 것을 알았습니다. 마당극을 누구보다 먼저 시작한 분인데, 장구를 치면서 "쿵 치면 넘어지고, 쿵 치면 일어나." 하는 식으로 연기 연습을 시켰습니다. 나는 그 배우수업이 너무 재미있었습니다. 그분이 북을 치면 가슴이 둥둥둥둥 뛰었습니다. 내가 임자를 만난 것입니다. 그렇게 그분 밑에서 연기를 배웠습니다.

그러면서 연기에 자신이 붙었습니다. 권영주 선배가 창단 멤버인 민중극장(이근삼, 김정옥, 양광남 등 해외 유학파가 중심이 되어 창단한 극단으로 실험성 강한 번역극과 창작극을 무대에 올렸다)의 창단 공연 작품인 페리시앙 마르소 원작 「달걀」로 추송웅 씨와 함께 연극에 데뷔했습니다. 미숙하기 그지없는 연기였지만 무대 위에서 보람을 느꼈고 사는 것 같았습니다. 지루했던 생활에 조금씩 활기가 생겼고, 연기에 재미가 붙기 시작했습니다. 그후 민중극장 공연에는 한 번도 빠진 적이 없는 열성파 연기인의 하나가 되었습니다. 한곳에 미치는 것이 여간 신나고 멋있는 일이 아니었습니다.

실험극장, 자유극장('그리스 연극에서 비롯된 서구 연극을 계승,

발전시켜 오늘의 참된 한국 현대극을 창조하겠다'는 포부를 가지고 연출가 김정옥이 주축이 되고 민중극장의 일부 단원과 나옥주, 최상현, 박조열, 김혜자, 최불암, 문오장, 박정자, 김용림, 김무생 등이 단원으로 참여해 1966년 창립되었다)에서도 교섭이 왔습니다. 모두가 욕심내는 작품들이라 시간을 쪼개어 열심히 뛰고 열심히 움직였습니다.

민중극장에서 「국물 있사옵니다」, 「토끼와 포수」, 「도적들의 무도회」 등에 출연했고, 자유극장으로 옮겨서는 「따라지의 향연」, 「피크닉 작전」, 「신의 대리인」, 「해녀 뭍에 오르다」 등에 출연했습니다.

실험극장에서 하는 연극들의 주인공 역도 맡았습니다. 「유다여 닭이 울기 전에」, 「상아의 집」, 「사할린스크의 하늘과 땅」, 「피가로의 결혼」 등 내가 할 만한 작품은 거의 다 주인공을 했습니다. 연극계에서 백성희, 나옥주 선생의 계보를 잇는 배우가 나타났다는 평판까지 듣는 스타가 되었습니다. 끼를 가지고 있었는데 발현이 안 되었다가 정식으로 교육을 받으니까 밖으로 나온 것입니다.

「사할린스크의 하늘과 땅」(허규 연출, 이재현 극본 1967년 극단 실험극장 공연. 김성원·김혜자·이정길·박주아·오현경·백일섭 출연. 소련 사할린스크에 강제 징용된 동수, 동진 두 형제를 통해 조국에 대한 갈망과 향수, 민족의 비극을 형제애와 부부애로 승화시킨 작품. 한국연극영화상 대상·작품상·희곡상 수상)에서는 온 정열을 쏟아부었습니다. 얼마나 열연을 했던지 마지막 공연 날 막이 내리자 허탈감에 빠져 무대를 떠나고 싶지 않았습니다. 연극 속에서 나의 인생을 다 살아 버린 것 같았습니다. 이 작품으로 한국연극영화상 여자연기상을 수상했고, 문화대상 여자연기상도 받았습니다.

무엇보다 마음에 들었던 배역은 「유다여 닭이 울기 전에」(허규 연출, 오태석 극본 1969년 극단 실험극장 공연. 김혜자·김동훈·나영세·박주아 출연. 두 남자가 한 여자를 서로 팔아먹는 심층 심리의 진실을 그린 작품. 서울신문 문화대상 수상)에서 내가 맡은 여주인공 역입니다. 왜인지 모르지만 남자에게 배신당하고 마약 중독으로 허물어져 가는 여자를 연기하는 것이 좋았습니다.

그 여주인공이 했던 대사를 다시 찾아보았습니다.

"날 차지하기로 됐다고요? 다행이에요. 저 여기서 영 헤어나지 못하는가 했어요. 저도 한잔 주세요. 저 당신하고 헤어지고, 그만 이상해지고 말았어요. 아니, 모두 잊어버리고 싶었어요. 그래서 머릿속을 뜯어 버린다고 병원엘……. 저 무서웠어요. 하마터면 병원에서 영영 나오지 못할 뻔했어요. 캡슐, 딱정벌레 같은 수면제 세 알이 늘 내 손바닥을 파먹고 있었어요. 그것들이 파 들어가 보이지 않으면 세 알을 또 쥐어 줬어요. 그러면 또 파먹고. 그것이 나를 재웠어요. 그러면 또 세 알이 내 머리로 기어올라 왔어요. 내 머릿속을 파먹었어요. 깨 보면 그 빨간 것들이 배가 통통 불어 가지고 손바닥에서 뒹굴고 놀아요. 그래 손바닥이 저려 오면 또 잠이 들죠. 그러면 내 머릿속으로 기어올라 또 파먹고, 내 머릿속은 개미집처럼 뚫렸어요. 그 빨간 딱정벌레들이……. 당신, 당신 아니었더라면 저 그냥 그것들한테 당하고 말았을 거예요. 무서워요. 나 버리지 않겠죠? 내 말은……, 여기도 마찬가지예요. 저 여기서도 그것 먹어요. 그 빨간 딱정벌레를 하루에 세 알씩 먹고 있어요. 그러면 잠이 오죠. 잠이 오면……."

옛날에 내가 열심히 외우고 무대에서 했던 대사를 다시 읽으면 그때의 나로, 그때의 내 감정으로 확─ 하고 건너갑니다. 「유다여 닭이 울기 전에」를 할 때는 또 지금까지의 어떤 고정관념에 따른 연기가 아니라, 가령 '절망' 같은 것을 대사에 의해서가 아니라 발목의 관절이 딱 꺾인다거나 뒤로 나자빠지는 동작 등으로 표현해야 해서 그것을 고심했습니다. 연극 작품들이 그렇게 내면 연기를 키워 주었습니다. 연기를 하면서 행복이 무엇인지, 행복의 정체를 느낄 수 있었습니다.

그때 나는 6년 만에 다시 임신을 해서 입덧으로 다른 음식은 못 먹고 매일 딸기만 먹으며 살았습니다. 연출 선생님이 무대 뒤에서 북을 쳐 줍니다. 막이 오르면 나는 신이 오릅니다. 남편과 애인 사이에 방황하는 여인이 되어 울고 웃고 하다 보면 그대로 나 자신의 일처럼 빠져들어 갑니다. 애인과 남편의 공모로 죽임을 당하는 나……. 요란한 박수 소리와 함께 막이 내립니다. 땀에 흠뻑 젖어 흡사 물에 빠진 생쥐 꼴이 된 나는 딸기를 몇 개 집어먹고 또다시 저녁 공연을 위해 열심히 화장을 합니다.

함께 KBS 탤런트 공채에 합격한 배우들이 브라운관에서 두각을 나타내고, 텔레비전 연속극이 활발해지자 무대 연기인들도 하나둘 그쪽으로 옮겨 가기 시작했습니다. 나도 4년 동안 연극에 몰두하며 살다가 다시 KBS TV에 나갔지만, 이미 정상의 길을 걷고 있는 동기 탤런트들을 보면서 심한 좌절감이 들었습니다. 화려한 조명을 받으며 커져 가는 그들을 의식하면 화제의 대상도 되지 못하는 나 자신이 얼마나 초조했는지 모릅니다. 그럴 때마다 '내면적인 연기가 더 중요한 거야.' 하면서 자꾸만 초라해져 가는 자신을 위로했습니다.

김동현 극본, 박재민 씨가 연출한 「무죄」에서 조금 사람들 입에 올랐습니다. 파리했던 얼굴에 화색이 돌기 시작했습니다. 사람들과 얘기도 하게 되고 마음 놓고 웃기도 했지만, 여전히 여러 사람 앞에서는 두 손 둘 곳을 몰라 쩔쩔맸습니다.

MBC 방송국이 개국하면서 스카우트되어 본격적으로 텔레비전 드라마를 하게 되었습니다. 딸을 임신한 채 「개구리 남편」(표재순 연출, 김동현 극본 1969~1970 MBC 개국 기념 100부작 드라

마. 김혜자·최불암·박근형·도금봉·백일섭 출연. 유부남 과장이 신입 여사원과 사랑에 빠지는 내용을 그렸다. '불륜 조장'이라는 청와대의 지적에 일부가 삭제되는 수난을 겪었다)이라는 드라마를 시작했는데, 나를 쓰려고 극 중 인물도 임신한 것으로 설정해서 배가 부르는 과정과 병원에서 퇴원하는 모습까지 찍었습니다. 해산하고 사흘 만에 엄동설한에 야외 촬영을 나가는 나를 보며 시어머니가 걱정했던 기억이 납니다.

심한 입덧과 과로로 내 몸은 극도로 쇠약해졌건만, 마음은 하늘을 나는 듯 부풀어 올랐습니다. 내 몸이 약해져 가는 것을 즐기고 있는 듯했습니다.

죄송스럽게도 가끔씩 나는 두 아이의 엄마라는 것, 그리고 아내와 며느리 위치를 까맣게 잊고 배우 김혜자로서만 있고 싶은 순간을 자주 갖게 되었습니다. 칭얼대는 두 아이가 나 혼자만의 세계를 방해하면 아이들한테서 도망가 골방으로 숨어 버렸습니다. 정말로 혼자이고 싶을 때가 많았습니다. 엄마와 아내로서는 완전히 낙제점이었습니다.

첫 드라마 「개구리 남편」은 많은 화제 속에 끝을 맺었습니다. 극 중 인물로 만삭의 여인이었던 나는 아기를 낳을 때까지, 그리고 낳고 나서 일주일도 안 된 채 시청자 앞에 부은 얼굴을 내보여야 했습니다. 이런 나에게 사람들은 동정을 보내기도 했고, 불편한 몸을 이끌고 열의에 차서 하는 것에 찬사를 보낸 사람도 있었습니다. 어떤 분은 아무리 연기가 좋지만 너무하다고 비난했습니다. 사실 나의 사생활을 그대로 드러내 놓으면서까지 출연하고 싶지는 않았지만, 그 당시 주위 환경이 이를 거부할 수 없게 했습니다. 시청자들의 열렬한 반응 속에서 출연자들이나 스태프들이 하나같이 너무나 열심히 하고 있었기 때문입니다.

어떤 분들은 「개구리 남편」 속 최불암 배우의 아내인 나를 실제의 나로 잘못 알고 무척 가정적이라고 믿었습니다. 아기를 낳고 몸조리도 제대로 못한 채 야외 촬영을 마치고 집에 돌아와서 누워 있는 아기를 보자 왈칵 눈물이 났습니다. 나의 전부가 사람들 앞에서 벗겨져 버린 것 같아 사람들 앞에 나서기가 두려웠습니다.

죽음을 생각하는 것, 까닭 없이 우울하고 절망하는 것은 나만의 일이 아니라는 것을 사람들과 얘기를 나누면서 알았습니다. 책을 통해서도 나 같은 사람이 많다는 것을 알게 되었습니다. 우리 모두 조금씩은 부조리 연극의 배우들입니다. 단지 그렇지 않은 것처럼, 아무렇지 않은 것처럼 절망감과 우울증 속에서도 스스로 힘을 내어 살아가는 것입니다. 그것이 삶이고, 그것이 인간입니다.

배우의 경우, 내면에서 그런 다양한 감정들을 경험하고 나서 연기하는 것과, 그런 감정을 전혀 모르고 연기하는 것은 다릅니다. 어디가 달라도 다를 것입니다. 이유 없이 부조리한 의식 세계를 경험하고 마음속에서 많은 감정을 느낀 다음에 연기하는 것과, 애초에 그런 것 없이 연기하는 것은 다르다고 나는 생각합니다. 눈빛이라도 다를 것입니다. 그 눈빛 어딘가에 허함이 보일 것도 같고.

신은 절대로 내가 경험한 삶이 그냥 없어지게 하지 않았습니다. 내가 아주 우울한 생각을 했든, 너무 슬픈 생각을 했든, 치졸하고 부끄러운 생각을 했든, 그 모든 것이 내가 역을 맡을 때 조금씩 도움을 주었습니다. 내가 겪은 모든 일과 감정들이 연기에 다 투영되었습니다.

내 마음속이 그토록 뒤범벅일 것이라고는 누구도 모릅니다. 부잣집에 태어나 좋은 학교에 다니며 순탄한 삶을 산 것처럼 보이지만, 내 마음속 회오리가 있기에, 복잡한 심리가 있기에 연기에 많은 도움이 되었습니다. 배우에게는 어떤 경험도 나쁜 경험이 없습니다. 물론 그것을 이겨 냈으면 말입니다. 아주 거지같이 살아도 그것도 좋은 것이고, 나쁜 남자를 만나 살아도 그것을 극복할 수만 있다면 다 좋은 경험입니다, 배우로서는.

아프리카로 아이들 보러 다니는 것은 힘든 수고가 아니었습니다. 오히려 나에게 힘을 주었습니다. '내가 이 아이들을 위해 뭔가를 해야만 해.' 하고 생각했습니다. 나에게는 아이들을 보러 가는 것이 나를 살리는 일이었습니다. 사람들은 나에게 애쓴다고 말하지만, 나는 하나도 애쓰는 것이 없었습니다. 그 아이들을 보면서 이렇게 다짐하곤 합니다.

'살아야지. 열심히 해야지.'

사람들이 애쓴다고 자꾸 말해서 "아니에요."라고 계속 말하기 뭣해서 가만히 있지만, 나는 아이들을 보는 순간, 살아야겠다고 느낍니다. 내가 돌봐야 할 아이들이 너무 많구나, 하고 느낍니다.

신이 우리에게 원죄가 있다고, 우리를 죄인이라고 했습니다. 나는 '우리가 무슨 죄인이야? 무슨 죄를 졌다는 말인가?'라고 생각했었습니다. 하지만 아프리카 다니면서 알았습니다.

'아, 나는 죄인이야. 이렇게 사는 사람들이 있다는 걸 몰랐다는 것, 이렇게 굶기를 밥 먹듯 하는 아이들이 세상에 있다는 걸 몰랐다는 것, 이게 죄가 아니면 무엇이 죄인가? 꼭 살인만이 죄인가?'

나는 그곳의 천사 같은 아이들을 보며 그것을 알았습니다.

우리는 너무도 모릅니다. 삶 그 자체가 힘든 사람들이 얼마나 많은지를. 아프리카를 다녀오면 피곤하지 않았습니다. 사람들은 나에게 피곤하지 않느냐고 물었지만, 나는 오히려 활력이 넘쳤습니다. 그곳이 나를 정신 차리게 했기 때문입니다.

타고난 것은 사라지지 않습니다. 나는 허무주의자로 타고났고, 정신력이 그다지 강한 사람이 아닙니다. '하나님이 정말 나를 사랑하신다면 지금쯤 데려가도 좋을 텐데.' 하는 생각을 많이 합니다. 슈베르트가 '내일 아침엔 깨지 말았으면' 하는 바람으로 매일 잠자리에 들었다는 말을 듣고 그 사람이 좋아지기까지 했습니다. 작품을 하거나 무슨 일을 할 때, 그 일이 끝나면 매번 생각합니다.

'이런 것이 다 무슨 의미가 있지?'

늘 삶의 한쪽에 죽음이 함께했습니다. 신이 나를 그런 사람으로 만드셨습니다. 그리고 그 허무에 더 깊이 빠지기 전에 다음 작품에 온 힘을 다해 매달리게 되었습니다. 어찌 보면 돈과 명예가 아니라 그 천성적인 허무가 나에게는 연기 생활에 더욱 전념하게 한 원동력이었습니다. 나 자신은 죽음을 생각하지만 사람들은 내 연기에서 위로받게 하고 싶었습니다.

'살아, 네 힘으로 살아. 네 힘을 다해, 죽지 마.'라는 결심이 나를 살게 했습니다.

영화 「마더」 © 홍경표

매번 처음 사는 인생으로 살았다

「마더」(봉준호 감독의 2009년 개봉 영화. 김혜자·원빈 주연. 살인범으로 몰린 아들을 구하기 위해 백방으로 뛰는 엄마의 처절하고 극단적인 모성애를 다룬 화제작)는 「마요네즈」 이후 꼭 10년 만에 출연한 영화입니다.

「마더」 속 엄마는 삶이 불안한 여자입니다. 시골 읍내의 작은 약재상을 운영하면서 어찌어찌 알게 된 무면허 침술 치료를 가끔씩 하며 생계를 꾸립니다. 그녀에게는 단둘이 살아가는 아들 도준(원빈)이 있습니다. 스물여덟 살임에도 제 앞가림을 못합니다. 바보라는 말을 병적으로 싫어하는, 지능이 조금 모자라는 아들이지만 엄마에게는 세상의 전부입니다. 자잘한 사고를 치고 다니는 도준에게서 엄마는 불안한 눈을 떼지 못합니다. 대본 처음부터 '넋 나간 얼굴'이라는 지문이 나옵니다. 그것을 읽는 순간 내 시선이 불안해졌습니다. 촬영 현장에서도 도준 역의 원빈을 찾느라 두리번거렸습니다. 영화에도 나오지만, 엄마는 잘 때도 도준이 집에 들어오기 전까지는 양말도 벗지 않은 채 부동자세로 누워 있습니다. 어디선가 도준이 바스락거리는 소리만 들려도 뛰어나가기 위해서입니다.

어느 날, 한 여고생이 머리에 돌을 맞은 상태로 살해당하고 온 동네가 뒤집힙니다. 난데없이 도준이 범인으로 몰립니다. 도준에게는 단기기억 상실증이 있었기에 그날 밤 있었던 일들을 기억하지 못합니다. 경찰은 어리숙해서 말이 통하지 않는 도준을 용의자로 체포해 반 강제로 자백을 받아 냅니다.

없는 돈에 선임한 변호사는 돈만 밝히고 뇌물 아닌 뇌물로 약초를 받아 채갑니다. 엄마는 절대로 받아들일 수 없습니다. 한없이 착하고 세상물정 모르는 도준이 살인을 저지를 리 없습니다. 그래서 아들의 무죄를 밝히기 위해 동물 같은 본능으로 비틀린 모성애를 발휘합니다. 믿을 사람 하나 없이 세상과 싸우며 진짜 범인을 찾아나섭니다. 도준의 혐의가 굳어져 갈수록 엄마 또한 섬뜩한 광기가 커져만 갑니다. 결국 그녀는 또 다른 희생자를 만듭니다. 무제한의 사랑에서 오는 광기입니다. 긴장과 불안이 쌓이고, 작두로 약재를 설컹설컹 자르는 장면부터 신경을 갉는 분위기가 흐릅니다.

「마더」는 봉준호 감독이 직접 시나리오를 쓰고 감독한 작품입니다. 나를 떠올리며 시나리오를 썼다고 인터뷰에서도 밝힌 적이 있습니다.

"한 배우 때문에 구상하게 된 스토리이다. 스토리 이전에 배우가 먼저 있었다. 내가 어릴 때부터 줄곧 봐 왔던 김혜자 배우와 영화를 해 보고 싶은데, '저분과 영화를 찍는다면, 늘 하던 어머니상이 아닌 어떤 스토리를 할 수 있을까?' 해서 순간적으로 스토리가 나오게 되었다. 김혜자 배우가 '하지 않겠다.'라고 거절했으면, 아마 이 영화 자체를 접었을 것이다. 플랜B, 플랜C가 있는 게 아니었다."

김혜자의 '국민엄마' 이미지 이면이 궁금했다는 것입니다. 그리고 '가슴에 시퍼런 멍이 드는 느낌'의 영화를 나와 함께 만들고 싶다고 했습니다. 내가 그동안 쌓아 올린 이미지를 해체하려는 나의 갈구와 맞아떨어졌습니다.

1995년에 방영된 MBC 미니시리즈 「여女」가 있습니다. 방송위원회로부터 여러 차례 경고를 받은 작품입니다. 이 드라마에서 내가 주인공 역을 맡은 중년 여인은 유괴한 아기를 친딸로 속여 키우다가 뒤늦게 진실을 안 딸에게 버림받고 미쳐 버립니다. 그녀는 집요하게 거짓으로 거짓을 덮으며 살아가다가 위협이 닥치면 평소의 자애로운 얼굴을 벗고, 새끼를 품은 어미 개처럼 이빨을 드러냅니다. 봉준호 감독이 이 드라마를 보다가 히스테리를 일으키는 나의 얼굴에서 언뜻 광기를 느꼈다고 했습니다.

나는 그가 감독한 「살인의 추억」을 보고 잘 만든 영화라고 생각했는데, 그 무렵 백지연 아나운서에게서 전화가 와서 봉준호 감독을 아느냐고 물었습니다. 내가 「살인의 추억」을 언급하며 그를 극찬했더니, 백지연 아나운서가 "그 감독이 선생님이랑 일하고 싶대요." 하고 말해 주었습니다. 그렇게 봉준호 감독과의 인연이 시작되었습니다. 촉망받는 감독, 그것도 내가 좋아하는 영화감독이 나를 가지고 영화를 기획한다는 것은 배우로서 무척 행복한 일이었습니다.

어느 프랑스 학자가 "신인배우는 몸을 보여 주지만 스타는 영혼을 보여 준다."라고 말했다고 합니다. 배우가 영혼을 보여 주는 연기를 할 수 있으려면 주제를 끌고 나가는 좋은 대본과 뛰어난 감독이 필요합니다. 아무리 배우가 무엇을 시도하고 싶어도 그 두 가지가 받쳐 주지 않으면 불가능합니다.

봉준호 감독은 그 두 가지 능력을 가진 천재 감독으로 나에게 다가왔습니다. 그 사람은 내 안에 있던, 아직 분출되지 않았던, 배우로서의 다른 모습을 표현시켰습니다. 봉 감독이 아니었다면 나의 그런 불길은 그냥 묻힌 채로 식어 버렸을지도 모릅니다.

뛰어난 감독은 배우가 가진 그때까지의 기존의 이미지만을 이용하지 않습니다. 그렇게 하면 새로운 작품이 될 수 없습니다. 나는 연기자로 살아오면서 그런 대본이나 연출자를 싫어하거나 거부했습니다.

뛰어난 감독은 배우라는 원료 혹은 재료를 가지고 완전히 새로운 이미지를 창조합니다. 그것이 영화 예술이라고 나는 생각합니다. 「마더」뿐만 아니라 다른 작품들에서도 봉준호 감독은 배우들에게 새로운 얼굴, 아니 새로운 영혼을 입히는 감독입니다.

처음 연락을 주고받은 후부터 봉준호 감독은 잊어버릴 만하면 전화를 하곤 했습니다. 안부를 묻고, 연극할 때 찾아오고 하면서 5년 동안 나에게 「마더」의 '혜자'를 각인시켰습니다. 잠자는 내 안의 감정들을 일깨워 준 사람입니다. 엄밀히 말하면 영화 속에서 엄마는 배역에 이름이 없습니다. 그냥 엄마입니다. '엄마가 김혜자다.'라는 느낌을 주고 싶은 감독의 의도였습니다.

처음 시놉시스를 듣고 '굉장히 특이한 엄마의 일이 벌어지겠구나.' 하고 마음이 끌렸습니다. 봉준호 감독은 「마더」에 대해 "도덕적 딜레마까지 감수하고서라도 모성의 극한이 과연 어디까지 갈 수 있는 걸까, 엄마가 한번 광기로 돌진하기 시작했을 때 어디까지 폭주할 수 있는가를 보여 주고 싶었다."라고 했습니다.

영화를 촬영하면서 나는 봉준호 감독에게 이 한 가지를 주문했습니다.

"나를 많이 괴롭히고 극단까지 밀어붙여 주세요."

「마더」를 촬영하면서 평생 연기자로 당해 보지 않았던 일을 다 해 봤습니다. 따귀를 맞고, 사람을 죽이고, 불도 지르고, 별짓을 다 했습니다. 온갖 조롱과 수모도 당했고, 굉장히 특이한 상황 속에 나를 집어넣었습니다.

「마더」는 햇살에 반사되어 반짝이는 들판의 억새풀들 사이에서 한 나이 든 여자가 걸어와 흐느적흐느적 춤을 추는 장면으로 영화가 시작됩니다. 슬픈 듯하면서도 웃기도 하는 복잡미묘한 표정입니다. 자신의 모든 것을 잃어버린 듯한 상실의 춤사위입니다. 되는 대로 팔을 들어올리고, 엉덩이를 흔들며, 건드리면 울음을 터뜨릴 것 같은 표정으로 관객에게 기구한 사연이 있음을 느끼게 합니다. 한국 영화 사상 가장 인상적인 오프닝이라는 평을 받는 장면입니다.

그 춤을 춰야 하는데 처음에는 너무 무안했습니다. 연습은 했지만 막상 혼자 추려니 말할 수 없이 어색했습니다. 그때 나를 위해 봉준호 감독이 주변의 스태프들도 들판에서 다 함께 춤을 추게 했습니다. 카메라는 나를 찍고, 카메라 뒤에서 모든 사람이 그 춤을 추었습니다. 감독도 스태프도 다 같이 추었습니다. 그런데 감독의 큐 사인이 나자마자 그 사람들이 하나도 눈에 들어오지 않습니다. 그냥 자연에 몸을 맡기고 추었습니다.

춤이라고 할 수 없이, 풀잎이나 나무처럼 몸을 흔들었습니다. 마치 나뭇잎 같은 존재, 혹은 바람 같은 존재를 드러내려고 했습니다. 춤을 추면서 손으로 눈을 가리는 신이 있는데, 봉준호 감독이 눈에서는 눈물이 나더라도 웃으라고 했습니다.

영화 마지막에도 동네 여인들과 야유회를 가면서 관광버스 안에서 추는 춤이 있습니다. 막춤을 추면 된다고 했는데, 그게 막 추는 것 같아도 에너지 안배를 잘 해서 지치지 않고 몇 시간씩 추어야 하는 춤입니다. 내가 관광버스 춤을 모른다고 하자 감독이 나를 직접 관광버스에 태워 춤을 보여 주기도 했습니다. 관객들도, 배우인 저도 그 마지막 장면의 연출은 잊을 수 없습니다.

봉준호 감독은 단역부터 스태프 막내까지 이름을 다 외우는 것으로 유명합니다. 아예 이름을 적어서 공부하듯이 외웁니다. 현장에서 디테일 하나하나를 지나치게 꼼꼼히 챙겨서 '봉테일'이라는 별명이 붙었습니다. 사실 그런 감독과의 작업은 누구라도 쉽지 않을 것입니다. 스태프들이 현장에서 '봉테일'이라고 부르는 걸 보고 '그 사람이 이렇게 찍자고 하면 나도 그렇게 해야겠다.'라는 생각이 들었습니다. 별명대로 정말 빈틈 없는 사람입니다. 촉수가 이리저리 정확하게 뻗어 있는 것처럼, 작은 소품 하나 빠진 것이 어딘가로 느껴지는 것 같았습니다. 그래서 놀랐습니다.

영화 후반부에 혜자가 도준에게서 침통을 건네받는 장면이 있습니다. 혜자가 또 다른 살인 현장(도준이 여고생 살인 사건의 진범임을 목격한 동네 노인이 살해당한 사건)에서 떨어뜨린 침통입니다. 도준은 "이런 거 좀 흘리고 다니지 말라."면서 침통을 줍니다. 그 침통을 받아드는 장면의 연기를 지시하는 지문에 '형언할 수 없는 표정'이라고 적혀 있었습니다. 그 '형언할 수 없는 표정'이 아무리 해도 표현이 되지 않았습니다.

이래도 안 되고 저래도 안 되고, 성에 안 차서 많이 울었습니다. 감독이 오케이를 했는데도 내가 연기한 것 같지 않았습니다. 속으로 '나한테서 더 이상 나올 게 없으니까 오케이를 한 걸 거야.'라는 생각까지 들어서 더 서러웠습니다. 그래서 "그럼 감독이 직접 해 봐요."라고 소리를 지르고 뛰쳐나갔습니다. 하고 싶은 말은 휴대폰 문자로 하라고 하면서. 내가 그때까지 휴대폰 없이 사니까 「마더」 팀에서 답답하다고 사 준 휴대폰이 있었습니다. 그랬더니 바로 '자신의 성에 안 차겠지만, 세상이 환호할 때는 인정하세요.' 하고 봉 감독이 보낸 문자가 떴습니다. 다시 돌아가서 마음을 다잡고 '형언할 수 없는 표정' 촬영에 들어갔습니다. 가장 여운이 남는 장면이었습니다.

그렇게 배우를 배려해 주는 감독이지만, 연기에 있어서만은 봐주는 것이 없습니다. 마음에 안 들면 "다 좋은데 한 번만 다시 해 주세요."라고 말합니다. 반면에 감독이 원하는 장면이 나오면 배우가 더 촬영하고 싶다 해도 여지 없이 멈췄습니다. 나에게 "선생님, 눈만 동그랗게 뜨지 마시고요!"라고 지적한 적도 있습니다. 놀라는 연기를 한 것인데 어떻게 해야 할지 몰랐습니다. 속상해서 눈물이 났습니다. "우시는 것 말고요."라고도 했습니다. 거대한 연기의 벽에 부딪혀 답답했습니다.

봉준호 감독도 그 상황을 기억하고 나중에 어느 자리에서 말했습니다.

"연기가 마음에 안 든다고 우시더라. 예를 들면, 메시가 자신의 축구 실력이 마음에 안 든다고 울고 있는 것과 비슷하다. 마치 자기 문장이 마음에 안 든다고 울고 있는 톨스토이를 보는 것과 같다."

봉준호 감독은 내가 마치 신인배우처럼 항상 불안해한다고 했습니다. 감독이 오케이 사인을 내도 정말 오케이냐고 내가 계속 반문했기 때문입니다. 사실 나는 언제나 신인입니다. 그 역을 처음 맡아서 하기 때문에 그렇습니다. 매번 맡은 역마다 처음 사는 인생이니까.

봉준호 감독은 타성에 젖어 있는 내 연기를 깨부순 사람입니다. 한 장면을 서른 번 넘게 다시 촬영한 적도 있지만, 부딪친 것이 아니라 나와 마음이 똑같았습니다. 봉 감독은 연기를 여러 버전으로 해 보기를 원했습니다. 틀에 박힌 듯 할 수도 있는 것을 이리저리 바꿔 가며 해 보니 더 재미있다는 것을 느끼게 해 주었습니다. 영화를 찍는 다섯 달 동안 나를 쉼 없이 군산, 남원, 곡성, 거제, 강원도 등으로 데리고 다니면서 극단의 감정까지 느끼게 했습니다. 첫 촬영 때 똑같은 장면을 열여덟 번 찍는데, 나중에는 이런 생각까지 들었습니다.

'내가 진짜 연기를 못하나 보다. 나 때문에 영화를 망치면 어떡하나.'

대단히 뛰어나고 천재적인 사람이라 나도 모르던 내 표정이 나오게끔 상황을 만들어 갔습니다. 그래서 「마더」는 다른 작품보다 나에게 특별한 의미가 있습니다.

나는 봉준호 감독을 존경합니다. 정말 똑똑한 사람입니다. 지금껏 많은 감독, 연출가들과 작업하며 봐 왔지만, 그 사람은 머릿속에 자신이 원하는 것이 빈틈없이 잡혀 있고 우물쭈물하는 법이 없습니다. 연기할 때마다 그가 하는 디렉션이 모두 옳아서 감탄하면서 찍었습니다.

처음에 봉준호 감독에게 출연 제의를 받고 주변에는 알리지 않고 오랜 지기인 김수현 작가에게만 얘기했습니다. 김수현 작가가 전에 다른 영화의 경우는 '영화는 텔레비전과 달라 단순하지 않다.'며 만류했는데, 봉준호 감독과 하겠다고 하니 '좋은 감독 같다. 이번에는 하는 게 좋겠다.'라며 말리지 않았습니다.

나는 그동안 드라마 속의 일상적인 엄마에 조금은 싫증 나있었습니다. 인생이 재미없을 정도였습니다. 거기서 거기인 엄마 역만 수도 없이 했습니다. 배우로서 그건 지치는 일입니다.

'지금 내가 무엇을 하고 있나? 똑같은 엄마 이야기는 더 이상 하기 싫어.'

그런 생각이 들 때도 많았습니다. 영화를 함께하자는 사람들이 많았지만 모두 텔레비전 드라마에서 내가 연기한 캐릭터와 유사한 역할뿐이었습니다. 나 스스로 흥미가 가지 않았습니다. 나는 늘 다중적인 인간을 그린 작품을 하고 싶었습니다. 인간이 얼마나 복잡한 존재인데…… 내가 관객이라도 텔레비전에서 보던 모습을 영화관에서 돈 내고 보고 싶지는 않습니다.

「마더」는 나의 죽어 있던 세포를 깨워 준 영화입니다. 봉준호 감독은 내가 미처 생각도 못한 것을 얘기할 때도 많았고, 생각은 같지만 내가 표현이 부족할 때 말해 준 것도 많았습니다. 나를 깨워 놓고 자기 생각을 얘기해 주어서 좋았습니다.

촬영을 하면서 그동안 딱딱하게 굳어 있던 것들, 고착되어 있던 생각들이나 매너리즘에 빠져 있던 것들이 새로워졌습니다. 땅을 일구듯이 나를 다시 일구고 새로 거름을 준 것 같았습니다. 내게 일에 대한 열정이 사라졌다고 생각했는데, 현지 촬영으로 전국을 돌아다니니까 만성인 두통도 없어지고, 새로운 열정과 희열이 솟아나는 게 신기했습니다. 불씨만 남아 있던 열정을 다시 타오르게 해 준 봉준호 감독에게 너무나 감사했습니다.

영화를 본 분들은, 엄마 '혜자'는 어머니라기보다 어미라는 말이 더 어울린다고 하는데, 내가 보기에 그 엄마는 '어미'도 아닌 '에미'입니다. 누가 자기 새끼를 해치려고 하면 눈을 번뜩이며 으르렁거리는 것이 꼭 짐승 같아 보입니다. 살해된 소녀의 화장터에 꽃무늬 머플러 하고서 찾아가 "우리 아들이 안 그랬거든요!"라고 외치는 장면에서 광인처럼 내 눈이 돌아갑니다. 나 자신도 나중에 그 모습을 보고 너무 놀랐습니다. 어떻게 내 눈이 저렇게까지 달라질 수 있나 해서. 그 장면을 찍고 봉준호 감독이 와서 모니터를 보라고 해서 보았습니다. 그 돌아간 눈을 보면서 나도 모르게 감독에게 부탁했습니다.

"어머, 이 여자가 왜 이래요? 이 장면은 좀 빼 주세요. 너무 무서워요."

내가 보기에도 무서워서 더 이상 모니터링을 하지 못했습니다. 그런데 감독은 그 장면이 너무 좋다고 했습니다.

「마더」는 자식에 대한 보호 본능을 짐승 수준이라고 생각하고 찍은 영화입니다. 엄마라면 모두 공감하지 않을까요? 자식들은 엄마의 생활이 그렇게 치열한지 모릅니다. 나는 첫애를 낳고, 자는 아이의 목에 호흡이 팔딱팔딱 뛰는 게 멈출까 봐 불안했던 적이 얼마나 많았는지 모릅니다. 내 아들이 내가 자는 동안 혹시라도 죽으면 어쩌나 눈을 떼지 못했습니다. 그런 자식을 위해 무섭게 변하는 것은 오직 엄마만이 할 수 있을 것입니다. 내 자식이 위험에 처하면 엄마는 아무것도 눈에 보이지 않습니다.

세상에 태어나 맨 먼저 배우는 말이 '엄마'입니다. 이 영화를 두고 지금까지 보던 엄마의 이미지와 다르다고 생각하는 사람이 있는데, 나는 엄마의 본질은 같다고 생각합니다. 아들에 대한 동물 같은 모성애를 표현하느라 이성보다 본능적인 면을 많이 보여야 해서 에너지 소모가 컸습니다. 히스테릭하면서 폭발적인 에너지를 연기에 실어야 했습니다. 그래서 어느 영화보다 육체는 힘들었지만 정신은 맑았습니다.

「마더」는 처음 대본을 받아서 읽었을 때 그리스 비극 같다는 느낌이 들었습니다. 영화 속에 숨은 그림, 내포된 의미가 많다는 생각도 했습니다. 봉준호 감독이 내게 "아들은 배 속에서 열 달을 데리고 있다가 내보낸 최초의 이성 아니냐."라고 말한 적이 있습니다. 그것이 내가 이 영화에서 풀어야 할 숙제라고 생각했습니다. 하지만 실제로 촬영에 들어가면서 생각이 단순해졌습니다. 대본에 있는 것만 표현하자고 스스로를 다잡았습니다. 그것은 아무 생각 없이 연기하는 것과는 엄연히 다릅니다. 「마더」는 복잡한 것을 단순하게 표현하고 싶어지게 만드는 영화입니다. 나는 언제나 그런 연기를 갈망했습니다. 복잡한 인간 심리를 되레 심플하게 연기해 내는 것. 「마더」는 그걸 만족시켜 준 영화입니다.

아들 도준 역에는 원빈 배우로 하자고 내가 제안했습니다. 봉준호 감독도 이미 같은 생각을 하고 있었습니다. 나는 촬영 현장에서도 '도준'이라고 부르면서 원빈 배우를 대했습니다. 그를 보고 있노라면 나와 비슷한 면이 많은 것 같았습니다. 사람 많은 곳에 가는 걸 좋아하지 않는 것도 닮았습니다. 나처럼 눈도 크고 눈망울도 비슷해서 더 모자지간 같아 보였는지도 모릅니다. 영화 속 도준과 마찬가지로 '답답할 정도로 순수한' 사람입니다.

도준을 보면 가슴이 너무 아팠습니다. 시나리오를 읽으면서부터 도준이란 인물이 가슴 아팠고, 내가 좋아하는 배우 원빈이 캐스팅되어서 더욱 마음이 갔습니다. 어딘가 부족하고 모자란 아이니까 측은하고 정이 갔습니다. 친구라고는 동네 건달인 진태(진구)밖에 없는데 못마땅해하면서도 한편으론 고마워합니다. 내 아들의 유일한 친구가 되어 주니까. 원빈과 진구는 너무 착하고 바른 배우들입니다. 뭔가 모자라고 건달 같은 역할을 맡지만 순간순간 서늘한 연기가 뛰어났습니다.

함께 프랑스 칸에 가게 되었을 때 원빈 배우가 말했습니다.

"국제영화제에 왔지만, 그저 여행이나 갔으면 좋겠어요."

그래서 내가 말했습니다.

"그럼 우리 도망갈까?"

그만큼 우리는 닮았습니다.

연극배우로 오래 활동해서 연기력이 뛰어난 이정은 배우와 처음 같이 나온 작품이 이 영화입니다. 죽은 소녀의 친구 엄마 역으로 나옵니다. 화장터에서 내 멱살을 잡고 싸우는 장면이 있는데, 내 기에 밀리지 않는 단단한 연극배우들이 필요해서 섭외되었다고 했습니다. 내 멱살 잡는 신을 3박 4일 동안이나 찍었는데, 처음에는 이정은 배우가 너무 세게 나와서 촬영이 중단되었습니다. 내가 "저렇게 막 욕하고 그러는 사람들 처음 봤다."라고 했을 정도입니다. 그 영화에서는 단역이었지만 이정은 배우에 대한 강렬한 인상을 받았습니다. 이정은 배우는 그 후 봉준호 감독의 영화 「기생충」에서 열연했고, 「눈이 부시게」, 「우리들의 블루스」에 나와 함께 출연했습니다.

죽은 소녀의 또 다른 친구 엄마 역의 황영희 배우가 화장터에서 내 뺨을 때리는 장면이 있습니다. 4일 동안 반복해서 찍다 보니 영화에서는 한 번 맞지만 실제로는 열두 번을 맞았습니다. 때리다가 빗나가서 다시 찍기도 하고, 제대로 때리면 다른 사람이 NG를 내서 또다시 찍었습니다. 한 번에 롱테이크로 찍어야 해서 그렇게 되었습니다.

배우로서 「마더」를 몇만 관객이 볼 것 같으냐는 질문에 나는 숫자 개념이 너무 없어서 주변 사람들에게 가장 많이 든 관객 수를 물어봤습니다. 그랬더니 천만 관객이라고 했습니다. 그래서 「마더」는 1,500만 아닐까 하고 말했더니 다들 놀랐습니다(「마더」는 청소년 관람불가 등급에도 불구하고 당시 관객수 300만을 넘었다).

관객 숫자보다는, 한국 최고의 영화로 꼽는 데 손색이 없다는 평을 많이 들었습니다. 어떤 리뷰에서는 '한국 영화계에서 한 시대의 정점으로 남아 있을 것이다.'라고도 했습니다. 영화 「살인의 추억」, 「괴물」, 「기생충」으로 세계적인 거장이 된 천재 감독과 함께해서 영화가 빛났고, 내 인생이 빛났습니다. 배우는 그렇게 감독이 만들고 재창조되는 존재입니다. 좋은 배우는 좋은 감독에 의해 새롭게 탄생합니다.

「마더」가 2009년 칸 국제영화제 '주목할 만한 시선' 부문에 공식 초청되어 봉준호 감독, 원빈 배우와 함께 칸에 가서 레드 카펫을 밟았습니다. 솔직히 말하면 영화 촬영보다 더 힘들었습니다. 아무래도 외국 기자들도 궁금한 것은 비슷하니까 같은 말을 반복해야 하니 좀 지쳤습니다. 그래도 아무 선입견 없이 봐 줘서 좋았습니다. 우리나라는 나를 '한국의 어머니상'으로만 보는 관념이 있으니까. 기억에 남는 질문은 "나이 젊은 배우도 클로즈업 촬영은 부담스러울 텐데 어떻게 소화했나?"라는 것이었습니다. 나를 50대 배우로 알고 있어서 기뻤습니다. 프랑스 유명 일간지 르몽드, 영화전문지 르 필름 프랑세즈와도 인터뷰를 했습니다.

현지 언론이 「마더」에 대해 극찬하는 기사를 많이 썼습니다.

칸 국제영화제의 공식 일간지 스크린데일리는 「마더」의 언론 시사 직후에 이렇게 썼습니다.

"고통과 분노로 가득한, 한없이 풍부한 그녀의 표정 연기는 이 영화의 가장 핵심적인 매력이다."

그 기사가 마음에 들었습니다. 사실 국내에서는 기자들 앞에 서면 약간 죄인 같은 느낌이 드는데, 그곳에서는 박수에 후하고 표정들이 다양해서 기분이 많이 풀어졌습니다. 레드카펫 행사도 15분이 넘지 않게 제지하고, 배우들이 신경 안 써도 되게끔 진행하는 사람이 자연스럽게 이끄는 게 인상 깊었습니다. 차에 탔는데, 어떤 기자가 엄지손가락을 두 개 올리고 "Two thumbs up!"(최고, 강력히 추천한다는 의미)이라며 창문을 두드리는데, 그것이 또 그렇게 설레고 많이 웃었습니다.

레드카펫을 밟고 영화제 메인 행사장인 드뷔시 극장에 들어갈 때까지 떨렸습니다. 들어갈 때 기립박수를 쳤다는 것도 나중에 들었습니다. 단지 계단에서 넘어지지 말자는 생각만 했습니다. 이신우 디자이너의 딸 박윤정 디자이너가 만들어 준 여신 컨셉의 드레스를 입어서 우아하게 걷고자 노력을 많이 했습니다. 원빈 배우와 손잡고 올라갔습니다. 시사회에서는 예의상 박수를 치지만 「마더」 상영이 끝나자 박수를 끊이지 않고 쳐주셔서 의례적인 박수가 아니라는 것을 느꼈습니다. 모든 것이 봉준호라는 최고의 감독 덕분입니다.

비경쟁 부문이라 마음에 크게 부담이 없었습니다. 사실 경쟁 부문이라면 누군가에게 타깃이 되고 비난도 살 수 있습니다. 평소 경쟁하는 걸 싫어하는 성격이기도 하고, 비경쟁이라도 영화제에 안 가려고 했습니다. 하지만 내가 가지 않으면 후배들이 모두 가지 않겠다고 했습니다. 그것은 나만 생각하는 것이라고 판단되어 그 나이에 칸까지 날아갔습니다. '주목할 만한 시선' 부문에 초청된 영화가 레드카펫을 밟는 경우도 드물다고 들었습니다.

드라마든 영화든 촬영이 끝나고 방영되면 출연진이 모여서 함께 보기도 하는데, 나는 성격상 그것을 하지 못합니다. 「우리들의 블루스」 마지막 방송 날, 배우들이 모여서 극장을 빌려 다 같이 보기로 했다고 연락이 왔습니다. 하지만 갈 수 없었습니다. 누가 곁에 있을 때 나는 내 연기 모니터링을 할 수가 없습니다. 누가 옆에서 숨 쉬는 것조차 신경 쓰입니다. 나 혼자 몰두하면서 봐야 합니다. 큰 극장에서 사람들과 함께 본다는 건 상상도 할 수 없습니다. 「전원일기」도 매번 방문 잠그고 혼자 봤습니다.

그런 점에서 나는 좀 유별납니다. 내가 한 연기를 내가 열 번쯤 보고 익숙해지면 그때는 옆에 누가 있어도 괜찮은데, 내가 한 연기를 처음 보는데 옆에서 누구와 함께 본다는 것은 상상만 해도 숨이 막힙니다. 배우가 된 것이 신기할 정도입니다. 이렇게도 배짱이 없으면서.

「마더」도 혼자서 몇 번 본 후에, 봉준호 감독이 "선생님, 그럼 사람 없는 아침 시간에 저와 둘이 같이 가서 보세요."라고 해서, 영화관 가서 함께 봤습니다. 깜깜해졌을 때 들어가서 몰래 보고 나왔습니다.

죽어서 내 영혼이 내가 살아온 생을 다 돌아볼 수 있다면, 나는 혼자서 어느 어두운 소극장 구석에서 스크린에 펼쳐지는 내 연기 작품들을 한 편씩 다 돌려볼지도 모릅니다. 혼자서.

(영화 「마더」는 아시아 필름 어워드 최우수 작품상·여우주연상·최우수 각본상, 아시아태평양스크린어워즈 여우주연상, 뮌헨 국제영화제 Arri-Zeiss상, 산타바바라 국제영화제 이스트 미츠 웨스트 시네마 최우수상, 미국 캔자스시티 비평가협회 최우수 외국영화상, 미국 센트럴오하이오 비평가협회 최우수 외국영화상, 미국 온라인영화 비평가협회 최우수 외국어영화상, 미국 여성영화비평가협회 최우수 외국영화상, 중국 금계백화영화제 최우수 외국어영화상·여우주연상, 일본 닛칸스포츠영화상 외국작품상, 제6회 두바이 국제영화제 아시아-아프리카 장편극영화부문 각본상, 제82회 미국 아카데미 시상식 외국어영화상 부문의 한국 출품작으로 선정되었으며, 미국 골든글로브 시상식 외국어영화상 1차 후보로 선정되었으나 최종 후보에서 고배를 마셨다. 한국 영화 최초로 미국 스피릿어워드 외국영화상 후보에도 올랐다. 미국 보스톤, 샌프란스시코 등 다수 영화비평가협회에서 한국 영화로는 최초로 최우수

외국영화상을 수상했고, LA 영화비평가협회에서 한국뿐 아니라 동양인 배우로서는 최초로 여우주연상을 수상했다.

국내에서는 청룡영화상 최우수 작품상·남우조연상·조명상, 부일영화상 최우수 작품상·여우주연상·촬영상·음악상, 부산영화평론가협회상 최우수 작품상·여우주연상·촬영상을 수상했다. 또한 한국영화평론가협회상 최우수 작품상·각본상·여우주연상, 한국여성영화인축제 올해의 여성영화인 연기상, 맥스무비 '최고의 영화상' 최고의 여자배우상, 한국 영화전문기자 선정 '올해의 영화상' 여우주연상으로 선정되었다. 그리고 미국, 영국, 캐나다, 일본, 독일, 중국, 뉴질랜드, 호주, 튀르키예, 브라질, 스웨덴, 스페인 등지의 영화제에 초청 상영되었다.)

사랑하고 사랑받은 기억으로 산다

「눈이 부시게」(김석윤 연출, 이남규·김수진 극본 2019년 JTBC 12부
작 드라마. 김혜자·한지민·안내상·이정은·남주혁·손호준 출연. 같은
시간 속에 있지만 서로 다른 시간을 살아가는 두 남녀의 시간 이탈 드
라마)는 나에게 말 그대로 인생 드라마였습니다.

김석윤 연출가는 내 아들 임현식의 초등학교 친구입니다. 어
렸을 때 몇 번 보고 오랜 세월이 흘러 2011년에 처음 연락이
왔습니다.

"저 현식의 친구예요. 어렸을 때 선생님 댁에도 갔었어요."

그 말을 들으니 약간 남 같지 않게 느껴졌습니다. 그래서 만
났는데, 이러이러한 드라마를 하려고 한다며 출연을 요청했습
니다. 그것이 그와 함께한 첫 시트콤 드라마 「청담동 살아요」

© 조세현

(2011~2012)입니다. 「눈이 부시게」는 그로부터 몇 년 후의 작품입니다.

처음 만난 자리에서, 어렸을 때 우리 집에 왔었는데 내가 아들에게만 용돈을 줬다고 했습니다. 어린 김석윤은 '나는 왜 안 주지…….' 하고 생각했다고 했습니다. 내가 민망하게 웃으며 말했습니다.

"같이 맛있는 거 사 먹으라고 줬겠죠. 미안해요, 미안해."

그렇게 말하고 보니까 어렸을 때 모습이 기억났습니다. 이마가 참 예쁜 아이였습니다. 이마가 반짝반짝해서 기억에 남은 그 아이가 커서 나에게 헌정하는 드라마라며 「눈이 부시게」를 만들었습니다. 감사하지 않을 수 없습니다. 사람 사귀는 것도 잘 못하고 밖에 나가지도 않는 나에게 매번 때맞추어 작품을 주니까. 배역 속에서 수많은 새로운 인생을 살아 볼 수 있었고 이런저런 인생을 다 겪었으니, 늘 집에 혼자 있는다고 해서 외로울 것은 없습니다.

「청담동 살아요」는 대본을 박해영 작가와 이남규 작가가 썼습니다. 박해영 작가는 「또 오해영」과 「나의 아저씨」, 그리고 「나의 해방일지」를 쓴 이름난 작가입니다. 코믹한 대본도 잘 쓴다고 들었습니다. 백상예술대상 TV부문 극본상을 탔습니다. 이남규 작가는 「달려라 울엄마」와 「송곳」, 「조선명탐정」 시리즈의 대본을 썼고 「눈이 부시게」도 이분과 김수진 작가 두 분이 썼습니다. 김석윤 연출가와 함께 작품을 많이 한 분입니다. 이런 뛰어난 작가들이 나의 캐릭터를 연구해서 쓰니까, 나는 그 대본이 너무 재미있었습니다. 연기를 하면서도 많이 웃었습니다. 곧 철거될 청담동 셋방에 살면서 자신은 '청담동 산다'고 맨날 자랑하는 여자가 주인공인 코믹 드라마입니다.

「청담동 살아요」를 할 때는 개인적으로 너무 힘든 시기였습니다. 집 안팎으로 우환이 닥쳐 견딜 수 없을 만큼 고통스러웠습니다. 멀리 아프리카나 인도 같은 곳으로 떠나서 다시는 안 돌아오고 싶을 때가 많았습니다. 앉으나 서나 누워 있으나 괴롭고 슬펐습니다. 그때 신께서 내 앞에 코믹 시트콤 드라마를 놓아 주셨습니다. 그 작품으로 슬픔과 고통을 견뎌 낼 수 있었습니다.

그런 나를 보면서 김석윤 연출가가 나에게 말한 것이 잊히지 않습니다.

"선생님을 보고 있으면, 저 조그맣고 가냘픈 몸을 커다란 해머로 세 번은 두들겨 맞은 사람 같아요. 그런데도 쓰러지지 않고 이렇게 열심히 연기를 하시네요."

나에게서 그런 것을 느끼는 데에 놀랐습니다. 삶에 힘든 일이 밀려올 때 나는 오로지 드라마든 연극이든 영화든 작품에 뛰어드는 것으로 그 힘듦을 이겨 냅니다. 그것 외에는 다른 재주가 없습니다. 나는 신이 모든 인간 각자에게 한 가지씩의 재능은 꼭 심어 주신다고 생각합니다. 그것으로 힘들고 고통스러운 인생을 헤쳐 가라고.

또한 신은 때맞추어 우리를 도와줄 사람을 곁에 배치해 주십니다. 김석윤 연출가가 나에게는 그런 사람입니다. 너무 힘들어 차라리 죽는 게 낫겠다고 고통스러워할 때 「청담동 살아요」를 하게 되었는데, 몸이 많이 부실했습니다. 괴로워서 늦게까지 뒤척이느라 잠을 못 자서 정신적으로도 많이 허약했습니다. 나는 본래 밖으로 나가기를 좋아하지 않으니까, 촬영하면서 점심 먹으러도 나가지 않았습니다. 집에서 싸 온 간단한 도시락을 스튜디오 구석 빈 공간에 앉아서 먹었습니다.

그렇게 혼자 점심을 먹고 있으면 김석윤 연출가가 어김없이 다가왔습니다. 그러면서 "선생님, 밥 같이 먹어요." 하고 말했습니다. 내가 "왜 이리로 와요? 나가서 스태프나 연기자들과 함께 드세요." 하고 말하면 그는 이렇게 말하곤 했습니다.

"저도 밖에 나가는 거 싫거든요."

그러면서 나와 같이 밥을 먹어 주었습니다. 없는 반찬에도 불구하고. 그래서 내가 그다음부터 밥을 조금씩 더 싸 갔습니다. '이 사람, 참 좋은 사람이구나.' 하고 생각했습니다. 내가 뭔가 힘든 일을 겪고 있다는 걸 아는 것입니다. 말하지 않아도 눈치로. 그리고 가엾어 보이니까 친구해 주는 것입니다. 뭐하러 나하고 단둘이 어렵게 앉아서 밥을 먹겠어요? 내가 입맛이 없어 숟가락만 들고 우두커니 앉아 있다가도 그 사람 때문에 할 수 없이 또 먹었습니다. 그 사람이 오면서 "선생님, 밥 같이 먹어요." 하니까.

그는 원래 KBS에서 연출가로 일하면서 이남규 작가와 콤비를 이루어 「올드 미스 다이어리」라는 큰 히트작을 만든 사람입니다. 그런데 JTBC 방송제작본부 본부장이던, 나를 잘 아는 주철환 PD가 그에게 스카우트 제의를 하면서, 'JTBC로 오면 김혜자와 시트콤 드라마 하게 해 주겠다.'고 했다고 합니다. 그 말이 자기한테는 '굉장한 유혹'이었으며, 그렇게 해서 「청담동 살아요」를 하게 되었다고 했습니다. 그런 얘기들을 나누면서 나를 많이 위로해 주었습니다.

김석윤 연출가의 특징은, 심각한 대사를 하는데 중간중간 큭큭 웃음 나오게 하는 것을 넣어 놓는다는 것입니다. 그것이 너무 좋았습니다. 나는 심각한 경향이 있는데, 그런 부분 때문에 내가 밝고 가벼워질 수 있었습니다. '진짜로 슬퍼서 우는데, 이 사람은 나를 웃게 하는구나…….' 나는 그것이 좋았고, 시트콤이라는 것이 재미있었습니다. 그전에는 시트콤이라는 것은 시끄럽기만 한 것이라고 생각했습니다. 내가 맡은 주인공 여자 '김혜자'는 자신이 곤란한 상황에 처하면 "아, 오늘이 지구 마지막 날이었으면 좋겠다." 하고 말합니다. 그런 것이 얼마나 재미있는지, 그만큼 그때 내 인생이 힘들 때였습니다. 그래서 내가 살아났습니다. 신은 그렇게 내가 힘들 때마다 그것을 이겨 낼수 있도록 혼신의 힘을 쏟을 작품과 좋은 사람을 연결해 주셨습니다.

「청담동 살아요」를 하고 나서 그 사람은 다른 작품들을 하고, 나도 다른 작품을 했습니다.「착하지 않은 여자들」(유현기·한상우 연출, 김인영 극본 2015 KBS2 24부작 드라마. 김혜자·이순재·채시라·도지원·장미희·이하나 출연. 3대에 걸친 '착하지 않은 여자들'이 휘청이는 인생을 버티면서 겪는 사랑과 성공, 행복 찾기 드라마)도하고,「디어 마이 프렌즈」(2016)도 했습니다. 김석윤 연출가와함께한 작품은 없었지만 가끔 전화도 하고 문자도 주고받았습니다. 좋은 영화가 있으면 한번 보라며 나에게 소개도 해 주었습니다.

「눈이 부시게」는 대본을 다 읽어 보고도 결정을 하지 못했습니다. 치매 걸린 역은 더 하고 싶지 않았습니다. 불과 3년 전에「디어 마이 프렌즈」를 하면서 치매 걸린 여자 역을 했는데, 또하기 싫었습니다. 치매 걸리는 게 별로 유쾌한 얘기도 아닌데, 한 번 했으면 됐다는 생각이 들었습니다.

그런데 김석윤 연출가가 이 드라마는 치매 걸린 역이 아니라고 했습니다. 그리고 뛰어난 두 작가가 썼으니까 대본이 흥미로웠습니다. 방영 초기에는 '타임 슬립(자연스럽게 과거와 현재, 미래를 오고가는 시간 여행) 드라마를 왜 김혜자가 하지? 작품을 까

다롭게 고른다고 소문난 사람인데 저런 걸 고른 거야?' 하고 지적하는 댓글도 있었습니다. 하지만 나는 스토리 전개에 마음이 끌렸습니다.

나의 젊었을 때를 연기하는 한지민 배우와 머리를 똑같이 단발로 다듬고, 이런 헤어 스타일로 했다고 김석윤 연출가에게 사진을 보냈습니다. 그는 모든 세밀한 사항을 체크했습니다. 젊었을 때로 수시로 돌아가니까 옷도 되도록 할머니스럽게 입으면 안 되었습니다.

「눈이 부시게」는 시청자들에게도 조금은 난해한 작품입니다. 마지막 회에 가서야 수수께끼가 풀리고, 엉켜 있는 사건들이 비로소 이해가 됩니다. 나는 전체를 이해하고 시작한 것이 아닙니다.

'잠깐, 이게 뭐지? 이야기가 어떻게 되는 거야? 그러니까 내가 젊은 날을 회상하는 건가?'

하지만 김석윤 연출가가 이 작품이 재미있고 의미 있는 내용이라고 했습니다. 나는 그 말을 믿었습니다. 그래서 스스로에게 말했습니다.

'지금 상황, 현재의 스토리 연기에 충실하자. 연출가가 나를 이상한 캐릭터로 만들지는 않을 거야.'

그런 마음으로 그저 열심히 했습니다. 나에게서 한지민이 느껴지게 하고, 한지민에게서 내가 느껴지게 하려고 노력했습니다. 사람들은 곧잘 나에게 "나이를 먹었는데도 이상하게 애 같은 데가 있다."라고 합니다. 그래서 '그런 면을 끌어내면 되겠다.' 싶었습니다. 그렇지 않으면 몸을 바꿔 가며 스물다섯 살과 일흔 살을 오가는 역을 하는 것이 불가능하니까.

이 작품은 김혜자 아니면 연기할 사람이 없다고도 했습니다. 다른 대안이 없다고. 어떤 면에서는 그런 말들에 약간 홀려서 했습니다.

'여러 가지 복잡하게 생각하지 말자. 한지민하고 너하고 같은 사람이다.'

그렇게 스스로에게 최면을 걸었습니다. 김석윤 연출가는 머리가 좋고 천재적입니다. 그 사람이 작가들과 의논하면서 '단순히 치매가 아니라, 시간 여행을 하면서 인생의 의미를 되새겨 보게 하는 작품'을 해 보자고 했을 것입니다.

촬영하면서 무척 재미있었습니다. 그리고 너무 예쁜 한지민 배우가 나의 젊은 날을 연기해 주어서 고마웠습니다. 한지민은 외모도 곱지만 마음이 곱고 깊은 배우입니다. 스캔들 하나 없이 천성적으로 바른 사람입니다. 하는 행동마다 양반 같고 귀티가 납니다. 무엇보다 결이 곱습니다. 그렇게 결이 고운 사람은 처음 봤습니다. 어떻게 배우가 되었을까 싶게. 엄마 약 사면서 내 생각 나서 샀다며 필요한 약도 사다 주고, 잊지 않고 "선생님, 어떠세요? 잘 지내세요?" 하고 안부도 자주 묻습니다. 그래서 내가 "한지민, 너는 어떻게 자꾸 딸같이 그러냐?"라고 했더니, "나, 선생님 딸이에요." 하고 말했습니다. 정말로 그렇게 생각하는 것 같습니다. 배우 생활을 하면서 어떻게 이렇게 마음이 고울 수가 있나, 한편으로는 걱정이 되기도 합니다.

한지민은 배우로 살아간다고 기가 센 여자가 전혀 아닙니다. 그것을 매번 느낍니다. 그래서 그녀에게 딱 맞는 배역은 무엇일까, 이런 생각을 하게 됩니다. 연기도 잘하고 열심히 합니다. 배우로서 앞으로 어떻게 변화할까, 그것이 기대됩니다. 얼굴도 곱고 하는 행동도 고우니까 그런 역을 많이 하는 것 같습니다.

그런데 한편으로 배우는 아주 다른 역을 해야 합니다. 자기가 가진 모습, 겉으로 잘 드러나는 모습과는 다른 역을. 그래야 연기에 문리(사물의 이치를 깨달아 아는 힘)가 트이고, 그만큼 세계가 커집니다. 언제든 그냥 자기만큼만 하면 연기 인생이 정체됩니다. 내가 한지민을 좋아하니까, 배우로서 자신을 찢는 것이 있으면 좋겠다는 생각을 합니다. 조금 힘들지 모르지만 자기 자신을 갈기갈기 찢어 보는 것은 어떨까? 그래서 다시 또 꿰매면? 자신을 너무 찢지 않고 곱게만 내보이면 오히려 그것이 자신을 한계 속에 가둘 수 있습니다. 물론 나이를 더 먹으면 그렇게 할 수도 있겠지만, 꼭 나이 더 먹어서 해야 한다는 법은 없습니다.

곱디고운 한지민이 배우로서 더 많은 가능성을 보여 주었으면 하고 나는 바랍니다. 배우는 뭔가가 산산조각 나는 것 같은 그런 것도 보여 줘야 하기 때문입니다. 젊음이 있을 때 그것을 해야지, 너무 나이 들어서 하려고 하면 굳어진 이미지를 부수기가 더 어렵습니다.

한지민이 곧 나니까 드라마 속에서는 한 프레임 안에 있었던 적이 없지만, 「눈이 부시게」에서 나의 분신과도 같은 한지민 배우와 함께해서 행복하고 감사했습니다.

「눈이 부시게」에서는 내가 좋아하는 이정은 배우와도 함께했습니다. 시계 태엽을 너무 많이 돌려 갑자기 노인이 된 나의 엄마 역입니다. 인터넷을 검색해 보면 영화 「미성년」에서 이정은 배우가 연기하는 방파제 아줌마 역이 있습니다. 방파제에서 어떤 남자에게 말을 걸어 주차비를 뜯어 내는 장면입니다. 그것을 보면서 "난 이런 역은 죽어도 못한다. 참 대단한 배우이구나." 하고 그때 처음 느꼈습니다. 연기가 아니라 정말 방파제 부근에서 계속 사는 사람 같았습니다.

「눈이 부시게」와 「우리들의 블루스」를 함께하면서 내가 본 이정은 배우는 나하고는 너무 다른 사람입니다. 내가 절대로 할 수 없는 역을 너무도 아무렇지 않게 훌륭하게 해냅니다. 그렇게 되기까지 많은 공부를 했고, 세상에서 많이 시달린 것이 보입니다. 누구의 도움도 없이 혼자 자신의 길을 개척한 모습이 여실히 보입니다. 그래서 무서울 것이 없는 사람입니다. 인생의 많은 것을 겪으면서 저 위치에 온 것입니다. 무슨 일이 있어도 쓰러지지 않을 사람입니다. 그러면서도 성품이 때묻거나 비틀려지지 않은 것이 참 마음에 듭니다. 고생을 많이 해서 비비 꼬인 사람도 있지만, 이정은 배우는 많은 고생이 그 사람 안에 들어가서 그 사람을 완성시켰구나, 하는 것이 느껴집니다. 현실에서도 온갖 궂은 일을 자청하는 사람입니다.

이정은 배우나 한지민 배우나 모두 나보다 나은 사람들입니다. 이 세상을 선하게 사는 사람들입니다.

「눈이 부시게」는 스토리 전개가 다소 난해해서 '이게 뭐지? 어떻게 되려고 이러는 걸까?' 하고 머리를 갸우뚱거린 적도 많습니다. 끝까지 헷갈렸습니다. 그럴 때마다 연출가가 나에게 "다른 것은 신경 쓰지 말고, 선생님 부분만 연기하시면 돼요." 라고 말했습니다. 그 사람 머릿속에는 다 있는 것입니다. 나에게 드라마 전체를 설명하고 이해시키기가 어려웠을 것입니다.

김석윤 연출가를 나는 존경합니다. 연출자로서 더없이 예민하고, 감각 있고, 뛰어난 머리를 가진 사람입니다. 공대를 나왔으니까 수학적이면서, 아버지가 음악을 하시는 분이어서 그런지 예능적인 면도 겸비하고 있습니다. 내가 "뭐지? 나는 모르겠는데. 나 지금 치매 걸린 거야, 뭐야?" 하고 고민할 때마다 "그냥 재미있게 하세요. 그냥 하시면 나중에 다 맞춰져요. 제가 다 알아서 할게요." 하고 말했습니다. 그 말대로 마지막에 가서 다 맞춰졌습니다.

그것이 「눈이 부시게」의 묘미입니다. 엔딩 장면까지 봐야 이해가 가고 눈물이 흐르고 감동이 밀려옵니다. 나는 그 사람이 한다면 무엇이든 믿게 되었습니다. 저 좋은 머리에서 무엇이 나올까 하고 기대하게 됩니다. 그 사람 머릿속에 온갖 이야기가 기다리고 있는 것 같습니다. 그래서 아무것도 몰라도 연출가만 믿고 했습니다. 대장을 잘 만난 군대는 고생하지 않는다는 말이 있습니다. 지혜롭고 현명한 대장을 만나서 헛걸음질하지 않고 일사불란하게 「눈이 부시게」 고지를 향해 갔습니다. 알츠하이머를 앓고 있는 혜자를 만나러 친구들이 병원으로 찾아오는데, 그 친구들로 가수 윤복희 씨와 연극배우 손숙 씨를 캐스팅해 깜짝 등장시킨 것 역시 기발하고 좋았습니다. 그 장면과 그때 흘러나오는 윤복희 씨가 부르는 '봄날은 간다' 노래가 마음을 흔들었습니다.

「눈이 부시게」를 할 때 나는 하나도 힘이 안 들었습니다. 내천성대로 했습니다. 나는 본래 천진하고 철딱서니 없습니다. 사람들은 그런 나의 평소 모습을 모르니까, 내가 연기를 아주 잘했다고 생각할 것입니다. 이 작품은 연출가의 힘이 가장 컸습니다. 평소의 나를 눈여겨보고 관찰하면서 '저 배우는 이런 걸 할수 있다.'라고 나에게 맡긴 것입니다. 다른 사람에게는 어려운역일지도 모릅니다.

드라마 속에서 내가 옛날 다시다 광고처럼 "그래, 이 맛이야." 하는 대사를 할 때, "드라마인데 이런 걸 해도 돼요?" 하고 물으니까 연출가는 해도 된다고 했습니다. 사람들이 그 장면을 무척 좋아했습니다. 마치 옛 애인을 다시 마주한 것 같다고 했습니다.

하나도 힘 안 들이고 했는데, 그중 힘들었던 장면은, 아빠(원래는 아들)가 잘린 다리에서 의족을 빼는 것을 보고 "아빠, 다리가 왜 그래?" 하고 우는 장면이었습니다. 자기 아들이 어렸을 때 사고로 한쪽 다리가 잘린 걸 잊어버리고서 치매 걸린 나는 그렇게 말합니다. 그 부분이 너무도 슬펐습니다.

생각해 보면, 큰 줄거리를 모른 채 이 연기를 할 수 있었던 것은, 그냥 '김혜자'를 보여 주면 되었기 때문입니다. 나는 평소에는 배역인 '그 사람'으로 살아야 해서, 완전히 그 사람에 대해 이해하지 못하면 연기를 할 수가 없었습니다. 하지만 「눈이 부시게」에서는 괴롭지가 않았습니다. 전체 스토리 전개를 몰라도 할 수가 있었습니다. '김혜자'로 있으면 되니까. 촬영을 다 마치고 났을 때, '정말 특별한 작품이 되겠구나.' 하고 느낌이 왔습니다.

「눈이 부시게」를 하고 나서 '아, 이것이 인생이구나.' 하고 많이 느꼈습니다. 그냥 내 천성대로 살면 되는 것입니다. 노을이 예쁘면 예쁘다고 하고, 어린아이들과 놀고.

최근에 김석윤 연출가가 어떤 드라마를 조금 급하게 진행해야 한다고 했습니다. 그래서 내가 말해 주었습니다.

"내 경험에 비춰 보면, 어떤 일이 급할 때는 신이 반짝반짝하게 하는 걸 하나 주시는 것 같아요. 뭐가 급하면 반짝하고 떠오르는 게 있어요. 깜깜하게 꺼졌던 불이 확 들어올 때가 있어요. 그걸 믿고 하세요."

「눈이 부시게」에서 신비의 시계를 잘못 돌린 실수로 '혜자'는 한순간에 50년을 나이 먹고, 갑자기 늙은 육체가 힘이 듭니다. 느리고 힘겹게 걸음을 옮길 때마다 이상한 감정에 사로잡힙니다. 정말로 나이 먹으면 어떤 일이 어제 일처럼 확 줌인이 됩니다. 어떨 때는 지금 이 순간도 아스라하게 줌아웃이 됩니다. '늙은 내가 젊은 꿈을 꾸는 건지 젊은 내가 늙은 꿈을 꾸는 건지 모르겠습니다.'라는 내레이션을 할 때 '아, 작가도 이걸 느꼈구나.' 하고 생각했습니다. 그것이 나였습니다. 간혹 '진짜 배역을 사는 거 같아.'라는 시청자의 댓글을 볼 때마다 혼자 중얼거렸습니다.

"'같아'가 아니라 그게 나예요."

「눈이 부시게」마지막 촬영이 끝나는 날, 젊은 혜자의 오빠 역을 너무나도 멋지고 훌륭하게 해낸 손호준 배우가 스튜디오에서 가까이 다가오더니, 자기 목에 걸었던 목걸이를 벗어서 나에게 걸어 주었습니다. 종이에 싸인 사탕을 꿰어서 만든 목걸이였습니다. 그것을 지금도 간직하고 있습니다. 창밖에 있는 나를 창문으로 끌어 올리면서, "이럴려고 네가 작게 컸구나." 하고 대사를 했던 일도 떠오릅니다.

젊은 나의 남편 역을 한 기자 지망생 남주혁 배우도 외모가 귀공자처럼 준수하고 참한 배우입니다. 청춘의 외로운 마음을 위로와 행복으로 가득 채우는 역을 가슴 뭉클하게 소화해 냈습니다. 같이 달을 보는 장면도 좋았습니다. 「눈이 부시게」를 하는 동안 청춘 배우들과 연기하면서, '젊음은 참 빛나는구나.'를 다시 한번 느꼈습니다.

스물다섯 살 혜자를 살아서 행복했습니다. 사랑하는 이를 기다리던 시간도, 함께 바라보던 노을도……. 정말 눈부시게 행복했습니다. 「눈이 부시게」에서 내가 찾은 것이 무엇이냐고 묻는 기자의 질문에 나는 말했습니다.

"사랑하고 사랑받은 기억이죠. 우리는 이제까지 치매라고 하면 며느리가 밥 안 줬다고 악을 쓰는 노인만 봤잖아요. 살아보니 가장 아름다웠던 순간도 가슴 아팠던 순간도 다 소중하게 모여서 기억이 돼요. 뇌가 쪼그라들어도 우리는 사랑하고 사랑받은 기억으로 살아요."

(「눈이 부시게」로 김혜자는 백상예술대상 TV부문 대상을, 이정은은 TV부문 여자조연상을 수상했다. 또한 「눈이 부시게」는 한국극예술학회상 드라마 부문 '올해의 작품상'에 선정되었다.)

© 조남룡(코오롱스포츠 제공)

눈부시지 않은 날이 없었다

「눈이 부시게」는 한 여자의 일생을 그린 드라마입니다. 김석
윤 연출자가 이 작품을 '김혜자 헌정 드라마'라고 했습니다. "그
럼 나 죽어야 해요?" 하고 물었더니, "산 사람에게도 헌정합니
다." 하며 웃었습니다.

내가 한 대사 중에 방영 후 유명해진 '70대에 비로소 알게
된 것들'이라는 제목의 대사들이 있습니다. 노인들의 모습을 흉
내 내며 "노인들 보면 꼭 슬로모션 걸어 놓은 것 같지 않아? 횡
단보도 같은 거 건널 때 보면 말야." 하면서 웃는 스물다섯 살
친구들인 현주(김가은)와 상은(송상은)에게 극 중의 혜자가 말합
니다.

"너희가 뭘 알아. 무릎이 안 좋아서 그렇게 걷는 거야. 마음

으론 벌써 100미터 뜀박질했어. 너희들한테는 당연한 거겠지만. 잘 보고, 잘 걷고, 잘 숨 쉬는 거, 우리한텐 그게 당연한 게 아니야. 되게 감사한 거야. 너희가 그걸 알아?"

사람들이 이 장면을 많이 공유한다고 들었습니다. 갑자기 찾아온 70대를 받아들이기로 한 혜자가 가장 먼저 한 일은 체력 테스트입니다. 몇 걸음만 걸어도 숨이 차고 달리기는 아예 불가능합니다. 젊을 때는, 살 만할 때는 잘 모릅니다. 꼭 못 걸어 봐야만 압니다. 신이 그렇게 만들어 놓으셨습니다. 인생에는 언젠가는 걷는 것에 감사하고, 숨 쉬는 것에 감사하고, 매사에 감사할 날이 찾아옵니다.

또 하나의 대사는, 무한한 가능성을 가진 청춘이지만 현실은 백수였던 스물다섯 살의 혜자가 70대가 되어서야 시간의 소중함을 느끼고 나서 하는 말입니다. 아무것도 하지 않는 잠방(인터넷 방송 진행자가 자는 모습을 보여 주는 수면 방송)을 하는 영수(손호준)와 그것을 보고 있는 영수TV 시청자들을 보고 혜자가 말합니다.

"늙는 거 한순간이야. 너희들 이딴 잉여 인간 방송이나 보고 있지? 어느 순간 나처럼 된다. 나도 몰랐어. 내가 이렇게 늙어 버릴 줄."

극 중 대사만이 아니라 정말 그렇습니다. 나도 몰랐습니다. 내가 이렇게 늙어 버릴 줄. 준비할 시간도 없이 누구나 갑자기 늙어 버린다는 걸 깨닫지 못했습니다. 인생은 곧 시간이기 때문에, 그 시간을 소중히 여기지 않는 사람은 자기 인생을 소중히 여기지 않는 것입니다.

영수TV를 보는 젊은 시청자가 혜자에게 묻습니다.

"할매가 되어 좋은 점은?"

혜자가 말합니다.

"아무것도 안 해도 된다는 거. 그저 죽을 날 기다리면 된다는 거."

또 다른 사람이 묻습니다.

"당장 늙을 수 있는 방법이 뭔가요?"

내가 말합니다.

"나랑 삶을 바꿔 살 사람 있어? 날 보면 알잖아. 니들이 가진 그 젊음이 얼마나 대단하고 엄청난 건지……. 그니깐 정신 챙겨! 특히 개영수 너! 넌 언제 사람될래?"

스물다섯 살 때는 밥만 먹어도 기운이 넘쳤지만, 70대가 된 혜자에게는 이정은 배우가 역을 맡은 엄마가 챙겨 준 약이 가득합니다. 그 색색의 알약들을 보며 혜자는 말합니다.

"나이를 먹는다는 건 그 나이만큼 약을 먹는 거나 다름없다. 예전 어르신들이 밥상 앞에서 밥맛이 없다는 얘길 하던 게 이해가 간다. 식사보다 그 이후에 먹어야 하는 수많은 약들을 떠올리는 것만으로도 이미 배가 부르니까."

혜자는 약을 접시 위에서 이리저리 굴려 보며 중얼거립니다.

"예전에 티비에서 봤던가……. 양식장 속의 연어들이 밥과 그리고 같은 양의 항생제를 매일같이 먹으며 작은 수조에서 살고 있었다. 그쯤 되면 연어들은 스스로 사는 게 아니라 말 그대로 약빨로 사는 거였다. 앞을 가로막는 세찬 물살도, 매서운 곰의 발톱도 경험해 보지 못한 연어는……."

그러고 나서 몇 개의 알약을 삼키고 물을 마십니다. 그러면서 갑자기 연어 초밥이 먹고 싶어집니다.

자신이 70대라는 사실을 받아들이고 혜자는 씩씩하게 살아가기로 결심하지만, 잠을 이루지 못하는 엄마 옆에 앉아서 날마다 느끼는 자신의 변화를 고백합니다.

"그냥 궁금했어. 여기서 얼마나 더 나빠질까. 요즘 아침마다 일어날 때 좀 놀라. 하루가 다르다는 게 이런 말이구나. 어젠 분명 저기까지 걸었는데 오늘은 숨이 가빠. 앞으로 얼마나 더 나빠지는 건가 궁금해서……. 화장실 가는 것도 자기 마음대로 못 간다며, 늙으면. 나도 좀 더 차례차례 늙었으면 받아들이는 게 쉬웠을까 싶은 거지 그냥."

그러자 엄마가 말합니다.

"다시 애기 때로 돌아가라는 거라고 생각하면 단순해져. 이제 누군가의 도움 없인 살 수 없는 때로 돌아가는구나, 그런."

드라마가 마지막으로 향해 갈 때 혜자는 말합니다.

"긴 꿈을 꾼 것 같습니다. 그런데 모르겠습니다. 젊은 내가 늙은 꿈을 꾸는 건지, 늙은 내가 젊은 꿈을 꾸는 건지……. 저는 알츠하이머를 앓고 있습니다. 나의 인생이 불행했다고 생각했습니다. 억울하다고 생각했습니다. 그런데 지금 생각해 보니 행복했던 기억부터 불행했던 기억까지, 그 모든 기억으로 지금까지 버티고 있었던 거였습니다. 그 기억이 없어질지도 모른다고 생각하니 더 무섭습니다."

기자가 되는 것이 꿈이었으나 모든 꿈이 과거형이 되어 버린 준하(남주혁)가 젊은 혜자(한지민)와 포장마차에서 소주를 마시던 때를 회상하는 장면이 있습니다. 우동 국물 위에 뜬 기름띠를 보면서 무지개 떴다며 혜자는 호들갑을 떱니다. 그러면서 오로라에 대해 말합니다.

"너 그거 알지? 북극에 가면 오로라 볼 수 있는 거. 나는 꼭 오로라 보러 갈 거다. (안주로 나온 오이와 당근 조각을 일렬로 놓으며) 이렇게 시베리아 횡단 열차를 타고. 내 생각엔 오로라는 '에러'야. 버그, 작동 오류! 내가 옛날에 어디선가 읽어 봤는데, 오로라는 원래 지구 밖에 있는 자기장인데, 어쩌다 보니 북극으로 흘러들어 왔다는 거야. 그 말인즉슨, 조물주가 의도한 대로 만들어진 게 아니라, 어쩌다 보니 만들어진 에러다 이거지. 근데, 너~무 아름다운 거야. 그 에러가. 에러인데도. 에러도 아름다울 수 있어. 눈물 나게. 나는 오로라를 만나는 순간에 막 울 것 같아. '우와~ 오로라다!' 너무 사랑스러울 것 같아."

「눈이 부시게」가 끝나고 얼마 안 지나서 한 여성에게서 전화가 왔습니다. 자신이 코오롱 사의 전무라고 소개하면서 나를 한번 만나면 좋겠다고 했습니다. 그래서 우리 동네의 어느 호텔 커피숍에서 만났습니다. 나이가 많은 사람인 줄 알았고, 방송국에서 본 전무는 거의 남자라서 여자가 전무라는 것도 조금 낯설었는데, 젊고 활기찬 여성이었습니다.

말단 사원부터 시작해 전무의 자리까지 올라갔다고 합니다. 그녀의 이야기가 무척 재미있었습니다. 처음에는 모두가 자기를 우습게 알았는데, 정말 열심히 해서 인정받았다고 했습니다. 남자들 틈에서. 우리 집 마당에 흰 천으로 만든 의자가 하나 있는데, 나중에 그녀가 보내 준 것입니다. "강아지하고 놀 때 여기 앉으세요." 하고 갖다주었습니다. 성품이 좋은 사람입니다.

그녀는 코오롱 사의 패션 디렉터로 활동 중이라고 했습니다. 말하자면 여행 가거나 산에 갈 때 입는 옷차림을 촬영하는 것입니다. 그러면서 나에게 상품 모델 제의를 했습니다.

그래서 내가 웃으며 말했습니다.

"그 컨셉이 나하고 어울려요?"

그랬더니 그녀가 말했습니다.

"선생님하고는 뭐든지 어울려요."

그 말이 기분 좋았고, 그래서 하자고 했습니다.

그렇게 해서 아이슬란드에 가서 오로라 보는 광고를 찍었습니다. 그 전무가 「눈이 부시게」를 본 것입니다. 거기서 젊은 혜자가 오로라 보고 싶다고 말하는 것을 듣고 나를 데리고 오로라 보러 가는 광고를 찍으면 좋겠다고 생각한 것입니다.

"젊었을 때 오로라 보러 가고 싶다고 그러셨죠? 그걸 찍을 거예요."

연약한 배우의 떨리는 눈동자에 담긴 진짜 여정을 만들고 싶다고 했습니다. 꿈을 이루는 것만이 중요한 게 아니라, 그 꿈을 향해 자신을 믿고 걸어가는 것이 중요하다고 말하는 배우의 진심이 전달됐으면 하는 바람이라고 했습니다.

그 말을 듣고 너무 가슴이 뛰었습니다. 세상에 이런 사람이 있다는 게 놀라웠습니다. 이런 참신한 아이디어를 생각해 내는 사람이 있다는 게. 스포츠웨어 모델들은 전부 키 크고 늘씬한 젊은 배우들입니다. 그런데 「눈이 부시게」를 보고는 나를 오로라 보러 가는 모델로 하면 좋겠다고 영감을 받은 것입니다. 그녀의 이야기를 들으면서 '아, 너무 멋있다, 이 여자.' 하고 생각했습니다.

그녀의 제의에 나는 "너무 감동스럽다."고 말했습니다. 나는 감동한 것은 솔직하게 말합니다. 아닌 척하지 않습니다. 그 사람도 신이 났습니다. 그래서 비행기 타고 아이슬란드로 갔습니다. 도착해서 호텔로 갔는데, 그 호텔에서 가장 좋은 방을 예약

했는지, 무슨 강당만 한 방이었습니다. 옆에는 회의하는 커다란 테이블까지 있고, 그룹 회장 같은 사람들이 묵는 방인 것 같았습니다.

"나 여기서 혼자 자요?" 하고 물었더니 함께 간 광고 담당자가 "네, 선생님 마음 편하게 혼자서 주무세요."라고 했습니다. 그래서 "난 이 방이 너무 커서 헛헛해 죽겠어요."라고 하니까 그 사람이 말했습니다.

"선생님 혼자서 이것저것 상상하면서 주무세요. 이 호텔에서 최고로 좋은 방인데, 선생님한테 이 방 드리고 싶었어요."

그래서 그 큰 방에서 혼자 잤습니다. 조금 휑하긴 했지만 꽃도 여러 다발 꽂혀 있어서 근사하게 휑했습니다. 그렇지만 좋았습니다. 생전 처음, 백 명이 자도 좋을 그런 큰 호텔방에서 잤습니다.

문명의 이기로 만들어진 그런 근사한 호텔에 하룻밤 묵고 나서, 태초부터 있었던 오로라를 보러 갔습니다. 산을 넘고 막막한 광야 같은 데로 가서 조그마한 나무집 같은 곳에 묵었습니다. '기똥차게' 멋있었습니다. 큰 호텔보다 그 나무집이 좋았습니다. 꿈은 언젠가는 이루어집니다. 누구한테 말하지 않아도 간절히 바라면 현실로 이루어집니다. 인생이 얼마나 신기한 걸까요?

여기까지 오는 데 참으로 오래 걸렸습니다.

연기라는 세상 밖으로 나가 본 적 없는 바보라

가볍게 휙 떠나올 수 없었습니다.

언제 어떤 일이 기다리고 있을지, 모르는 게 인생입니다.

그래서 인생은, 살아 볼 만한 거겠지요.

이 길에서 자꾸만 나의 지난 일들이 겹쳐집니다.

하늘이 허락해 주시지 않는다 해도

괜찮을 것 같습니다.

80을 눈앞에 둔 내 인생의 길 끝에서

나는 내 꿈 앞에 서 있습니다.

광고에서 이 내레이션이 끝나고, 저쪽 하늘에서 이쪽 하늘까지 펼쳐진 오로라를 바라봅니다. '나를 믿고 걸어갑니다. 지금까지 그래 왔던 것처럼.' 내가 읽는 마지막 내레이션이 곧 나 자신의 말이기도 합니다. 예측불허의 날씨 탓에 비행기가 결항되거나 지연되고 크고 작은 사건들이 있었지만, 원래 인생은 예측할 수 없는 것이기에 모든 순간이 소중했습니다. 구태의연하지 않은 멋진 기획을 생각해 낸 한경애 씨와 백지현 씨, 코오롱 스포츠 사, 박수를 쳐 드리고 싶은 카피라이터 원혜진 씨, 그리고 함께 머나먼 아이슬란드까지 가서 멋진 촬영을 해 준 스태프 분들에게도 감사드립니다. 내 버킷리스트 중 하나를 이루게 해 주셔서(코오롱스포츠의 광고 '오로라 편'은 제28회 국민이 선택한 좋은 광고상을 수상했다. 평생 배우라는 이름으로 살며 쉽게 떨치지 못했던 일상에서 벗어나, 지구 반대편 오로라를 보며 다시 오늘을 살아갈 것을 다짐하는 배우 김혜자의 모습이 종전의 아웃도어 광고들과는 비교할 수 없는 잔잔한 감동을 전해 주었다는 평가를 받았다).

「눈이 부시게」마지막 엔딩 내레이션의 대본 한 부분을 찢어 들고 백상예술대상 시상식에 간 날이 떠오릅니다. 어떻게 생각하면 조금 이기적이지만 시상식은 피할 수 있으면 피하곤 했습니다. 배우는 연기를 열심히 해서 좋은 드라마를 보여 주면 된다고 생각했습니다. 내 역할은 거기까지라고 여겼습니다. 그런데 「눈이 부시게」가 너무 큰 사랑을 받았고, 또 수상 후보에 올랐다고 해서 나가지 않을 수 없었습니다. 상 받는 거 미리 알려 준다고 생각하는 사람들도 있지만, 그렇지 않습니다. 후보에 오른 것 정도만 말해 줍니다.

나는 김석윤 연출자에게 말했습니다.

"나 좀 가르쳐 줘요. 나 상 안 타도 돼요. 그냥 후보에만 오른 것이면 안 가고 싶어요."

그러자 연출자도 전혀 알지 못한다고 했습니다. 주최 측에서 절대로 미리 알려 주지 않는 것입니다. 막상 나가려 하니 상을 받지 못할 수도 있지만 상을 받게 되면 어쩌지, 하는 고민이 생겼습니다. 안 나가고 싶다고 했다가 상 받을 걱정을 하는 나에게 피식 웃음이 났습니다.

만약 상을 받게 되면 수상 소감을 뭐라고 해야 하나……. 마당에 앉아서 강아지 수수를 안고 말했습니다.

"수수야, 어떻게 하지? 만약 상 타면 뭐라고 인사말을 하지? 나 이런 거 정말 너무 어려워."

그렇게 혼자 중얼거리다가 '아, 그 드라마 마지막 내레이션이 좋은데, 그거 하면 어떨까?' 하는 생각이 퍼뜩 들었습니다. 상을 받게 되면 사람들이 많이 좋아해 준 내레이션을 들려주면 좋을 것 같았습니다. 그래서 하루 전날 그 대목을 외우기 시작하는데 안 외워지는 것이었습니다. 이건 내레이션이기 때문에 외우는 게 아니라 잘 읽는 것이라고, 잘 해석해서 읽고 녹음하는 것이라고 내 머리가 이미 인식해 버린 것입니다. 두 페이지 넘는 대사도 외우는데 이걸 왜 못 외우겠는가 했지만, 그런데 정말 수십 번 읽으며 아무리 연습해도 외워지지 않았습니다.

내 정신이 지배해 버린 탓인지 결국에는 시상식 당일 아침까지 외우기에 실패하고, 대본을 그대로 찢어서 가져갔습니다. 만약 그것을 들고 무대에 올라갈 생각이었으면 예쁜 종이에 옮겨 적었을 것입니다. 시상식장에 가서라도 어떻게든 틈틈이 외워 보겠다고 생각하고 대본을 찢어 들고 간 것입니다.

시상식이 진행되는데 아무 상에도 호명하지 않기에 마음을 놓고 있었습니다. 그런데 마지막 대상에 내 이름이 불리고야 말았습니다. 한 손에는 찢어 온 대본을 쥐고 무대 위로 올랐습니다. 상패를 들고 꽃다발을 들고 대본 쪽지를 펼쳐, 부산스럽고 어수선하게 내레이션을 읽었습니다. 돌아보니 무척 창피했습니다. 종이를 떨어뜨리기도 하고, 집어 들기도 하고, 어수선했던 그때의 내가.

드라마 속에서는 그 내레이션이 흘러나갈 때 많은 모습들이 비춰집니다. 꽃이 피고, 노을이 지고, 사람들은 거리를 걷고, 시장은 손님을 맞을 준비로 분주합니다. 새벽녘 하루 일감을 기다리며 불을 쬐는 사람들의 손길은 묵묵하고, 집 안에 놓인 낡은 추억들은 오늘도 그 자리를 지키고 있습니다.

'대단하지 않은 하루가 지나고 또 별거 아닌 하루가 온다 해도 인생은 살 가치가 있다.'

드라마 속 장면이 아닌 시상식장 무대에 홀로 선 나는 이 내레이션을 잘 외워 독백처럼 연기하고 싶었습니다. 우리에게는 삶을 누릴 자격이 있음을 전하고 싶었습니다. 우리 삶의 아름다움을, 그 감사함을 전하고 싶었습니다.

나이가 들면 그렇습니다. 손이 바쁘고 주변이 어수선해집니다. 목소리가 커지고 말이 많아집니다. 어느 순간 내가 왜 이렇게 말을 많이 하고 있지, 하고 소스라치게 놀랄 때가 있습니다. 그날도 그렇게 부산스럽고 수선스러웠지만, 그 자리에 있던 많은 분들이 눈물을 흘렸습니다. 알기 때문입니다. 우리 삶이 때론 불행하고 때론 행복하다는 것을. 삶이 한낱 꿈에 불과할지라도 그래도 살아서 좋다는 것을. 이 세상에 태어난 이상 우리는 삶을 누릴 자격이 있다는 것을.

대본을 쓴 이남규, 김수진 작가에게 허락을 받아 이곳에도 옮겨 놓습니다. 내레이션 녹음을 위해 수십 번 읽고, 백상예술대상 시상식을 위해서도 여러 번 반복해 읽었지만 다시 읽어도 좋은 글입니다.

내 삶은 때론 불행했고 때론 행복했습니다.

삶이 한낱 꿈에 불과하다지만

그럼에도 살아서 좋았습니다.

새벽의 쨍한 차가운 공기,

꽃이 피기 전 부는 달큰한 바람,

해 질 무렵 우러나는 노을의 냄새.

어느 하루 눈부시지 않은 날이 없었습니다.

지금 삶이 힘든 당신,

이 세상에 태어난 이상,

당신은 이 모든 걸 매일 누릴 자격이 있습니다.

대단하지 않은 하루가 지나고

또 별거 아닌 하루가 온다 해도

인생은 살 가치가 있습니다.

후회만 가득한 과거와 불안하기만 한 미래 때문에

지금을 망치지 마세요.

오늘을 살아가세요.

눈이 부시게.

당신은 그럴 자격이 있습니다.

사랑받으면 피어나는 꽃

무대의 막이 오르기 직전, 암전이 오래 계속되고, 그 어둠 속으로 바흐의 무반주 첼로 모음곡이 흐릅니다. 드디어 조명이 들어오면, 액자가 반듯하게 걸려 있고 냉장고에는 요리법을 적은 메모들이 가지런히 붙어 있는 정돈된 주방에서 저녁 준비를 하는 여인의 뒷모습이 보입니다.

아들 하나 딸 하나를 둔 40대 중반의 셜리는 내세우고 자랑할 것은 없지만, 그렇다고 가난하거나 부족할 것도 없는 평범한 주부입니다. 정돈된 부엌에서 한 점 얼룩 없이 깨끗한 앞치마를 두른 채 가족이 돌아오면 바로 식사를 차릴 수 있도록 대기하고 있습니다.

20년 결혼생활 끝에 타인처럼 멀어진 남편은 자로 잰 듯 정확한 살림을 요구합니다. 퇴근해 집에 들어왔을 때 식탁 위에 항상 찻잔이 준비되어 있어야 합니다. '찻잔이 식탁 위에 놓여 있지 않으면, 지구가 거꾸로 돌기라도 하는지 한바탕 난리를' 피웁니다. 그리고 목요일 저녁에는 항상 고기 요리를 먹어야 한다며 신경질을 부립니다. 단 한 시간의 오차도 없이 살아가는 남자입니다.

다 크면 많은 이야기를 나눌 수 있을 것으로 기대했던 아이들 또한 자신들의 삶에만 관심이 있을 뿐 엄마의 존재를 인격적으로 대하지 않습니다. 도무지 대화가 통하지 않으며 '엄마는 신경 쓰지 말라.'는 것이 입버릇입니다. 그들에게 셜리는 냉장고나 세탁기처럼 집 어디에 늘 있어야 하는 기능성 물건에 불과합니다. 다 큰 딸아이가 아이스크림 먹고 싶다고 하면 '자동 엄마'처럼 냉큼 만들어 줘야 합니다.

셜리의 이야기를 들어줄 말벗이라곤 주방의 벽뿐입니다. 그래서 늘 벽 앞에 앉아 벽이나 보며 얘기를 나눠야 합니다. 일상에서 탈출하고 싶은 욕구를 갖고 있기는 하지만 한 번도 가 보지 못한 벽 너머의 낯선 세계는 두려움의 공간이고, 자신하고는 상관없는 남의 세계입니다.

연극은 주방에서 요리를 하던 셜리가 창밖을 내다보다가, 냉장고에서 포도주를 꺼내 마신 뒤 벽을 향해 이렇게 말문을 여는 데서 시작합니다.

"벽아, 또 너하고 이야기를 해야겠구나."

자식들이 크면 남편과 헤어질 거라고 했지만, 막상 애들이 다 크고 나니까 갈 곳이 없습니다. 마흔다섯에 어디 가서 뭘 다시 시작할 수 있을까요? 사람들은 40대 중반이 되면 삶에 지치고 좋은 것은 단지 과거의 추억뿐이라고 말하지만, 그녀는 결혼하던 스물다섯 살에 벌써 그런 느낌을 가졌습니다.

그런 셜리에게 삶을 송두리째 뒤바꿀 편지가 날아듭니다. 이혼한 여권운동가 친구가 2주일간 그리스 해변으로 여행을 떠나자고 제안하며 비행기 티켓을 보내 옵니다. 셜리에게는 겨우 상상 속에서나 가능했던 일이 현실로 나타난 것입니다. 그렇게 해서 소극적이고 무능하게 느껴지는 삶에 탈출구가 열리고, 잊고 살았던 바깥 세상을 볼 눈을 뜨게 됩니다.

그리스 해변에서의 2주일! 상상만 해도 가슴이 뜁니다. 그러나 남편의 식사는 누가 준비하고, 아이들은 뭐라고 할 것인가? 그리고 매력을 다 잃은 몸에 수영복이라니……. 그런 생각들이 기를 꺾지만, 마음속에서는 이미 건조하고 무기력한 일상을 배반하고픈 욕구가 고개를 들기 시작합니다.

그 첫 번째 배반으로 셜리는 남편의 저녁 식사를 위해 산 고기를 채식으로만 키우는 옆집 사냥개에게 던져 주고 웃습니다. 화가 치민 남편은 식탁을 쓸어 버리고, 음식을 뒤집어쓴 셜리는 남편의 분노에 '그리스'라는 낙서로 답합니다. 드디어 그리스로 떠날 마음을 굳힙니다. 남편이 화를 낼 때, 딸이 비웃을 때, 친구가 충고할 때 셜리는 한 걸음씩 자신에게 다가갑니다.

우여곡절 끝에 그리스로 출발했지만, 함께 지내기로 했던 친구가 비행기에서 남자를 만나고, 셜리는 다시 혼자가 됩니다. 바닷가에서 외톨이가 된 그녀는 가정 안에서보다 더 외로울 수밖에 없습니다.

그러나 시간이 흐르고 막이 바뀌면서 셜리는 차츰 자신을 찾아갑니다. 2막의 에메랄드빛 그리스 해변에서 셜리는 완전히 다른 여자가 됩니다. 흑단 같은 머리를 리본으로 묶고, 날개를 연상시키는 하얀 스커트를 입고, 맨발에는 반짝이는 발찌를 하고 있습니다. 그렇게 셜리는 자신의 정체성을 찾아 나갑니다. 그리고 그녀에게 한 중년의 남자가 다가옵니다. 부유하거나 성공한 사람은 아니지만 여자의 마음을 알아주고 대화를 나눌 줄 아는 남자. 그 남자가 그녀에게 준 것은 자신을 사랑하는 마음입니다. 이보다 더 큰 선물이 있을까요?

나 김혜자는 여자이며 어머니이고 배우입니다. 가족에게는 참으로 미안한 일이지만, 이 중에서 나 자신이 가장 중요하다고 여겨 온 것은 배우로서의 나였습니다. 「장미와 콩나물」(1999)과 「마요네즈」(1999)가 끝난 뒤 연기하고 싶은 대본을 만나지 못해 배우로서의 나는 이제 죽는 일밖에 없구나 싶었습니다. 미칠 듯 빠져들고 싶은데 빠져들 만한 배역이 없어 늪에 갇힌 기분이었습니다.

그렇게 미칠 듯 빠져들고 싶은 열망이, 목이 바짝바짝 타는 새로운 연기에의 갈증이 연극 「셜리 발렌타인」(극단 로뎀 제작, 윌리 러셀 원작, 하상길 연출, 김혜자 출연. 2001년 제일화재 세실극장 공연. 가정이라는 울타리 안에서 소외된 중년 여성이 자신의 정체성을 찾아 떠나는 과정을 진지하면서 유쾌하게 풀어낸 고전)을 나에게 끌어당겼다고 생각합니다. 그 열망이 없었다면 정말로 배우로서의 나는 「장미와 콩나물」을 끝으로 생을 마쳤을지도 모릅니다. 그렇게 무엇인가에 홀린 것처럼 「우리의 브로드웨이 마마」 이후 꼭 10년 만에 연극 무대에 섰습니다.

그리스로 떠나는 비행기를 탈 때 셜리는 지붕 위에서 뛰어내리는 심정입니다. 목이야 부러지든 말든. 그렇습니다. 나에게는 이 연극이 지붕에서 뛰어내리는 일이었습니다. 좋아, 되든 안 되든 내가 살아 있다는 걸 나 자신한테 증명해 보일 거야, 하고 스스로에게 말했습니다. 얼마나 필사적으로 씨름했는지, 매일 새벽 한두 시면 눈이 번쩍 떠졌습니다.

아무 작품도 할 만한 것이 없구나, 하는 절망감에 젖어 있을 때 연극 무대에 서게 해 준 「셜리 발렌타인」. 그 작품에 나를 불사르기 위해 「전원일기」 외에는 어떤 드라마에도 출연하지 않았습니다. 도중에 기아 돕기 성금을 모으는 일로 일주일간 아프리카 아이들에게 다녀온 것 외에는 오로지 연습과 공연에 나를 쏟아부었습니다. 마지막 공연 날짜도 정해 놓지 않고, 관객이 이어지는 한 공연을 계속하겠다고 의지를 불태웠습니다.

딸과 함께 온 어머니들, 지방에서 버스를 대절해 오는 관객들, 심지어 미국에서 이 공연을 보기 위해 오신 관객들이 기억에 남습니다. 주중 공연에는 주로 주부들이, 주말 저녁 공연에는 부부가 함께 오는 경우가 많았습니다. 주부들만 왔을 때는 맘 놓고 웃는데 남편과 함께 온 아내들은 좀 조심하는, 자유롭게 웃지 못하는 것 같았습니다.

처음에는 아이부터 중년 여성까지 1인 17역을 맡는 모노드라마를 하는 것이 너무 욕심부리는 것 같아서 망설였습니다. 무대를 혼자 감당하는 1인극만 아니면 괜찮은데, 발성과 움직임 모두 낯설고 무서웠습니다. 잠을 못 이룰 정도였습니다. 그러나 내가 죽기 살기로 하면 그 뒤는 신이 책임져 주시리라 믿었습니다. 관객이 어떻게 봐 줄지는 모르지만, 이것이 내 마지막 작품이라는 마음으로 매달렸습니다. 지금 생각해도 정말 잘한 일이었습니다. 이 작품을 하면서 나 자신을 진실로 좋아하게 되었습니다.

언젠가부터는 내가 극 중의 셜리 발렌타인이 된 느낌으로 살았습니다. 언제나 대사를 중얼거리고 다니고, 잠자다 깨는 것은 예삿일이 되었습니다. 한두 시간마다 벌떡 일어나 계속 대사를 외우곤 했습니다. 연습을 시작한 지 한 달쯤 되었을 때입니다.

자면서도 대사를 중얼거리고 있었는데, 진짜 셜리 발렌타인이 내 앞에 나타난 것입니다. 그래서 셜리에게 말했습니다.

"제발 좀 가 줘. 이제 그만 가. 나 정말 자고 싶어."

그 소리에 벌떡 깨어나서는 내가 너무 큰 일을 벌린 것 같은 두려움에 기도를 얼마나 했는지 모릅니다. 그렇게 나는 셜리가 되었습니다. 그 여자 셜리가 온종일 떠나지 않고 내 옆에, 내 안에 머물러 있었습니다. 내보내려 해도 안 되고, 하루 종일 그 여자로 살아야 했습니다.

연극 무대에서 10년간 공백이 있는 동안 나에게 많은 제의가 있었습니다. 한 달에도 여러 편씩 희곡과 시나리오가 문 앞에 쌓였습니다. 「지하철 1호선」의 연출가 김민기 씨도 장문의 편지에 대본과 비디오테이프까지 보내며 나와 작업하기를 바랐습니다. 하상길 연출가도 여러 작품을 나에게 권했습니다. 「셜리 발렌타인」이 그중 하나였습니다. 대본을 받아든 순간 '어쩐지 이 연극을 하게 될 것만 같다.'는 예감이 들었고, 대본을 읽고는 곧바로 하상길 연출가에게 전화해 출연 의사를 밝혔습니다.

내가 한 연극 중에서 가장 호평을 받은 「셜리 발렌타인」은 원작의 높은 완성도와 내용의 공감도에 힘입은 바가 큽니다. 수준 높은 연극을 만들기 위해서는 좋은 희곡을 선정해야 합니다. 문학적 깊이도 있어야 하고, 관객에게 감동을 줄 수 있어야 하며, 연극적 재미도 있어야 합니다. 「셜리 발렌타인」은 그 모든 것을 갖춘 작품입니다. 영국의 대표적인 극작가이며 연극 연출가이자 배우이기도 한 윌리 러셀의 대표 작품 중 하나입니다. 여러 상(런던비평가상, 골든글러브상, 이보르 노벨로상)을 수상한 뛰어난 극작가입니다.

「셜리 발렌타인」은 한 중년 여성이 삶의 건조함을 깨닫고 자신의 정체성을 찾아 나가는 과정을 그린 작품입니다. 이 연극을 잘못하면, 여자가 바람피우고 가정에서 해방되었다는 것으로 보일 수 있습니다. 그 점에 매우 주의했습니다.

나는 「셜리 발렌타인」을 단순히 갇힌 일상에서 탈출하고 싶었던 여성이 이혼한 친구의 제의로 그리스 해변으로 떠나는 이야기라고 보지 않았습니다. 나는 이 연극이 인간의 이야기라고 생각했습니다. 한 여자를 통해 인간의 의미 없는 삶을 이야기하는 작품으로. 셜리는 누구나 조금씩 닮은 보통 여자입니다. 나에게도 셜리의 모습이 조금은 있습니다. 겉으로는 멀쩡하지만 마음속은 잘고도 깊은 상처로 금이 가 있습니다. 많은 사람들이 어릴 적부터 여러 꿈을 간직하고 있었지만 꿈과는 전혀 다른 삶을 살고 있습니다.

꿈을 잃은 인생을 이야기하고 있는 점, 그것이 이 연극의 매력입니다. 특히 여자가 끝부분에서 자신만 불행한 게 아니라 남편도 마찬가지란 사실을 깨닫는 것은 세상을 이해하는 눈 자체가 커진 것입니다.

"남편에게도 휴가가 필요해. 살갗에 햇볕을 느낄 필요가 있어."

상처투성이가 된 셜리는 자신을 진실로 사랑하게 되면서 다른 사람도 볼 수 있게 됩니다. 날마다 자기 생각만 하던 여자가 눈을 뜬 것입니다. 그것이 자신의 진정한 정체성을 찾게 되는 행복한 결말입니다.

안락한 현실로부터 탈출해서 자기를 찾는 게 진짜 인생을 사는 것이 아닐까? 그냥 편안하게 안주해 버리면 삶의 모든 시간을 소모해 버리고 마는 것이 아닐까? 상처를 입더라도 자신의 꿈이 무엇이었던가는 한 번쯤 생각해 보는 게 좋지 않을까? 그런 것들을 「셜리 발렌타인」은 일깨워 줍니다. 셜리는 자기 연민에 빠져 있는 불쌍한 여자입니다. 그러나 혼자가 되면서 자기를 찾습니다. 행복해지려면 좀 더 단순하고 혼자가 되어 자신을 돌아볼 필요가 있습니다. 정말 꿈꾸는 삶을 살지 못한다면 그것은 인생의 낭비이니까.

이 연극을 하면서 배우로 살아가는 것이 정말 좋다는 것을 절감했습니다. 자신이 연기하기에 따라 보는 이에게 깊은 울림을 전달할 수 있으니까. 작품 속 셜리가 주부와 아내로서의 일상을 버리고 떠난 여행에서 새로운 자아를 찾듯이, 이 연극 출연은 나에게는 기존의 고착화된 엄마 이미지를 벗어나 새로운 모습을 찾기 위한 결정이었습니다. 몇 년 전 캄캄한 소극장에서 한 배우가 노래 연습하는 모습을 훔쳐본 것이 연극 무대에 대한 갈증을 깨닫는 가장 큰 계기가 되었습니다.

매일 조금씩 더 잘하고 있다는 것을 느꼈습니다. 공연이 거듭된 후에야 극 중 대사 "꿈이 이루어지시는 겁니까?"를 "꿈이 이루어지시는 건가요?"로 하면서 그동안 책 읽듯 했다는 걸 처음 발견했습니다. 모든 관객이 셜리에게 동화될 만큼 완벽하게 연기할 수 있기를 바랐습니다. 거기에 연기의 매력이 있습니다. 아직도 알아낼 게 많습니다. 연기는 끝없는 공부입니다. 내가 본래 싫증을 잘 내는 성격인데, 만족이라는 게 없기 때문에 연기를 계속하는 것 같습니다.

하상길 연출가는 나의 연기에 대해 이렇게 말했습니다.

"인물의 섬세한 내면 풍경을 김혜자만큼 표현하는 배우를 나는 그동안 본 적이 없다. 연습 중에, 일그러진 표정을 연기하는 대목에서 '아픔으로 가지 말고 좌절로 가자.'는 한마디에 그녀는 이미 두 표정 사이의 간격을 정확히 맞춰 순식간에 연기를 변화시킬 정도였다."

이 연극을 하는 동안은 힘들다기보다 행복했습니다. 다들 힘들어서 1인극을 어떻게 하느냐고 했지만 최고로 행복한 시간이었습니다. 사람들은 커튼콜할 때 내 얼굴에서 처녀 같은 미소가 떠나지 않는다고 말했습니다. 이 사랑스러운 여자가 「전원일기」에서 방바닥에 걸레질하던 그 어머니 맞나 싶다고. 신인 연기자 같은 신선함이 묻어 난다고도 했습니다. 매스컴에서는 김혜자가 「셜리 발렌타인」으로 절정의 연기를 선보였다고 썼습니다. 하지만 나는 모든 작품에서 언제나 절정의 연기를 보여 주려고 최선을 다했습니다. 그렇지만 연극을 끝내고 집으로 돌아갈 때는 쓸쓸했습니다. 관객이 아무도 없는 객석을 보니까.

신에게 감사합니다. 한동안 침체의 늪에 빠져 있던 나에게 다시 한번 연기자로서 정열을 끄집어낼 수 있는 계기가 되었습니다. 사람들에게 박수를 받는 게 참 행복했습니다. 연극은 이 작품이 마지막이 될지 모르지만, 그래도 하나님께 부끄럽지 않을 만큼 열심히 했습니다(김혜자는 「셜리 발렌타인」 이후 「다우트」, 「오스카! 신에게 보내는 편지」, 「길 떠나기 좋은 날」로 다시 연극 무대에 섰다).

연극 공연을 하면서 내내 그 여자 셜리만 생각했습니다. 너무 처량하다는 생각이 들었습니다. 과연 셜리는 행복할까? 그리스에 남았지만 자식들과 남편이 찾는데 정말 행복할까? 그런 생각이 들었습니다. 자기 자리에서 행복을 찾을 수 있다면 가장 좋을 텐데……. 공연이 끝나서도 여운이 많이 남았습니다.

배우의 나이는 배역 속 나이와 같은 법입니다. 「전원일기」에서는 내가 칠십 넘은 할머니였다면, 「셜리 발렌타인」을 할 때는 셜리와 똑같은 마흔다섯 살입니다. 정말로 내가 자꾸 마흔다섯 살인 것처럼 느꼈습니다. 다시 젊어지고 싶다는 게 아니었습니다. 나는 다른 사람들보다 굉장히 오래 산 것 같습니다. 한 수천 년쯤. 배역 속의 그 인물들을 다 살아 냈으니까. 그래서 기자들에게 "내 나이를 쓰려거든 '수천 살'이라고 해 줘요." 하고 말하곤 합니다.

나에게 죽기 전 소원이 있다면, 시작부터 끝까지 울면서 봐야 하는, 그래서 나갈 때는 인간이 양처럼 순해질 수 있는 연극을 하고 싶습니다. 세상이 너무 삭막해지는 것 같아서……

그리스 해변에서 셜리는 혼잣말로 속삭입니다.

"난 죄를 지은 거야. 하나님이 나한테 주신 인생을 충실하게 살지 못한 거라구. 더 기쁘고 만족스럽게 할 수 있는데, 나 스스로 체념한 채 한심한 꼴로 사는 거야. 그 모두를 쓸모없이 소모해 버리고 말았던 거지. 이젠 결코 그러지 않을 거야. 인생이 아무 쓸모가 없는 거라면, 무엇 때문에 태어났겠어? 쓸모없는 거라면, 이 모든 느낌과 꿈, 희망은 무엇 때문에 지니고 있는 거냐구."

극의 마지막, 셜리는 집으로 돌아가는 비행기표와 가방을 버린 채 그리스의 해변에 남습니다. 이제 그녀는 꿈꾸던 삶을 살아갈 것입니다. 그 꿈이 현실의 벽에 부딪혀 다시금 부서질지라도. 그것은 누군가에 대한 분노나 저항이 아니라 자기 자신에 대한 사랑입니다.

자기를 좋아하고 인정해 주는 이와 함께 있으면 사람은 나이

와 상관없이 다시 피어납니다. 열여덟 살이든, 마흔네 살이든, 예순두 살이든……. 배우도 사랑받으면 피어나는 꽃입니다. 누구나 그렇듯이.

셜리는 말합니다.

"난 이제 나 자신을 진실로 좋아하게 되었어요. 난 내가 좋아요. 살아 있는 내가 정말 좋아요. 뛰어나지도 못하고 역사에 기록될 만한 인물도 못 되지만, 그래도 난 살아 있는 걸요. 물론 상처도 있지요. 싸움에서 얻은 흉터도 있어요. 하지만 그 상처도 숨길 필요는 없겠지요. 그 상처, 그 흉터 모두가 살아 있는 증거이니까요."

모든 사람이 자기 자신을 사랑하게 되었으면 좋겠습니다.

극단 로뎀의 대표 하상길 연출가는 「우리의 브로드웨이 마마」에서 나의 남편 역으로 출연했던 배우이기도 합니다. 「셜리 발렌타인」에 이어 「길 떠나기 좋은 날」에서도 내 연기의 연출을 맡았습니다. 「나, 여자예요」, 「우리가 애인을 꿈꾸는 이유」로도 뛰어난 실력을 인정받은 연출가입니다. 그분이 블로그에 '배우 김혜자의 긍지'라는 제목으로 나에 대한 글을 쓴 것을 출판사 편집자가 보내 왔습니다.

'어머니'의 이미지로 널리 알려진 배우 김혜자를 모르는 이는 별로 없을 것 같다. 오늘은 별로 알려지지 않은 김혜자의 에피소드 한 가지로 이야기를 시작해 볼까?

김영삼 대통령 시절이었으니 벌써 한참 된 이야기이겠다. 그때는 '어버이 날'이면 할아버지, 할머니들을 청와대로 초청해 대통령이 직접 나와 그분들을 위로하는 잔치를 열었는데, 분위기를 돋우기 위해 당시 인기 절정을 달리던 「전원일기」의 출연 팀도 초대되었던 모양이다.

주연급 배우들이 방송국 버스를 타고 청와대에 들어가 보니 너무 일찍 도착한 거였다. 할머니, 할아버지들은 아직 도착 전이었고, 연회장으로 사용될 정원에는 카메라와 조명을 설치하느라 한창 분주했었단다. 사람들과 어울려 잡담하는 것을 별로 좋아하지 않는 김혜자는 슬그머니 사람들 틈에서 빠져 저만큼 떨어진 멋진 소나무 밑 벤치에 앉아 따뜻한 봄날을 즐기고 있었다. 한 5분쯤 지났을까?

검은 정장의 건장한 한 남자가 다가오더니 멋들어지게 경례를 붙이고 나서, "이 벤치는 영부인께서 앉으시는 자립니다. 죄송하지만 자리를 비켜 주시지 않겠습니까?" 하더란다.

우리가 그런 일을 겪었다면 어떻게 했을까?

"아마 민망하고 창피해서 얼른 일어나 우리들 있는 곳으로 도망쳐 왔을 거야."

「전원일기」에 함께 출연했던 모 탤런트의 말이다.

그런데 김혜자는 그렇지 않았다. 생글생글 웃으며 이렇게 말했단다.

"미안합니다만, 아마 영부인께서도 배우 김혜자가 앉아 쉬었다고 말씀드리면 기뻐하실 거예요."

검은 정장의 남자는 "실례했습니다!" 경례를 붙이고 사라지더란다.

이 이야기는 현장에 함께 있던 또 다른 배우에게서 직접 들은 것이니 꾸며낸 이야기는 결코 아닐 것이다.

김혜자는 아주 따뜻한 사람이다. 어려운 사람들을 돕기 위해 아프리카로, 동남아시아로, 북한으로 틈만 나면 달려가는 것을 알 사람은 다 알고 있는 사실이다. 그러나 한편 김혜자만큼 대단한 긍지를 갖고 있는 배우를 나는 따로 만나지 못했다. 그의 그런 긍지는 어디서 오는 것일까?

나는 그 이유가 다음의 두 가지에서 기인한다고 본다.

첫째는 그의 열심과 성실함이다. 보통 연극배우들은 2개월 정도의 연습 후 첫 공연이 시작되면 더 이상 대본을 들여다보지 않는다. 더 이상 노력을 하지 않는 것이다. 예술의 완성이란 끝이 없음에도 불구하고!

김혜자는 그렇지 않다. 나는 김혜자를 조금은 아는 편이다. 함께 공연한 적이 두 번이며 특히 「셜리 발렌타인」이라는 모노드라마는 6개월 동안 장기 공연을 했으니까. 김혜자는 마지막 공연이 끝날 때까지 대본을 손에서 놓지 않는다. 그는 자신의 일에 최선을 다하는 배우이며, 그렇기 때문에 자신이 만들어가는 연기에 대해 누구 앞에서도 떳떳할 수 있는 것이다.

둘째로 그가 갖는 긍지는 신앙의 힘에서 나온다고 본다. 김혜자는 크리스천이다. 모태신앙이다. 그는 사람들 앞에서 예수 믿는다고 큰 소리로 외치지 않는다. 기도한다고 부르짖지도 않는다. 그냥 잔잔히 웃는다. 그러나 조용히 하나님의 사랑을 실천하는 사람이다.

30분 전이면 나는 분장실을 찾는다. 김혜자는 혼자 앉아 있다. 모노드라마이기 때문에 혼자 있다고? 천만에! 말하기 좋아하면 분장실에 스태프들이 얼마든지 있다. 분장사도, 미용사도, 소품을 챙겨 주는 단원도 있다. 흔히 분장실은 여배우들이 많으면 수다의 천국이요, 남자 배우들이 많으면 패설의 경연장이 되기 쉽다.

그러나 김혜자는 혼자 앉아 있다. 대본을 보고 있든지, 혹은 기도하고 있다. 그래서 그는 혼자가 아니다. 우리는 두 손을 마주잡고 기도한다. 그런 연후에 그는 무대에 오른다.

공연 6개월, 연습 2개월, 처음 공연을 약속했을 때부터 꼽자면 거의 1년을 함께 지냈지만, 나는 단 한 번도 김혜자가 다른 사람의 험담하는 걸 들은 적이 없다. 혀에 가시가 잔뜩 돋아나 있는 내가 간혹 쓴소리를 지껄여도 김혜자는 그냥 담담히 웃을 뿐이다.

김혜자는 하나님께 붙들려 있는 사람이다. 그래서 그는 당당할 수 있다. 대통령 비서실에서 어떤 요구를 해 와도— 구체적으로 공개하긴 조금 거북하다—하나님의 뜻에 맞지 않는다면 당당히 거절하고 오히려 충고를 할 수 있는 힘은 그가 하나님 안에서 살고 있기 때문이다. 세상의 영웅들, 세상의 권력자들, 성공한 사람들……. 아무리 그들이 대단 해 보인다 해도 우리 하나님 앞에서 인간이 얼마나 왜소하 고 보잘것없는 존재들인지를 배우 김혜자는 잘 알고 있다. 내가 김혜자를 선생님이라고 부르며 좋아하는 이유다.

(2001년 6월 22일부터 서울 중구 정동에 위치한 제일화재 세실극장 에서—현재는 국립정동극장 세실—에서 공연된 「셜리 발렌타인」은 성 공하기 힘든 우리 연극 실정에서, 그것도 비수기인 여름 휴가철이 끼어 있었음에도 매회 전좌석 매진을 기록하며 100회 공연을 할 때까지 2만 3천 명이 관람했다. 연극계에서는 하나의 '사건'으로 받아들여졌다. 이 연극으로 김혜자는 주간 여성신문 우먼타임스가 제정한 제1회 페미니 즘 문화예술대상 공연영상부문 연기 수상자로 선정되었다.)

나의 매니저

　나는 매니저도 없고, 소속사도 없습니다. 누가 나를 매니지먼트해 주는 사람도 없고, 의상을 챙겨 주는 코디도 없습니다. 나는 내가 다 책임져야 합니다. 또 그래야만 한다고 늘 생각해 왔습니다.

　나는 그냥 나 혼자 했고, 지금도 그렇게 합니다. 작품에 들어가면 내가 맡은 역은 다른 누구도 아닌 바로 내가 구현해 내야만 하는 인물이니까 그것이 너무나도 당연하다고 생각했습니다. 물론 나보다 더 뛰어난 사람이 조언을 해 줄 때도 있지만, 누가 매번 내 옆에서 길잡이가 되어 줄 수는 없습니다. 나는 늘 '나만큼' 해서 카메라 앞에 나갔습니다. 그것이 나인 것 같습니다. 나의 실체 이상으로 화려하거나, 잘나거나, 멋있게 보이려고

133

한 적이 내 기억에는 없습니다.

배우들에게는 대개 매니저가 있어서 대본도 가져다주고 일정 관리도 하는 것으로 알고 있습니다. 하지만 나는 작가가 전화를 해서 "이러이러한 작품을 쓰려고 한다."라고 말해 줍니다. 그 이야기를 듣고 내가 좋아하는 작가이면 알았다고 하고 기다립니다. 작가들이 '이 역은 김혜자가 하면 좋겠다.'라고 생각하고 나를 염두에 두고 쓰는 것이기 때문에, 대개는 작가를 믿고 그 작품을 합니다.

내가 극 중에서 입고 나오는 옷들은 대부분 내가 가진 옷입니다. 단정한 주부 역이면 이신우, 이광희 디자이너가 해 준 옷에서 골라 입었습니다. 간혹 의상팀에서 가져온 옷들 중에서 골라서 입기도 합니다. 의상팀이 고심하고 가져오겠지만, 나는 내가 가진 옷을 입었을 때 연기가 잘 되었습니다. 「전원일기」 때도 예전에 우리 엄마가 입던 옷을 시장에서 수선해다 입었습니다.

포목집에서 옷감 사서 옷을 지어 입기도 하고, 시장 바느질집에 가져가 "이 옷에 동정만 덧대 달라."라고 해서 입기도 했습니다. 「전원일기」에서의 나는 홑겹으로 지은 저고리를 잘 입는 사람이었습니다. 여름에는 무늬 있는 광목으로 된 홑저고리에 매듭단추를 달아 만들었습니다. 모시적삼은 관리가 어려우니까, 잔무늬 있는 포플린 옷감으로 옷을 만들어 입었습니다.

의상실에서 주는 옷은 잘 입지 않았습니다. 친척이 입은 옷을 보고 빌려 달라고 해서 입었을 때도 있고, 「우리들의 블루스」에서처럼 시장에서 나물 파는 할머니 역을 할 때는 긴 치마에 속바지 같은 것을 가져갔습니다.

배역을 맡으면 '그 사람이 되어야' 하는데, 옷 입은 것만으로도 그 사람이 어떤 사람인지 알 수 있듯이 의상은 매우 중요합니다. 그래서 내가 생각해서 어떤 옷을 입을지 찾아보고, 없으면 의상실 가서 고릅니다. 그렇게 선택하는 것과 의상팀에서 가져다주는 옷을 그냥 입는 것은 많이 다릅니다.

「전원일기」 속 내가 맡은 은심은 늙은 할머니가 아니었습니다. 시골 아줌마였습니다. 그 여자도 '예쁜 것'을 압니다. 시골 아줌마여도 예쁜 것에 대한 감각이 있습니다. 그래서 잔잔하게 꽃무늬 있는 옷감을 골랐고, 의상에 무척 신경을 썼습니다. 나는 몸가짐과 입고 있는 옷에서도 은심을 연로한 시어머니 잘 모시고, 남편과도 사이가 좋은 고운 여자로 표현하고 싶었습니다. 사람들은 배우를 너무 쉽게 봅니다. 일반인들도 누가 주는 대로 옷을 입지는 않습니다. 본인이 골라서 입습니다. 노점상에서 몸뻬 바지를 사도 아무거나 사지는 않습니다. 어떤 옷을 고르느냐가 그 사람의 성품을 말해 주는 것입니다.

융 재질의 천으로 적삼을 해서 만들었습니다. 그것을 잠옷으로 입었습니다. 나는 내 개인 옷은 사지 않아도 맡은 배역이 입을 옷에는 열심이었습니다. 그 융 재질의 천을 가지고 가서 "이걸로 긴 적삼 만들어 주세요." 하면 바느질집 사장님이 "「전원일기」에서 입으시려고요?" 하면서 열심히 만들어 주었습니다.

아무리 허술한 옷이라 해도 나에게 맞는 옷, 내 배역에 맞는 옷을 입으려고 했습니다. 「우리들의 블루스」 할 때도 의상팀의 도움을 받기도 했지만 전에 내가 입었던 옷, 옷장 안쪽에 보관했던 옷들 다 풀어서 골라서 입었습니다. 시장에서 장사하는 할머니가 매일 옷을 갈아입는 것도 이상하지만, 안 갈아입는 것도 이상하니 옷을 빨았기 때문에 다른 옷을 입은 정도의, 그런 현실감 있게 안에 입은 옷만 갈아입었습니다. 「나의 아저씨」에서 이지은 배우가 매일 똑같은 옷에 똑같은 가방을 들고 나온 것처럼. 젊은 배우가 날마다 그 옷만 입고 싶었을 리 없습니다. 예쁜 옷도 입고 싶었을 것입니다. 하지만 역에 충실하려고 그렇게 한 것입니다.

며칠 전 친구가 동영상을 하나 보내 주었습니다. 낙타들이 짐을 싣기 위해 일렬로 무릎을 꿇고 기다리고 있습니다. 주인이 짐을 하나씩 다 실어 줍니다. 그러면 낙타가 묵묵히 일어나서 걸어갑니다.

낙타는 무겁다, 힘들다 불평하지 않습니다. 주인이 나에게 적당한 짐을 실어 준다는 것을 믿습니다. 나는 신이 나에게 시련을 주실 때도 있지만, 나에게 꼭 필요한 것을 주신다고 믿습니다. 간혹 내가 너무 느슨하게 있으면 내 정신을 깨우는 일을 주십니다.

신은 어떻게 이토록 나를 적절하게 매니지먼트하실까? 나는 연기자로서 매니저가 없지만, 내 인생의 매니저인 신이 나와 함께 계십니다. 일을 해야만 할 때는 때맞추어 일을 주시고, 무엇을 잘못하면 회개하게 하십니다. 나는 자책을 많이 합니다.

'어떻게 또 이러냐? 넌 어쩌면 맨날 이러냐? 하나님도 정말 너한테 싫증나겠다.'

그렇게 스스로를 나무랍니다. 매일 회개하고 또 잘못하고⋯⋯. 그것이 인간입니다. 하지만 신은 나를 만드셨으니, 나를 누구보다 잘 아십니다.

주인이 자신에게 맞는 짐을 지워 줬을 테니까 불평 안 하고 일어나 걷기 시작하는 낙타를 보면서 중얼거렸습니다.

'하나님, 저에게도 이런 믿음을 주세요. 하나님이 저에게 일과 시련을 주시는 거, 내가 감당할 수 있으니까 주시는 것이라고. 군소리 안 하고 그렇게 받아들이게 해 주세요.'

낙타들도 짐이 너무 버거우면 앞으로 가지 못할 것입니다. 하지만 주인은 낙타를 귀하게 여기고 낙타를 너무 잘 압니다.

'얘는 이만큼 실어 줘야지, 얘는 이만큼의 무게만⋯⋯.'

그리고 낙타는 그 마음을 믿습니다. 주인은 낙타를 살피고, 너무 힘들지 않는 한에서 낙타가 짐을 지고 갈 수 있게 마음을 써 줍니다.

스케줄 관리해 줄 매니저도 없고, 의상 코디도 없이 '나만큼' 해서 세상에 나를 보였습니다. 작품을 고를 때도 내가 감당할 수 있는 것, 내가 잘할 수 있을 것 같은 것을 선택했습니다.

작품을 선택할 때는, 그 여자가 지금 현실이 너무 슬프고 고통스러워도 희망의 빛이 보이는 역을 했습니다. 보는 사람들을 절망에 빠뜨리는 역을 하고 싶지 않았습니다. 그러지 않아도 삶에 절망스러운 부분이 많은데 내가 맡은 역으로 그 절망을 더하고 싶지 않았습니다. 지금은 비록 절망적이어도 저 멀리 희망이 보여서 비집고 나올 수 있는, 그런 역을 했습니다. 형편없는 몰골의 역이어도 아무 상관이 없습니다.

'저 여자에게 희망이 기다리고 있나?'

그것을 따졌습니다.

누구나 날개를 갖기를 희망합니다. 날개는 누가 달아 주지 않습니다. 내 살을 뚫고 나올 뿐입니다. 내 어깨에서 얼마나 아프게 나왔겠는가, 그 날개. 등가교환과 같은 것입니다. 날개깃이 살을 뚫을 때 얼마나 아프겠는가. 우리가 우리 삶의 주인공이 되고 어떤 것을 이루기 위해서는 아프고 고통스럽더라도 '뚫고 나와야' 하는 것입니다.

이 세상에 공짜는 없습니다.

누군가 말했다고 합니다.

"미끄럼틀 꼭대기에 서서 내려갈 것인지 말 것인지 끝없이 고민하는 아이가 되어선 안 된다. 그저 타고 내려가야 한다."

매니저가 결정해 주기를 기다리며 계속 고민하고 있어선 안 됩니다. 자신이 직접 타고 내려가야 합니다.

인생 일기

오래전 일입니다. 어느 날 택시를 탔는데 운전하시는 분이 「전원일기」를 너무 좋아한다고 했습니다. 내가 감사하다고 말하자, 이렇게 묻는 것이었습니다.

"그런데 요즘에는 무슨 요일에 방송해요?"

안 본다는 의미였습니다. 좋다는 기억은 머릿속에 있지만 방송을 더 이상 보지 않는 것입니다.

「전원일기」(1980년 10월 21일부터 2002년 12월 29일까지 22년 2개월간 방영한 1,088부작의 대한민국 최장수 드라마. MBC 최초 컬러 방송 드라마이다. 첫 회 '박수칠 때 떠나라'에서 마지막 회 '박수할 때 떠나려 해도'까지 김혜자·최불암·정애란·김용건·고두심·김수미·유인촌·박은수·김혜정·박순천 등이 완벽에 가까운 생활 연기를 펼치며 고향과 가족, 인간애에 대한 향수를 불러일으켰다. 김혜자는 양촌리 김회장의 부인 이은심 역을 했다)는 초기에는 차범석 작가(한국적 개성이 뚜렷한 전통적 사실주의에 입각한 희곡 작품을 발표한 사실주의극의 대표적인 극작가이자 연출가)가 대본을 썼고, 그 이후에는 김정수 작가(백상예술대상 TV 극본상을 수상한 드라마 작가.「전원일기」대본을 쓸 당시 최고 시청률 42%를 기록했다)가 12년 동안 기가 막히게 썼습니다. 그 기간 동안 너무 행복했습니다. 그런데 그다음부터 작가가 바뀌다 보니까, 어떤 때는 두 회분 쓰고 그만두는 이도 있었습니다. 내용도 무대가 시골일 뿐이지 서울 깍쟁이들 얘기 같았습니다. 마침내는 '내가 이걸 왜 하고 있지?' 하는 자괴감이 들기 시작했습니다.

처음 12년 동안은 책을 읽는 느낌, 공부하는 기분으로 연기했지만 12년이 넘어가니 이야기가 지루해지기 시작했습니다. 나 자신이 그러니 시청자들은 얼마나 지루했을까요? 무난하긴 하지만 실제 내 모습과 맞지도 않고.

견디다 못해, 드라마 속에서 나를 죽게 해 달라고 연출자에게 부탁했습니다. 아버지(최불암)가 다리 밑에다 손을 넣고 아랫목에 앉아 있습니다. 그렇게 가만히 구부정하게 앉아 있는데, 아내가 죽었으면 그 아버지 얼굴이 많은 생각을 하는 것처럼 보이고, 재혼 이야기도 나올 것입니다. 그 이야기만으로도 10회 정도는 내용이 풍성해질 것 같았습니다.

나는 절대로 서운해하지 않을 테니까, 「전원일기」를 살리려면 나를 죽이라고 했습니다. 그만큼 하면 나는 엄마 역을 오래했습니다. 김정수 작가가 엄마 역을 가장 잘 써 주었습니다. 박완서 선생의 단편소설에 『어떤 나들이』라는 작품이 있는데, 알코올 중독자인 여자가 나옵니다. 남편이 출근하면 여자가 찬장 안 간장병, 참기름병 뒤에 감춰 둔 소주병을 꺼내서 마십니다. 남편만 나가면 술 먹을 생각에 신이 나서 청소를 합니다. 그다음에 의식을 치르듯 소주를 꺼내 마시고 외출을 하는데, 버스에 앉아 내려다보면 지나가는 차들이 다 자기를 호위하는 것처럼 느끼는 장면 묘사가 탁월합니다.

「전원일기」에도 내가 남편 김회장이 마시다 남은 소주를 찬장에 숨겨 놨다가 혼자 곳간에 들어가서 마시는 장면이 있습니다. 시골 촌부라 해도 똑같이 인생의 허무를 느낍니다. 배운 게 없어도 생각이 없지는 않습니다. 자신의 인생에 대해서 이런저런 생각을 하는 것은 배움이 많고 적음을 막론하고 누구나 있습니다. 공부 많이 안 했다고 인생에 대해 모를 리 없고, 하버드 대학 나왔다고 더 알 리도 없습니다.

혼자 곳간에 들어가서 쌀가마니 같은 데 기대 앉아서 술을 마실 때의 표정이 나의 허무와 섞여 있습니다. 김정수 작가는 나를 깊이 이해했기 때문에 내가 역을 맡은 엄마의 공간을 잘 만들어 주었습니다. 시골 여인의 옷만 입고 있었지, 인간이 가

질 수 있는 모든 감정을 표현할 수 있었습니다. 얼마나 공감 가는 대본을 써 주었는지 참으로 행복하고 감사했습니다.

그런데 작가들이 자주 교체되면서 나중에는 맨날 "이제 오니? 밥 먹었니?" 하는 대사나 하고, 아버지는 날마다 숫돌에 낫이나 갈고 있었습니다. 나는 드라마 속 여자를 10년 넘게 살고 있는데 그 여자가 할 이야기가 아닌 이야기를 하고, 그 여자가 할 행동이 아닌 행동을 하게 되는 대본을 받았습니다. 그러다 점점 대사도 줄어들고……. 그때는 정말 번민이 많았습니다.

그래서 드라마 하차라는 어려운 생각까지 하게 되었습니다. 시집 간 막내딸이 잘 못 살아서 엄마가 뭐만 생기면 막내딸네 챙기러 가곤 했는데, 가는 길에 교통사고 나서 죽는 걸로 해 달라고 제안했습니다. 엄마 역은 거기까지로 충분하다고 생각했습니다.

한 가지 마음에 걸리는 것은, 「전원일기」 출연료로 생활하는 배우들이었습니다. 그리고 그 드라마와 관계된 많은 사람들의 생계가 달려 있었습니다. 그걸 알고는, 그냥 계속하겠다고 했습니다. 내 생각만 할 수는 없었습니다. 김수미 배우도 고두심 배우도 다 같은 생각이었습니다. 어떻게 우리 생각만 할 수 있겠느냐고. 그래서 자존심 하나로 버티며 계속해 나갔습니다. 그렇게 22년을 했습니다.

한편 생각하면, 내가 마흔아홉 살 때인 그즈음부터 아프리카 아이들을 보러 다니기 시작했는데, 내가 나오는 분량이 점점 줄어드니까 오히려 그 일이 가능했습니다. 「전원일기」는 2주에 한 번 촬영을 했는데 아프리카는 한 번 가면 적어도 한 달은 가야 하니까, 쌀 씻는 장면 등 미리 내 것만 한 달 치를 녹화해 두었습니다. 내 분량이 적었기 때문에 가능한 일이었습니다.

김정수 작가가 그만 써서 무척 아쉬웠지만, 오히려 김정수 작가가 쓰지 않았기 때문에 내가 아프리카에 갈 수 있었습니다. 그리고 그것을 통해 내 인생이 완전히 새로운 이야기를 갖게 되었습니다. 김정수 작가가 계속 썼다면 아마도 아프리카를 갈 수 없었을 것입니다.

또 몰아서 찍어도 되니까 다른 드라마도 할 수 있었습니다. 「전원일기」를 하면서 「모래성」(1988), 「사랑이 뭐길래」(1991), 「장미와 콩나물」(1999) 등을 다 할 수 있었습니다. '좋은지 나쁜지 누가 아는가'라는 말은 삶의 진리인 것입니다. 지나고 보니, 신이 나를 위해 어쩌면 그렇게 예비해 두었을까 싶습니다.

얼마 전, 19년 만에 「전원일기」를 회상하는 특집 다큐멘터리(4부작으로 제작되어 2021년 6월 방영)를 제작한다고 MBC 방송국에서 인터뷰 요청이 왔습니다. 나는 한사코 거절했습니다. 지나간 것은 그냥 지나간 대로 놓아 두는 것이 좋다고 생각했습니다. 인생의 아름다운 순간일수록 더욱 그렇습니다. 그런데 다섯 달 동안이나 조르고 설득하길래 하는 수 없이 카메라 앞에 섰습니다.

소중한 추억을 다시 꺼내 혹여나 훼손될까 싶은 두려움 때문에 인터뷰를 고사했느냐는 질문에 나는 말했습니다.

"그 순간이 아름다웠다고 나는 생각해요. 지금 내가 뭐라고 말해도 그때처럼 아름다울 수가 없습니다."

「전원일기」를 빼놓고 나의 연기 생활을, 나의 삶을 이야기할 수는 없습니다. 처음에는 새마을 드라마가 아닌가 해서 내키지 않았습니다. 그 전에도 최불암 배우와 부부 역을 여러 번 했는데 또다시 부부를 하게 되는 것도 싫었습니다. 그런데 22년을 극 중 부부로 해로했습니다. 「전원일기」는 단순한 농촌 드라마가 아닙니다. 농촌을 무대로 했을 뿐 인간이 있는 휴먼 드라마입니다.

「전원일기」는 나에게 '인생 교과서'였습니다. 인간의 도리를 배웠습니다. 우리가 바라는 어머니, 아버지가 그 안에 있었습니다. 사람들 사이의 이해와 배려와 순수가 그곳에 있었고, 사소해 보이지만 사람들의 삶을 채워 나가는 꾸밈없는 일상들이 있었습니다.

'아, 사람이 이렇게 살아야 하는구나.'

그렇게 느꼈던 적이 한두 번이 아닙니다.

「전원일기」를 하면서 '한국의 어머니상'이라는 말을 듣기 시작했습니다. 내 연기의 폭을 그 한마디로 규정해 버리는 것 같아 언제나 듣기 좋은 말만은 아닙니다. 실제로 나는 무수한 엄마 역할을 했지만, 엄마의 성격은 모두 다릅니다. 하지만 모든 엄마는 나의 일부가 확대된 것입니다. 「겨울 안개」는 암에 걸려 가족들 사랑 속에 죽는 엄마였고, 「사랑이 뭐길래」는 호랑이 같은 남편 밑에서 쥐여사는 엄마였습니다. 「장미와 콩나물」은 무식하지만 경우 바른 엄마였습니다. 그리고 「마더」는 아들을 보호하기 위해 모성이 어디까지 가닿을 수 있는지를 보여 주는 차갑고 텅 빈 엄마였습니다.

「전원일기」 덕분에 나는 많이 성숙한 인간이 되었습니다. 그래서 「전원일기」가 내 인생에 나타나 준 것에 대해 말할 수 없이 감사합니다. 잠깐의 배역을 맡았던 사람들이든 끝까지 함께한 연기자들이든, 최불암 배우나 고두심 배우, 김수미 배우든 모두가 내 연기 인생을 관통한 만남이었고, 최고의 만남이었습니다. 나를 포함해 그들 모두가 지금도 양촌리에 가면 그곳에서 살아가고 있을 것만 같습니다. 또 어떤 때는, 우리가 이 다음에 죽으면 어딘가에서 다 모일 것 같다는 생각을 합니다. 다 함께 다시 만나 이번 생에서 우리가 한 「전원일기」를 이야기하면서, 그때 참 행복했다고 웃으며 말할 것 같습니다.

내일 일은 내일 생각할 거야

　'김혜자' 하면 사람들이 가장 많이 떠올리는 이미지는 김정수 작가에 의해 창조된 인물입니다. '한국의 어머니상', '국민 엄마'는 나의 의지나 실제 모습과 관계없이 김정수 작가가 「전원일기」의 엄마를 통해 나에게 심어 주고, 발전시키고, 아름답게 형상화시킨 캐릭터입니다. 처음에는 드라마 속에서 내가 그 인물을 살았고, 나중에는 그 인물이 나를 살았다고도 할 수 있습니다. 그 인물로 사람들로부터 박수갈채를 받았고, 그 인물에서 벗어나 다른 인물이 되려고 노력도 했습니다. 그것이 내 삶 자체가 되었습니다.

　'가장 한국적인 어머니상.' 배우인 나를 지난 세월 동안 가두어 놓은 이미지입니다. 그 이미지가 실제의 나를 훨씬 능가해

버려서 도망갈래야 도망갈 수 없고, 끝을 낼래야 끝을 낼 수도 없었습니다.

결코 마르지 않는 사랑을 지닌 다정한 어머니이기를 기대하는 마음이 배우인 나 자신에게는 때로는 견딜 수 없는 족쇄가 되기도 했습니다. 그 판에 박힌 이미지에서 벗어나려는 노력이 내가 또 다른 연기에 도전하는 원동력이 되었습니다.

두말할 필요 없이 배우는 훌륭한 감독과 연출가와 함께해야 합니다. 그리고 무엇보다 뛰어난 대본을 쓰는 작가를 만나는 것이 중요합니다. 작가가 스토리를 만들고, 그 스토리 속 인물을 창조하고, 배우는 그 인물을 사는 것이니까. 김정수 작가는 김수현 작가와 더불어 내 연기 인생 초기부터 나를 멋진 연기자로 탄생시켜 오늘의 김혜자가 있게 한 최고의 작가입니다. 김정수 작가가 대본을 쓴 「전원일기」(1980~1993), 「겨울 안개」(1989), 「엄마의 바다」(1993), 「자반고등어」(1996), 「그대 그리고 나」(1997)를 하면서 많이 행복했습니다. 꽃나무로 치면 김혜자라는 꽃나무에 늘 희망의 봄을 가져다준 작가입니다.

김정수 작가가 쓴 500회가 넘는 「전원일기」는 한 편 한 편이 다 명작이었습니다. 그중에서도 248회 '전화' 편은 최고의 방송으로 남았습니다. 김회장 집에 처음 전화를 설치했을 때의 일을 다루고 있습니다. 할머니(정애란)도 친척에게 전화를 걸어 보고, 가족들 모두 목소리 듣고 싶었던 사람들에게 전화를 돌립니다. 옆집 일용 엄마(김수미)까지 와서 통화를 합니다.

내가 연기한 김회장의 아내 이은심은 전화가 너무 신기합니다. 밤이 되어 자다 말고 전화기를 물끄러미 바라보다가 수화기를 들어 봅니다. 그리고 말합니다.

"여보세요? 우리 어머니 좀 바꿔 주세요. 감실댁이라고 하면 잘 알아요."

마침 그날이 친정엄마 제삿날이어서 죽은 엄마에게도 전화를 걸 수 있을까 싶어서 전화기를 들고 말합니다. 다이얼을 돌리지 않아 아무 소리도 나지 않는 전화기 저편으로 엄마를 불러 봅니다.

"가르마 반듯한 머리가 얌전하시고, 맵시가 날씬하시고, 왼손 손톱 한 개가 짜개지신 양반이에요. 우리 어머니 좀 바꿔 주세요. 못 찾으면 소식이라도 좀 전해 주세요. 막내딸 은심이가 아들 낳고 딸 낳고 잘 산다고. 아무 걱정 마시라고, 그 소리 좀 꼭 전해 주세요. 향남리 사시던 울 어머니 감실댁이요……. 은심이가 꼭 한 번만 보고 싶다고……. 깜깜한 데가 아니었으면 좋겠어요. 추운 데가 아니었으면 좋겠어요. 우리 어머니 계신 데가……."

일찍 시집와서 엄마가 너무 그리운 여자입니다. 순수한 사람이니까 죽은 엄마에게도 전화를 걸 수 있을까 싶습니다. 정말 비현실적이고 꿈같은 이야기이지만, 나는 그 신이 너무 좋았습니다. 그런데 어떻게 해야 이 비현실적인 이야기를 사람들이 현실적으로 받아들일 수 있게 하나, 고민이 되었습니다. 그래서 연출에게, 일단 스튜디오에 카메라맨만 남고 다 나가게 해 달라고 부탁했습니다. 그 신을 위해서 스튜디오의 많은 사람들이 숨도 쉬지 않고 있었습니다.

훗날 「전원일기」 출연진 모두가 그것을 최고의 장면으로 꼽았습니다. 오직 김정수 작가만이 쓸 수 있는 서정적 수필 같은 이야기입니다. 고두심 배우는 "그때 그 방송을 보고 나서 전국에서 어머니에게 전화를 걸기 위해 공중전화 줄을 섰을 거다."라고 회상했습니다.

김회장 역의 최불암 배우도 말했습니다.

"돌아가신 하늘나라의 어머니께 전화하는 것, 이런 발상은 두 번 다시 없는 발상이다. 돌아가신 엄마한테 이불 속에서 전화 걸 생각을 어떻게 했는지, 너무 놀랐다."

사실 그 장면은 김정수 작가가 나를 위해 써 준 것입니다. 그때가 실제로 나의 친정어머니가 돌아가신 지 얼마 안 되었을 때입니다. 대본 연습 시간에 그 얘기를 듣고 내 마음을 위로해 주고 싶어서 넣어 준 장면입니다. 그만큼 배우들이 하는 말 한마디도 허투루 듣지 않고 대본에 반영한 작가입니다.

지혜롭고 아름다운 심성을 지녀서 모든 사람이 우리 어머니라고 믿고 싶어 하는 모습, 따뜻하고 속 깊은 고향의 어머니, 많은 사람들이 위안을 받은 「전원일기」 속의 나는 오로지 김정수 작가가 탄생시켜 놓은 이미지입니다.

어떻게 그렇게 필요한 말들만 속 깊게 골라내는지 놀라웠습니다. 생각해 보면 그때 김정수 작가가 나보다 어린 나이였는데, 오히려 나이 더 많은 내가 대본을 보면서 여러 가지를 생각하게 되곤 했습니다. 경험해 본 적도 없는 시골 3대의 삶을 진솔하고 생동감 있게 그려 내는 것이 참으로 놀라웠습니다. 내가 작가들의 천재적인 상상력을 부러워하는 이유입니다. 글을 보면 그 사람을 안다고 했습니다.

김정수 작가는 "김혜자는 가슴속에 폭발하지 않는 화산이 하나 들어 있다."라는 말을 여러 번 했습니다. 나를 두고 '영원히 아줌마가 될 것 같지 않은 소녀'라고도 했습니다. 김정수 작가는 드라마 속에서 내 내면과 혼을 보여 줄 수 있는 대본을 쓴, 그만큼 나를 알고 깊이 이해한 작가입니다.

「겨울 안개」(김한영 연출, 김정수 극본 MBC 1989년 8부작 드라마. 김혜자·임동진·김영란·정동환 출연)는 암 진단을 받은 40대 여인의 삶과 죽음을 그린 작품입니다. 지방대학 교수인 남편과 떨어져 살던 여자는 의사인 친구를 만나러 갔다가 우연히 검사를 받고 자궁암 말기 진단을 받습니다. 불안한 마음에 남편을 만나러 간 그녀는 남편이 자취하는 아파트에서 낯선 여자와 남자아이를 보고 배신감을 느낍니다. 결국 병이 깊어져 겨울 산골의 방에서 죽어 가면서 그 여자에게 남편을 부탁합니다.

「겨울 안개」는 여러 가지 면에서 나에게 특별한 드라마입니다. 죽을 병에 걸린 중년 여인 '명애' 역을 잘 해내 연출자로부터 '사람이 아니라 귀신'이라는 평을 듣기도 했습니다.

이 작품을 할 때의 일입니다. 서교동에 살 때였는데, 작은 내 방에서 새벽 세 시 반까지 대본 연습을 하다가 갑자기 내 앞에 대로가 펼쳐졌습니다. 8차선, 아니 16차선 도로가 넓게 펼쳐지면서 그곳에 강렬한 빛이 쏟아지고 있었습니다. 그 순간 '아, 나는 다 알았어. 이제 연기에 대해 모를 게 없어.' 하는 느낌이 들었습니다. 마치 수행하는 사람이 득도한 것처럼, 소리꾼이 득음한 듯이 이제 다 알아 버린 느낌이었습니다. 그 작품을 계기로 연기가 절정에 달하게 되었습니다. 작품을 하고 나서 거의 1년간 그 역에서 빠져나오지 못했을 정도입니다.

드라마에서 "암입니다." 하는 의사의 말을 들을 때는 가슴부터 등짝까지 휑하니 구멍이 뚫려서 온몸이 시릴 지경이었습니다. 얼마나 리얼하게 그녀의 행복과 불행을 그렸는지, 드라마를 시청한 주부들 사이에 '겨울 안개 신드롬'을 일으켜 자궁암 검사를 받은 여성이 60% 가까이 늘었다고 합니다. 김정수 작가의 극본이 얼마나 큰 영향력을 가졌는지 실감할 수 있는 예입니다.

김정수 작가와 함께한 작품 중에 나는 「겨울 안개」가 가장 좋았습니다. 김정수 작가는 정서가 나와 같았습니다. 무엇을 대하는 정서, 인생을 바라보는 정서가 나와 같으니까 우선 마음이 놓였습니다. 드라마 속 내가 하는 대사들에 대해 전혀 이질감이 들지 않았습니다. 내 마음과 너무 똑같으니까, 여러 말을 하지 않아도 되었습니다.

「겨울 안개」에 이런 신이 있습니다. 나는 그 신을 잊을 수가 없습니다. 걱정이 되어 찾아온 친구 민주(윤소정)에게 명애는 울부짖으며 말합니다. 소파가 놓여 있는데, 소파에 앉아서 얘기하지 않고 소파 뒤에 주저앉아서 말합니다.

"나는 어려서부터 고생만 했어. 시집 와서 20년, 괴팍한 시어머니 무서워 가슴 죄며 살았어. 이제는 정말 다 괜찮은데, 난 너무 억울해. 이제 살 만한데, 왜 이렇게 됐지. 내가 뭘 잘못했지? 난 죽기 싫어."

그 대사가 내 감정 그 자체였습니다. 내가 그런 일을 당해 보지는 않았지만, 내가 그 상황이어도 그렇게 말할 것 같았습니다. 김정수 작가의 장점이 그것이었습니다. 언제나 내 마음하고 똑같이 대사가 써 있었습니다. 대사 하나하나가 내 마음과 일치했습니다. 말하는 속도도 맞고, 생각도 맞았습니다. 그럴 때마다 김정수 작가가 좋았습니다.

'어떻게 이렇게 쓸 수 있지? 내가 그런 일을 당해도 그렇게 말할 것 같이……'

그러니 그 작가의 작품에서는 내가 연기를 잘할 수밖에 없었습니다. '스토리 전개가 어째서 이렇지? 이 여자가 왜 이런 말을 하지? 왜 이런 행동을 하지?' 하고 고민해 본 적이 한 번도 없습니다.

'어떻게 하면 이것을 잘 표현할까? 여기서 숨을 멈췄다가 대사를 해 볼까?'

그것만 고민했습니다. 그렇기 때문에 김정수 작가도 나에 대해, 자기가 간단한 지문 몇 개 써 놓은 걸 가지고 어떻게 그렇게 잘 표현할 수 있느냐고, 놀랍다고 말하곤 했습니다. 무슨 작품을 하면 꼭 내가 하기를 바랐습니다.

나는 그 사람이 써 준 작품이 언제나 좋았습니다. 무엇에 대해 사고하는 것이 늘 나와 맞았습니다. 작가와는 그 이상의 것이 필요하지 않았습니다. 그 어떤 작가보다 김정수 작가가 쓰는 작품이 내 감정과 맞았습니다. 내가 무엇을 더 요구할 것도 없었습니다. 내가 너무 좋아하게 써 있으니, 내 의견을 굳이 말할 필요가 없었습니다. 나는 써 주는 대로 했습니다. 그 대사들에 너무 만족했기 때문에.

「엄마의 바다」(박철 연출, 김정수 극본 1993년 MBC 66부작 드라마. 김혜자·고현정·고소영·최민수·독고영재·여운계·조형기·이창훈·허준호 출연. 가세가 기울어진 가정을 다시 일으켜 세우기까지 엄마의 고군분투와 역경을 그린 이야기)는 김정수 작가의 내공이 가득 담긴 작품입니다. 들은 얘기로는 한때 남베트남 사람들이 가장 좋아한 드라마였다고 합니다. 하루아침에 밑바닥으로 떨어진 주인공 여자의 모습에서 공산당에게 모든 것을 빼앗긴 자신들이 연상되었다고 합니다. 드라마 속에서 나의 심정을 대변하는 노래라며 틀어 놓고 따라 부른 '립스틱 짙게 바르고'가 뒤늦게 큰 인기를 얻었습니다.

「엄마의 바다」는 가장의 갑작스러운 사업 실패와 죽음으로 경제적, 정신적 위기에 처한 한 가족의 이야기입니다. 한편으로는 언제든 무너질 수 있는 중산층의 실상과 허상, 빈부 격차에 대한 날카로운 지적이 담겨 있습니다. 김정수 작가가 가진 주제 의식을 알 수 있습니다. 작가는 이 작품에 대해 이렇게 말했습니다.

"가족 이기주의 속에 안이한 삶을 살아가는 중산층 주부들에게 우리의 삶이라는 것은 그처럼 쉽사리 무너질 수도 있는 '허무한 것'이라는 일종의 경종을 울려 주는 계기가 되었으면 한다."

이 드라마가 방영되던 시기는 급격한 경제화로 여러 가지 사회문제가 늘어나던 때입니다. 김정수 작가의 힘을 느꼈던 드라마입니다. 하지만 높은 인기를 얻으면서 중반 이후에는 젊은 세대의 삼각관계 쪽으로 이야기가 흐르면서 사회적으로 중요한 주제가 시청률 뒷전으로 밀리기도 했습니다. 김정수 작가는 나중에 "이 드라마는 실패작이었다."라고 단언했습니다. 그런 솔직한 작가의 작품에 주인공 역을 할 수 있었던 것은 행운이 아닐 수 없습니다.

드라마 속에서 주인공 여자가 한 "내일 일은 내일 생각할 거야."라는 대사는 곧 나의 인생 대사가 되었습니다.

"너희들이 힘들고 지칠 때 뒤를 돌아보아라. 그럼 내가 그곳에 바다처럼 있을 거다. 변함없이 그 자리에서 항상 그대로인 바다처럼 엄마는 그렇게 있을 거야."

「전원일기」와 「겨울 안개」를 비롯해 김정수 작가가 쓴 작품들이 사랑받은 이유는, 드라마 속 서로 주고받은 상처들을 헤집는 것에만 머물러 있지 않고 아프지 않게 그 상처를 싸매 주기 때문이었습니다. 그것이 다른 점이었습니다.

김정수 작가는 내 인생에 가장 중요한 작가입니다. 그 사람이 쓰는 드라마 속 감정선들이 나하고 너무 잘 맞았습니다. 둘이 따로 만나서 차를 마시거나 대화하지 않아도 늘 마음이 통했습니다. 내 가까운 동생이나 언니와 대화하는 것 같고, 드라마 속에서 내가 표현하는 감정에 무리가 없었습니다. 연기할 때 지어낼 것도 없고, 상상이 안 될 것도 없었습니다. 김정수 작가의 작품은 늘 그랬습니다.

김정수 작가가 한번은 나에게 말했습니다.

"선생님 마지막 작품은 내가 쓸 거예요."

그래서 내가 웃으며 말했습니다.

"쓰세요. 그런데 맨날 손녀 손자만 본다면서 어떻게 써요?"

그랬더니 말했습니다.

"나는 선생님이 아흔세 살까지는 연기할 것 같아요. 마지막 작품은 내가 꼭 쓸 거예요."

그래서 나는 그 사람이 감사합니다. 누가 나한테 그렇게 말해 주겠는가.

가슴 울리는 시적인 대사를 쓰는 김정수 작가를 언제나 그리워합니다. 또다시 명작을 탄생시켜 주기를 바라면서.

(「겨울 안개」는 MBC 심의실 집계 시청률 66.3%로 폭발적인 인기를 모았다. 김혜자는 이 드라마로 백상예술대상 TV부문 대상, TV부문 여자최우수연기상을 두 번째 수상했다. 「엄마의 바다」는 그해 최고의 시청률 52.6%를 기록하며 백상예술대상 TV부문 대상, 작품상, 연출상, 극본상까지 모두 수상했다. 동아일보 신춘문예로 등단한 김정수 작가는 두 차례에 걸쳐 백상예술대상 TV부문 극본상과 한국방송작가상을 수상했으며, 대한민국 대중문화예술상 보관문화훈장을 받았다.)

인생에서 가장 깊은 계절

　「만추」(김수용 감독의 1982년 개봉 영화. 김혜자·정동환 주연. 두 남녀의 일시적인 불꽃 같은 사랑을 심도 있게 그린 작품)는 내가 스크린에 데뷔한 첫 영화입니다. 김수용 감독과 정일성 촬영감독 등 당시 최고의 스태프들과 함께 만들었습니다.

　「만추」는 1966년 이만희 감독의 영화를 리메이크한 작품입니다. 신성일, 문정숙 배우가 주연한 이만희 감독의 「만추」는 한국 영화사에서 최고 걸작을 꼽을 때 꼭 포함되는 영화입니다. 한국의 모던 시네마를 이끈 너무나도 유명한 영화여서, 일본에서도(사이토 고이치 감독) 「약속」이라는 제목으로 리메이크되고, 2011년 김태용 감독도 현빈과 탕웨이 배우를 주연으로 만들었습니다. 휴가 나온 여죄수와 범죄조직에 쫓기는 남자, 절망적인 상황에 처한 두 남녀가 우연히 만나 제한적인 사랑을 하는, 언제든 새로운 감독에 의해 다시 만들어질 수 있는 영화적인 스토리입니다.

나도 이만희 감독의 「만추」를 그전부터 좋아했습니다. 텔레비전 드라마만 하다가 영화사로부터 출연 제의를 받고 무척 기뻤습니다. 다른 영화도 아니고 내가 좋아하던 영화라서 더 설레었습니다.

그때는 「전원일기」 시작한 지 이미 3년이 되었고, 그 드라마가 그렇게 오래갈지 당시는 전혀 예상하지 못했었습니다. 그때내 나이 마흔 살 정도밖에 안 되었는데도 쪽진머리 가발을 쓰고 촌부 역을 계속하면서 '한국의 어머니상, 순종적인 며느리상'이라는 말을 들을 때였습니다. 그 말이 나는 부담스러웠습니다. 정숙하고 모범적인 현모양처의 이미지로 굳어지는 것을 마음이 원하지 않았습니다. 그 이미지로 쉽게 이름이 떠오를 수있을지는 몰라도, 배우에게 그것은 그저 좋은 것만이 아니라그 하나로 화석화되어 다시는 살아나지 못할 수도 있습니다.

변신을 위해 무엇인가 새로운 시도를 마음속으로 모색하고있을 때였습니다. 배우로서 전혀 다른 모습을 연기하고 싶고, 나의 또 다른 모습을 보여 주고 싶었습니다.

막상 출연 제의가 오자 얼른 수락할 수 없었습니다. 그동안연극과 드라마만 계속했기 때문에 영화에 출연하는 것이 덜컥

겁이 났습니다. 또 이만희 감독의 유명한 영화를 다시 만드는 것이라서 더 두려움이 컸습니다. 텔레비전에서나 김혜자이지, 영화에서도 그럴 수 있을까 하는 불안감 때문에 마음이 움츠러들었습니다.

주위에서 응원해 주는 사람도 없었습니다. 텔레비전에만 나오던 사람이 영화를 한다니까 동료 배우들을 비롯해 주위 사람 모두 약간 뜨악한 시선이었습니다. 김혜자가 그 영화의 주인공을 하는 것에 대해 "멋있겠다. 기대된다."라고 말해 주는 이가 아무도 없었습니다. 누구도 내 편이 아니었습니다. 영화계에 아는 사람도 없어서 나 혼자 힘으로 해야만 했습니다. 그래서 내가 이것을 하는 것이 옳은가 하는 생각이 들고, 마음이 많이 외로웠습니다.

텔레비전 드라마에만 출연하다가 영화 제의가 왔을 때 가슴이 뛰었습니다. 하지만 내가 잘할 수 있을까 하는 두려움이 앞을 가로막았습니다. 그리고 주위에서는 '나이가 마흔 살이 넘은 여자가 로맨스 영화 주인공을 해?'라고 하는 듯한 시선들뿐이었습니다.

다만 최불암 배우가 나를 응원해 주었습니다. 무엇보다 한국 문예영화의 거장인 김수용 감독이 나를 캐스팅했습니다. 또한 정일성 촬영감독이 나를 추천하셨습니다. 그분은 직장암 수술을 두 번이나 받고 수술 붕대를 풀기도 전에 임권택 감독의 영화 「만다라」를 촬영해 대종상 촬영상을 받으신 분입니다. 그런 분이 촬영을 한다고 하니까 너무 설레고 좋았습니다. 사실 당대 최고인 그분들 때문에 「만추」를 했다고 해도 틀린 말이 아닙니다.

「만추」는 감정이 지나친 신파적 멜로드라마가 아니라 절제된 대사와 뛰어난 영상미로 관객들에게 영화를 보는 새로운 눈을 뜨게 했습니다. 김수용 감독과 정일성 촬영감독은 그만큼 시대를 앞선 분들이었습니다.

무엇보다 용기를 주신 분은 김수용 감독입니다. 출연을 망설이는 나에게 신성일 배우와 함께 열연을 펼친 "문정숙 배우보다 훨씬 잘할 것."이라며 설득했습니다. 물론 용기를 주기 위해 하신 말이지만, "김혜자는 충분히 잘할 것."이라고 유명한 감독이 말해 주니까 나 자신에게 신뢰가 갔습니다.

2박 3일간의 휴가를 나와 기차를 타는 여죄수 혜림은 폭력을 휘두르는 남편을 우발적으로 살해한 죄로 10년 형을 선고받고 복역 중입니다. 어머니의 산소를 가기 위해 특별 휴가를 받아 나옵니다. 동행한 교도관(여운계)과 함께 영주로 가던 그녀는 기차 앞자리에서 신문지를 덮고 자던 민기라는 청년(정동환)을 알게 됩니다. 민기는 영주에서 강릉행 기차로 갈아탄 혜림을 끝까지 따라오며 혜림의 마음을 얻으려고 노력합니다.

그녀의 영혼은 이미 말라 있습니다. 대사에서처럼 '무덤 속

같은' 감옥 생활에서 '사람이 아닌 시체'가 되어 삶에 대한 미련도 갈망도 없습니다. 사랑도 사치일 수밖에 없습니다. 민기 역시 이 세상에서 의지할 곳이 아무 데도 없는 사람입니다. 범죄조직에 연루되어 도망다니는 밑바닥 인생입니다. 어머니의 무덤 앞에서 자신을 위해 주는 민기에게 혜림도 마음을 열게 됩니다. 얼어붙어 있던 마음이 서서히 녹으며 그에게 연민과 호감을 느낍니다.

다시 교도소로 돌아가는 기차 안, 앞자리에 앉은 교도관의 날카로운 감시 속에 두 사람은 몰래 손을 움켜잡고 눈빛을 주고받습니다. 그렇게 영화의 배경인 가을의 마지막 단풍잎처럼, 운명처럼 주어진 3일 동안 서로의 절망을 껴안으면서 짧은 불꽃 같은 사랑을 나눕니다. 기차가 고장나서 멈춘 사이, 숲속에서 민기와 뜨거운 정사를 나눈 혜림은 도망치자는 민기의 권유를 뿌리치고 교도소로 돌아옵니다. 두 사람은 교도소 앞에서 안타까운 이별을 합니다. 교도소 안으로 들어가면서 혜림은 자신이 만기 출소하는 2년 후 오늘, 그들이 갔던 호숫가 공원에서 다시 만나자고 민기에게 약속합니다.

2년 후 출소한 혜림은 약속 장소인 호숫가에서 눈을 맞으며 아침부터 민기를 기다립니다. 하지만 민기는 2년 전 교도소 앞에서 헤어질 때 이미 경찰에 체포된 상태였고, 살인미수 혐의로 형무소에 갇혀 있습니다. 그것을 알 길 없는 혜림은 호숫가

벤치를 떠날 수가 없습니다. 그렇게 기다리고 기다리다가 상처 받은 가슴을 안고 어디론가 걸어갑니다. 가을바람에 휘몰아치는 낙엽만이 그녀의 발길을 붙잡습니다.

「만추」는 인물들의 내면을 섬세하게 따라가는 영화입니다. 인간의 내면을 지배하는 의식을 꺼내려는 노력을 해야 한다고 김수용 감독이 말한 것처럼, 남자와 여자의 눈빛과 얼굴 표정으로 영화를 이끌어 갑니다. 늦가을이라는 배경 속에 들려오는 음향이라고는 덜컹거리는 기차소리, 기적소리, 쓸쓸한 바람소리, 한없이 마음을 건드리는 낙엽 구르는 소리뿐입니다.

대사 위주이고 여배우 벗기는 영화가 흥행하던 한국 영화에서 「만추」는 짧게 만나 사랑을 나누지만 결국 헤어질 수밖에 없는 두 사람의 내면을 최소한의 대사와 표정 연기로 그려 나갑니다. 절제된 영상과 연기 위주라서 군더더기가 없습니다. 내가 하는 첫 대사 "고마워요."도 영화 시작 30분이 지나서야 나옵니다.

대사가 많지 않았기 때문에 내면 연기에 치중했습니다. 바라보는 눈빛이라든가 얼굴과 시선의 각도를 수없이 생각했습니다. 영화가 개봉되고 나서 정연희 소설가는 동아일보 영화 리뷰에 이렇게 썼습니다.

"눈으로 말했고 몸짓으로 이야기했다. 이 영상은 인간의 절대 우수를 주제로 한 시다. 이 대사 없는 연기를 저력 있게 밀고 갈 수 있었던 것은 배우의 나이에다 인생을 폭넓게 받아들인 자세가 밑받침한 것은 아니었을까?"

그리고 이규웅 기자는 "늦가을의 황량한 분위기와 낙엽, 그리고 늘 쓸쓸해 보이는 김혜자의 분위기는 '우수에 젖은 연기'의 전형"이라고 했습니다.

첫 영화 출연작에 대한 부담감을 떨치고 말 그대로 혼을 바쳐 연기했습니다. 무엇보다 영화를 한다는 것이 신이 났습니다. 물론 성격 탓에 그런 마음은 내색하지 않았지만, 정말 열심히 했습니다. 텔레비전과 달리, 당시는 예쁜 여자를 영화 주인공으로 써야 한다는 관념이 강할 때입니다. 영화 배우는 매우 예뻐야 한다는 세상의 선입견이 있었습니다. 개성을 중요시하던 시대가 아니었습니다. 그래서 나는 예쁜 여자가 아니기 때문에 정말 잘하고 싶었습니다.

촬영 6개월 전부터 우수에 찬 30대 중반의 여죄수를 어떻게 연기할 것인가를 하루도 잊은 적이 없습니다. 자신의 연기에 어떤 정신을 불어넣지 않으면 관객을 감동시킬 수 없다는 생각을 그때부터 확고하게 가졌습니다.

김수용 감독은 촬영 내내 나를 북돋아 주었습니다. "컷! 잘했어요!" 하는 소리가 아직도 귀에 들립니다. 그리고 "김혜자, 매력 있다."라고 계속 말해 주었습니다. 이 영화로 나는 제2회 마닐라 국제영화제 여우주연상을 받았고, 영화는 뛰어난 작품성을 인정받아 대종상 각본상과 촬영상을 수상했습니다.

마닐라 국제영화제에 갔다가 유명한 영화에 나오는 배우들을 많이 만났습니다. 당시 필리핀 대통령이었던 마르코스의 부인 이멜다 여사가 영화를 좋아해서 유명한 배우들을 다 초대했습니다. 영화 「길」의 안소니 퀸도 거기서 만나고, 「북북서로 진로를 돌려라」의 제임스 메이슨도 만났습니다. 나중에 「아라비아의 로렌스」로 스타가 된 피터 오툴도 왔고, 「간디」를 만든 리처드 애튼버러 감독도 왔습니다. 또 어린 나이에 높은 인기를 누리던 브룩 쉴즈도 참석했습니다.

내 기억에 이멜다 여사는 나한테는 관심이 없고 영화제 파티에서 남자 배우들과 춤추는 것을 좋아했습니다. 마르코스 대통령은 약간 병이 있는 것처럼 노란 얼굴로 그냥 앉아만 있었습니다. 부인이 참석하라고 해서 하는 수 없이 나온 것 같은 분위기였습니다. 나도 춤출 줄을 몰라 한쪽에 가만히 앉아 있었습니다.

신파적인 러브 스토리가 유행하던 당시의 한국 영화에서 「만추」는 프랑스 영화처럼 여운을 남기는 영화였습니다. 하지만 흥행에는 실패하고 2주 만에 막을 내리는 수모를 겪었습니다. 안소영 배우의 「애마부인」이 전국의 극장가를 강타한 시기여서 그 영향 때문이었다고 하는 분석이 있지만, 잘 모르겠습니다. 화면에 보이는 내가 그다지 매력이 없었던 것인지도.

그즈음에 나에게 영화를 하자는 감독들이 있었습니다. 진취적인 생각을 가진 분들이었습니다. 예쁜 여자만 하지 말고 김혜자를 하면 좋겠다는 이들이 몇 분 있었는데, 곽지균 감독(영화 「겨울 나그네」로 대종상 감독상 수상)도 그중 한 분이었습니다. 기구한 삶 속에서 몸을 파는 여자에 관한 스토리여서 내가 할 수 없다고 했더니 내용을 고쳐 보겠다고 했습니다. 매우 뛰어난 감독이었는데, 나보다 나이가 어린데도 일찍 세상을 떠나 많이 슬펐습니다. 딱 한 번 만났을 뿐인데.

나도 사실은 매우 진취적인 사람이며, 어떤 면에서 특이한 생각을 많이 했습니다. 다만 그것을 표현하지 않을 뿐이었습니다. 영화도 특이한 내용을 하고 싶었습니다. 평범한 영화나 보통의 사랑 이야기는 재미를 못 느끼고 관심도 없었습니다. 또 그 당시 최불암, 박근형, 오지명 배우의 아내로만 텔레비전에 등장하는 것이 한편으로는 따분했습니다.

그래서 당연히 「만추」 같은 영화를 해야 한다고 생각했습니다. 남편 죽인 살인범으로 감옥에 있다가 며칠 휴가받아서 가는 기차 안에서 만난 낯선 남자와 정사를 나누는, 누가 봐도 '김혜자'에게는 매우 튀는 영화였습니다. 그런데 나는 그것이 아무렇지 않았습니다. 내가 얼마나 많은 책을 읽었고, 머릿속에서는 얼마나 특이한 생각들을 하는 여자인데 그런 것이 이상할 리 없습니다. 내면에서는 별의별 상상을 다 하는데, 다만 사람들에게 그것을 알릴 필요가 없었을 뿐입니다. 그렇지만 그런 역을 하기를 기대했습니다. 나에게 언제나 얌전한 역만 시켰는데, 그런 역을 하라니까 너무 좋았습니다.

흥행 실패 때문에 잠시 기가 죽긴 했지만, 그것은 머리에서 지워 버렸습니다. 내가 흥행까지 생각할 필요는 없었습니다. 나는 아주 깍쟁이입니다. 내가 그것을 왜 신경 써서 스스로를 기 죽여야 하는가? 이것은 어쩔 수 없어, 하고 생각했습니다. 내가 조금 더 예쁜 배우였으면 반응이 좋았을지도 모른다는 생각만 간단히 했습니다. 나는 그 영화 촬영하면서 즐거웠고, 가슴이 뛰었고, 좋았습니다. '그럼 된 거야.' 하고 생각했습니다. 언제나 그렇듯이, 내일 일은 신의 몫입니다.

김수용 감독이 특별히 칭찬해 준 것이 있습니다. 내가 몇 걸음 걸어가다가 남자 주인공을 뒤돌아보는 장면이 있는데, 몇 번을 다시 해도 매번 정확하게 똑같이 하더라고 했습니다. 감독은 '저 여자가 저것을 계산하고 하는구나.' 하고 느꼈다고 했습니다. 나는 계산은 할 줄 모르고 그 순간의 느낌에 따라, 속으로 '저 남자 쳐다보지 마, 쳐다보지 마, 쳐다보지 마. 이제 쳐다봐.' 하면서 남자를 뒤돌아보았습니다. 어쩌면 그렇게 똑같이 하느냐고 감독은 말했지만, 나는 미리 계산한 것이 아니고 마음속에서 '저 남자 쳐다보지 마. 저 남자와는 끝이야. 아냐, 돌아서!' 하고 부르짖으면서 하니까 똑같아진 것입니다.

내가 키스 신을 한 것은 이 영화가 처음이자 마지막입니다. 사실 영화 촬영이 시작되기 전에 나는 키스 신은 찍지 않겠다고 미리 알렸습니다. 하지만 절실한 상황에 놓인 남녀의 사랑이 표현되려면 최소한의 애정 표현인 키스 장면이 없을 수 없다는 감독님의 설득에 따라 하게 되었습니다. 나중에 어느 기자가 '키스 연기를 어떻게 했느냐?'라고 물어서 이렇게 대답했습니다.

"관객이 가장 싫어하는 것은 연기자의 가식이 보이는 연기입니다. 키스를 한다면 제대로 해야지, 연기를 하는 것 같은 가식 행위를 보여 줄 수는 없다고 생각해요."

단 3일 동안의 만남이지만 저 남자를 죽을 만큼 좋아하는 것을 어떻게 표현해야 할까요? 사실 3일 동안에 사랑이 얼마나 싹틀 수 있을까요? 다시 말해 그 사랑은 절망 속에서 붙잡는 몸짓, 육체적인 것입니다. 남편 살인죄로 감옥에 갇혀 있지만, 젊은 여자입니다. 정신적으로만이 아니고 육체적으로도 외롭습니다. 그렇기 때문에 기차가 잠깐 고장나서 멈춘 사이에 남자와 함께 절박하게 숲으로 뛰어가서 정사를 나눕니다.

영화가 개봉되어 스카라 극장(서울 중구 퇴계로에 있던 극장으로 1935년에 '약초좌'라는 명칭으로 만들어져, 1946년 소유주가 바뀌면서 '수도극장'으로 재개관했다. 1962년 '스카라 극장'으로 바뀐 뒤 전성기를 보냈으나 2006년 역사 속으로 사라졌다)에 가서 처음 영화를 보는데, 뜻밖의 충격적인 장면이 나왔습니다. 촬영 당시 정사신을 찍을 때 나는 가슴은 절대로 드러내지 않겠다고 거부했습니다. 그래서 가슴 위까지만 옷을 벗고 찍었습니다. 그런데 개봉된 영화를 보는데, 갑자기 너무 풍만한 가슴이 화면을 가득 채웠습니다. 내가 한사코 거부하니까 대역을 쓴 것입니다.

대역을 쓸 수는 있지만, 대역인 것이 너무 티가 났습니다. 내 몸에 맞는 가슴이 아니었습니다. 나는 몸집이 작은데, 꼭 가슴을 보여 줘야만 했다면 내 체구에 맞는 가슴을 가진 여자를 써야 했습니다. 그 장면이 너무 싫었습니다. 가슴 큰 것이 섹스 어필이라고 여겼는지 모르지만, 나는 안 보이는 것이 더 섹스 어필이라고 생각했습니다. 그 여자의 가슴이 드러나지 않는 것이 오히려 영화에서는 더 마음 아프게 전달될 수 있습니다. 웃고 있지만 그 뒤에 느껴지는 아픔이 더 잘 전달되듯이.

그 3일간의 사랑이 여자의 평생을 치료했습니다. 그 만남이 그만큼 중요했습니다. 그래서 여자가 교도소 문으로 돌아가면서 남자에게 "거기 호수가 있는 공원에서 기다리겠어요. 2년 후 오늘." 하고 말하는 대사를 셀 수도 없이 연습했습니다. 어떤 얼굴일까, 계속 머릿속에 상상하면서. 눈물이 쏟아지지만 웃으면서 했습니다.

그 남자가 결국 약속 장소에 오지 않았을 때, 그 여자의 얼굴이 어떠했을까? 얼굴은 아무 표정도 짓지 않습니다. 그냥 모든 것이 없어진 얼굴입니다. 아무 마음도 없고 아무것도 없는 얼굴로 연기했습니다. 낙엽이 휘몰아치는 바람 속을 걸어 어디론가 걸어가지만 그 얼굴에는 아무것도 없습니다. 아무것도 없이 껍질만 남은 얼굴입니다. 걸어가야 하니까 그냥 걸어갈 뿐입니다.

3일 동안의 그 사랑이 여자에게는 일생을 지배한 사랑이었습니다. 나에게도 「만추」를 하면서 내면 연기가 시작되었다고 말할 수 있습니다. 그 영화를 통해 연기의 새로운 단계에 접어들 수 있었습니다. 그것이 훗날 영화 「마더」로 이어졌습니다.

외부적으로 흥행도 안 되고, 우리나라에서는 배우로서 아무 상도 타지 못했으며, 잘했다는 사람도 주위에 없었습니다. 실제로 영화를 본 사람도 없었습니다. 나보다 열일곱 살 많은 나의 언니가 영화를 보고 와서는 말했습니다.

"나는 영화 보는 내내 기차소리만 들리더라. 웬 기차가 그렇게 많이 나오는지 기차소리만 듣다가 나왔어."

그 말을 주인공인 나한테 하는 것이었습니다. '우리 언니 참 솔직하다.' 하고 속으로 생각했습니다. 스릴 있거나 박진감 넘치는 장면도 없고, 나름대로 세련되게 만들었기 때문에 국산 영화에 익숙했던 사람들에게는 낯설었을 것입니다. 언니의 감상평을 충분히 이해했습니다. 그래서 내가 "그래, 언니. 기차만 본 것 같지?" 하고 말했더니, "진짜야. 정말 그랬어." 하는 것이었습니다. 나는 "나 하나도 안 서운해. 언니는 정직하게 봤어." 하고 말해 주었습니다.

「만추」에서 기차는 단지 이동수단만이 아니라 두 사람의 짧은 만남을 상징합니다. 관객은 저 기차가 곧 목적지에 도착할 것이고, 그렇게 되면 두 사람의 관계가 끝날 것이라는 암시를 받습니다. 그것이 이 영화 속 기차입니다.

개봉관에서 영화를 보면서 나 자신도 아쉬움이 컸습니다. 「애수」 같은 외화를 보면서는 가슴을 쥐어뜯듯이 슬프고 아련하고 허무한 기분이 드는데, 그런 것이 많이 부족했습니다. 나는 음영이 많은 얼굴입니다. 그때만 해도 조명 기술이 부족해서 그런지 내 얼굴에 음영의 깊이감이 살아나지 않았습니다. 반쪽은 어둡고 반쪽은 표정이 살아 있는 그런 느낌이 없었습니다. 그런 것이 감정 전달에 매우 중요한 요소인데도 살아나지 않았습니다. 그래서 영화 보고 극장을 나오면서 조금은 슬프고 서글펐습니다.

어떤 점은 아쉽고 부족했지만, 「만추」는 나의 연기 인생에서 매우 중요한 영화이고 새로운 출발이었습니다. 이미 굳어진 이미지, 연기하기 쉽고 안전한 이미지에서 벗어나 새로운 도전을 하게 해 준 시발점이 된 작품입니다. 언젠가 하상길 연출가가 말했습니다.

"흔히 김혜자 배우 하면 사람들이 소녀 같은 배우, 어머니, 이런 인상을 이야기하는데, 사실 그 속에 상당히 이글이글 끓는 열정 같은 것이 있다."

연기 변신은 배우로서의 본능입니다.

자료를 찾아보니, 서울신문의 오일만 논설위원은 「만추」를 이렇게 썼습니다.

"낙엽이 바람에 흩날리는 늦가을, 머리까지 목도리로 감싼 여주인공의 고혹적인 표정이 선하다. 남녀의 복잡한 심리를 감각적인 영상미로 풀어냈다. 절망과 희망 사이에서 방황하는 인간 내면의 공허함을 멋지게 그려 냈다…… 끝내 오지 않는 기다림 끝의 마지막 멘트가 압권이다. '그 사람 반드시 와. 꼭 와 줄 거야.' 절망 속에서 희망을 건져 내려는 인간의 본성을 표현하고 싶었을까."(2020. 11. 11 서울신문 〈길섶에서〉 '만추' 단상)

'짧은 사랑과 긴 기다림'을 그린 이 영화는, 만추가 지난 후에는 겨울만이 아니라 봄도 기다리고 있음을 말하고 싶었는지도 모릅니다. 영화 속에서 민기가 혜림에게 말하듯이.

"인생은…… 이건 너무 거창한 말이지만…… 인생은 우연처럼 시작될 수도 있는 거예요. 서로 의지하면서."

©홍장현

떠나도 아주 떠나지 않는다

「마요네즈」(윤인호 감독의 1999년 개봉 영화. 김혜자·최진실 주연. 일상 속에서 벌어지는 어머니와 딸 사이의 갈등을 통해 여성이라는 존재를 통찰한 작품. 문학동네 신인작가상을 수상한 전혜성의 소설을 작가가 직접 시나리오로 각색했다)는 「만추」 이후 17년 만에 두 번째로 출연한 영화입니다. 이 영화로 최진실 배우는 백상예술대상에서 영화부문 인기상을, 나는 인도 케랄라 국제영화제에서 그랑프리를 수상했습니다.

「마요네즈」는 '세상의 모든 엄마와 자식들이 이 영화를 보게하자'는 의도로 기획된 영화입니다. 엄마 역으로 내가 먼저 캐스팅되었는데, 딸 역할을 최진실 배우가 하면 좋겠다고 내가 제의했습니다.

영화는 너무 일찍 철들어 버린 딸과 여전히 철없는 어머니의 이야기입니다. 아침에는 싸우고, 점심에는 화해하고, 저녁에는 다시 웬수로 바뀌는 엄마와 딸의 애증을 담았습니다. 이 영화 속 엄마는 가족을 위해 헌신하고 희생하며, 주고도 더 주지 못해 마음 아파하는 그런 전형적인 어머니상이 아닙니다. 오히려 그런 고정관념에 반기를 들듯이 인간적이고 현실적인 엄마를 보여 줍니다. 어머니는 어머니이기 이전에 한 사람의 여자이기 때문입니다.

엄마는 험프리 보가트의 영화를 보며 꿈꾸는 듯한 표정으로 대사를 줄줄 외고, 바퀴벌레가 무섭다고 한밤중에 딸에게 전화를 걸고, 살림이 넉넉하지 않은 딸에게 밍크코트를 사달라고 조릅니다. 아주 조그만 상처에도 엄살을 부립니다. 팔을 휘저으며 노래를 부르고, 심한 경상도 사투리로 앵무새처럼 쉴 새 없이 재잘댑니다. 어린 손주에게, "나 죽을까, 죽지 말까?" 하고 묻는가 하면, 유치원생 아들을 잠시 봐 달라는 딸의 요청에 "난 너거 물건 겁나서 못 건드린다."라고 말하는, 도무지 어른 같지 않습니다. 영화 제목이 '마요네즈'인 이유는 머릿결을 곱게 하려고 엄마가 머리에 끊임없이 마요네즈를 처바르기 때문입니다.

딸 아정(최진실)은 여섯 살 난 아들과 외국에서 공부 중인 남편이 있습니다. 보험 세일즈 여왕의 자서전을 대필하는 일을 하며 곧 태어날 배 속의 아기와 함께 평범하게 살아갑니다. 하지만 그녀에게는 평범하지 않은 엄마가 있습니다. 아버지가 세상을 떠나고 어느 날 엄마가 아정의 아파트에 찾아오면서 며칠 동안 크고 작은 전쟁이 벌어집니다. 엄마는 계속 불편한 말들을 늘어놓아 아정의 염장을 지릅니다. 아정은 과거에 느꼈던 엄마에 대한 환멸감을 다시금 떠올립니다.

아정이 약대나 의대를 가서 약사나 의사가 되길 바랐던 엄마는 그렇게 하지 못한 아정을 매사에 다그칩니다. 그러면서 "누구는 아들이 있으니 좋겠더라." 하면서 아들 없는 자신은 불행한 인생이라며 딸의 마음을 후벼팝니다. 딸의 집에 와서도 변함없이 마요네즈를 머리에 바릅니다. 감정기복이 심해 독설을 퍼붓고 약을 입에 달고 삽니다. 마감일이 촉박한 대필 원고에 쫓기며 아정은 엄마의 존재가 귀찮기만 합니다.

중풍에 걸려 사지를 움직일 수도 없이 임종을 맞이하는 남편 옆에서 엄마는 자신의 겉모습에만 신경 쓰며 바지에 변을 지린 남편을 구박합니다. 머리카락에 마요네즈 범벅을 해서 헤어 트리트먼트를 하고 콜드 크림으로 얼굴 마사지를 합니다. 아정은 아버지의 대변 냄새보다 그 마요네즈 냄새에 구역질을 느낍니다. 그 지독한 마요네즈 냄새 때문에 엄마에 대한 동정심이 환멸감으로 바뀝니다. 딸의 아버지는 엄마의 남편과 동일한 사람일 수 없습니다. 엄마는 눈물 때문에 흐려진 거실 유리창을 자꾸만 손으로 닦습니다.

180

엄마를 비난할 수만은 없습니다. 엄마이기 이전에 남편에게 사랑받고 싶었지만, 북에서 월남해 무면허 약사로 약국을 하고 있는 남편은 무뚝뚝하고 멋없는 남자입니다. 술에 취하면 습관적으로 폭력을 휘두릅니다. 그녀가 원하는 것은 사실 그리 대단한 것도 아닙니다. 여자로서 사랑받고 싶은 것, 그것 하나입니다. 남편뿐 아니라 자식에게도 외면당하는 엄마의 인생에 이제 남은 것이라곤 머리맡에 놓인 여러 개의 약봉지뿐입니다.

딸의 집이라고 찾아왔지만 아정은 바쁘다며 엄마에게 말 한마디 따뜻하게 건네지 않습니다. 다른 엄마들처럼 자신을 챙겨주지는 못할망정 불평만 늘어놓는 엄마의 존재를 지우고 싶어 합니다. 과거와 현재를 오가는 그들의 대화는 계속될수록 서로에게 깊은 상처만 남깁니다.

결국 엄마는 다시 아정을 떠나 살던 집으로 내려가고, 거기서 홀로 죽음을 맞이합니다. 아정은 우연히 서랍에서 엄마가 선물한 머플러를 보며 돌아가신 엄마를 추억합니다. 세상의 모든 딸들이 꼭 봤으면 하는 영화입니다.

최진실 배우는 '한 아이의 엄마이자 한 엄마의 딸'이라는 간단하지 않은 역을 훌륭하게 해냅니다. 너무 젊고 예쁜, 만인의 연인이었던 최진실을 볼 수 있는 영화입니다. 그래서 더 마음이 아린 영화입니다.

영화 촬영 전에 최진실 배우가 우리 집에 와서 함께 대본 연습을 했습니다. 3층 내 방에서 둥근 탁자를 사이에 두고 앉아서 열심히 대사를 주고받은 기억이 지금도 이 방 안에 고스란히 남아 있습니다. 어떤 사람은 떠났어도 아주 떠나지 않습니다. 책장 옆 탁자에 턱을 괴고 앉아 눈동자를 위로 치켜뜨고 그 예쁜 입을 재잘거리며 대사를 외던 모습이 눈에 선합니다. 우리 둘이 연습한 것을 두고 어느 기자가 내가 최진실 배우에게 연기 특훈을 했다고 썼는데, 사실이 아닙니다. 그때 이미 최진실 배우는 연기에 물이 올랐고, 내가 가르칠 것이 전혀 없었습니다.

최진실과의 첫 만남은 「당신의 축배」(박철 연출, 김원석 극본 1989년 MBC 23부작 드라마. 김혜자·김무생·박영규·김영란·김동현·김희애·정한용·최진실 출연. 평범한 중산층 가정에서 일어나는 일을 그린 코믹 드라마)에서였습니다. 그때 최진실은 신인 연기자였습니다. 예쁘고 사랑스러운 모습이 기억에 남아 있습니다.

23부작인데도 나는 이 드라마에 대한 기억이 이상하리만치 없습니다. 김무생 배우가 특이한 성격의 남편 역을 했다는 것 외에는 무슨 스토리였는지조차 기억에 남아 있지 않습니다. 작품을 까다롭게 고르는 편인데도, 왜 이 드라마를 하게 되었는지 아무리 기억을 더듬어도 떠오르는 실마리가 없습니다.

나이를 먹는다는 것은 기억 속 검은 구멍이 커진다는 것을 의미하는 걸까요? 그런 이유도 있겠지만, 그 드라마가 내 인생에 남긴 흔적이 깊지 않기 때문일 수도 있습니다. 어떤 사건은 짧아도 일생 동안 기억에 남아 언제든 다시 떠올릴 수 있는가 하면, 어떤 사건은 지루할 만큼 길어도 기억에 새겨지는 것이 별로 없습니다. 사람도 마찬가지입니다. 어떤 사람은 짧게 만나도 그 인상과 향기에 대한 기억이 오래갑니다. 최진실 배우와의 만남이 그랬습니다. 평생 잊히지 않을 배우입니다.

최진실 배우와는 그후에도 「그대 그리고 나」(1997), 「장미와 콩나물」(1999), 「그대를 알고부터」(2002)와 같은 여러 편의 드라마를 함께했습니다. 특히 「장미와 콩나물」(안판석 연출, 정성주 극본 MBC 51부작 드라마. 김혜자·최진실·전광렬·손창민·차승원·김규리·한재석 출연. 장밋빛이었던 젊음이 결혼 후 콩나물처럼 변해가는 여자들의 인생 이야기)에서는 나와 호흡이 잘 맞아 큰 반응을 얻어 냈습니다.

「그대를 알고부터」(박종 연출, 정성주 극본 MBC 48부작 드라마. 김혜자·최진실·류시원·박진희·이서진 출연. 조선족 처녀와 연예부 기자의 사랑 이야기를 다룬 드라마) 첫 녹화 때 오랜만에 촬영장에서 만난 최진실 배우가 물었습니다.

"선생님, 무슨 향수 쓰세요? 향수 냄새 맡으니까 선생님하고 같이 있는 게 실감 나요."

「장미와 콩나물」 끝나고 처음이니까 3년 만이었습니다. 그 전해에 내가 MBC '명예의 전당'에 선정되었을 때 축하하러 무대에 나온 그녀를 보긴 했지만, 내가 사람들과 따로 만나는 성격이 아니라서 고맙다는 연락도 못 했었습니다.

"그런데 다들 내가 하는「셜리 발렌타인」연극 보러 왔는데, 최진실만 안 왔어."

내가 놀리듯이 말하자, 최진실 배우는 죄송하다며, 일본에 가서 있었다고 했습니다.

결혼하고 아이도 낳았는데 그냥 봐서는 달라진 게 없었습니다. "선생님!"하고 붙임성 있게 먼저 매달리는 것도 3년 전과 똑같았습니다. 그러자 최진실은, 임신해서 몸무게가 많이 늘어났었지만 열심히 다이어트를 했다고 했습니다. 이젠 너무 빠져서 보약을 먹고 있다고. 그런 그녀가 그로부터 불과 몇 년 후 떠났습니다.

최진실 배우와 나는 특별한 사이로 유명했습니다. 동반 출연한 작품이 많기 때문입니다. 칸 영화제에 같이 참석하자는 약속도 했습니다. 하지만 그녀의 갑작스러운 죽음으로 약속은 무산되었고, 나는 그녀가 세상 떠난 이듬해인 2009년 영화「마더」로 제62회 칸 영화제에 참석했습니다.

스무 살에 광고 모델로 연예계에 데뷔해 20년 동안 대중의 인기를 한몸에 받았지만, 어긋난 결혼생활로 인해 고뇌하다가 스스로 생을 마감한 비운의 스타, 최진실. 한창 연기를 펼칠 마흔 살 나이에 그녀가 죽은 것은 말 나눌 상대가 없었기 때문은 아닐까 생각해 봅니다. 내가 조금 더 사랑이 많아서 그녀와 함께 이야기도 나누고 했으면 그런 비극을 막을 수도 있었을 텐데, '내가 왜 이렇게 소극적인 사람이었을까?' 자책을 많이 합니다. 너무너무 마음이 아팠습니다.

아름다웠던 최진실과 함께한 작품이어서 「마요네즈」는 기억력이 좋지 않은 나인데도 마음속에 오래 남아 있습니다.

내가 좋아하는 영화 평론가 이동진 기자가 「마요네즈」 시사회에 참석하고 나서 영화 리뷰를 써 주었습니다. 지금도 「마요네즈」를 생각하면 그 글이 떠오릅니다. 이동진 기자의 허락을 얻어 그 글을 여기에 소개합니다.

인생은 흔히 극에 비유된다. 달리 말하면 배우야말로 수많은 인생을 살아내며 불멸과 편재를 꿈꿀 수 있는 존재이다. 30년간 다양한 삶을 변주하면서도 영원한 한국인의 어머니상으로 사람들 가슴속에서 별이 된 김혜자 씨이지만, 개봉을 앞둔 영화 「마요네즈」에선 전혀 다른 어머니 모습을 보여 준다.

「마요네즈」는 모녀간의 수십 년에 걸친 애증을 진진하게 다룬 영화. 이기적이고 천박하고 나약한 영화 속 어머니의 모습을 미워할 수 없는 것은 다른 사람 아닌 김혜자가 그 역할을 해냈기 때문이다.

"미리 원작 소설을 받아 읽을 때 재미있으면서도 무척

슬펐어요. 촬영에 들어간 것은 작년 11월이지만, 이미 3월부터 소설 속 여자가 내 머리에 들어앉아 있어서 서서히 그 여자가 되어 갔어요."

최진실과 공연한 「마요네즈」는 「만추」 이후 그가 17년 만에 출연한 영화. 하지만 그는 관객의 시선을 블랙홀처럼 빨아들이는 엄청난 흡인력으로 객석을 압도하며 거듭 탄성을 연발하게 만들었다. 커피 마시는 방법에서 걷는 스타일까지, 그가 창조해 낸 인물의 생생함은 스크린을 찢고 관객의 과거 속으로 성큼성큼 걸어들어가 저마다의 어머니를 떠올리게 하는 마력을 지녔다.

"나도 내가 그렇게 걸을 줄 몰랐어요. 그냥 저절로 그렇게 된 거죠. 이젠 그 여자를 잊고 싶어요."

그는 「마요네즈」의 어머니가 얼핏 '밉상'으로 보이지만 사실 다른 면도 많다고 강조한다.

"감성이 무척 발달한 여자이고 사랑을 최고로 생각하는 사람이죠. 미용을 위해 마요네즈를 바르는 엄마에게 그것은 머리를 아름답게 만드는 것이겠지만, 딸에게는 먹는 것이었죠. 그렇게 갈등을 빚는 모녀는 각각 이상과 현실이란 다른 범주에서 살아갔을 뿐이에요."

하지만 영화와는 달리 그는 행복한 사람이다. 하고 싶은 일을 하고 있을뿐더러 실제 어머니로서, 또 딸로서 '아무런 갈등 없는' 삶을 살았다.

"자기가 직접 겪은 일이라고 더 잘하는 것은 아닐 거예요. 그래서 배우에겐 상상이 중요한 것이겠죠."

"맘에 드는 대본을 만나 연기할 때면 내가 가장 행복한 사람인 것 같다."는 그의 말과 함께 미소를 보면 행복은 참 불공평하다는 생각도 얼핏 든다. 그러나 그의 행복은 질투 대상이 아니라, 보는 이에게 전염되고 나누어지는 것이란 점에서 아름답다.

브라운관과 스크린에서 김혜자 씨는 다른 곳에 시선 두는 것을 용납하지 않는 독재자이지만, 정작 실제 모습은 젊어지는 샘물을 마셔 영원히 소녀가 된 듯하다. 한 번도 '~습니다.'로 말을 맺지 않고 언제나 '~어요.'로 끝내는 말투, 그리고 이야기를 들으며 반짝이는 눈과 미소를 머금은 채 가지런히 드러나는 치열을 보면 그에게서 시간은 정지한 것 같은 느낌이 든다.

"아직도 연기가 뭔지 모르겠어요. 내가 좋으니까 하는 건데, 보시는 분들도 좋으시다면 더 바랄 게 없겠네요."

우리는 모두 그를 마음에 모실 수밖에 없다. 고유명사 '김혜자'는 각자 가슴속에서 잊었던 애증과 회한, 그리움과 사랑을 길어내며 보통명사인 '어머니'가 되었기 때문이다. 고백컨대, 우리 모두는 그의 아들, 딸이다. (1999. 2. 4 조선일보)

모든 것을 걸어야 한다

「무지개」(1972), 「새엄마」(1972), 「강남가족」(1974), 「신부일기」(1975), 「여고 동창생」(1976), 「당신」(1977), 「후회합니다」(1977), 「행복을 팝니다」(1978), 「엄마 아빠 좋아」(1979), 「사랑의 굴레」(1981), 「사랑합시다」(1981), 「어제 그리고 내일」(1982), 「모래성」(1988), 「사랑이 뭐길래」(1991), 「두 여자」(1992), 「홍소장의 가을」(2004), 「엄마가 뿔났다」(2008)

기억나는 작품만 모아도 열일곱 편입니다. 모두 내가 출연한 김수현 작가의 텔레비전 드라마입니다. 나의 대표 히트작 대부분이 김수현 작가에게서 나왔습니다. 내 연기 인생에 얼마나 큰 영향을 미쳤나 알 수 있습니다. 내 연기 이력은 곧 김수현 작가의 이력서와도 많은 부분 겹칩니다.

김정수 작가가 '김혜자'의 이미지를 만들고 '김혜자'라는 캐릭터의 기본을 만들었다면, '김혜자'를 텔레비전 드라마의 중심 연기자로 만든 이는 김수현 작가입니다. 김정수 작가가 「전원일기」를 통해 '국민 엄마'라는 과분한 어머니상을 탄생시켰고, 그 이미지 덕분에 '고향의 맛'을 컨셉으로 한 제일제당 광고도 오랜 세월 한 것은 부인할 수 없는 사실입니다. 반면에 그 고정된 이미지를 깨고, 획일적인 어머니 이미지를 극복할 수 있도록 내 안의 다른 인물들을 꺼내 보일 수 있었던 것은 김수현 작가의 작품을 통해서입니다.

그 다양한 캐릭터를 꽃피운 덕분에 훗날 「청담동 살아요」나 「디어 마이 프렌즈」, 「마더」, 「눈이 부시게」, 「우리들의 블루스」의 연기로 이어질 수 있었습니다. 연기자로서 다양한 역할을 해 보고 싶은 나의 당연한 갈구를 채워 주었습니다. 그래서 작가에게 깊이 감사합니다.

김수현 작가는 매우 특별한 사람입니다. 작가로서 카리스마도 강하고, 대본도 야무지고 똑똑하게 써서 우리나라 드라마 작가의 역사를 만들었습니다. 그래서 내가 좀 독을 품어야 연기가 되었습니다. 내 속 깊은 곳에 있는 것, 무의식에 숨어 있는 것을 끄집어내야만 연기가 가능했습니다.

김정수 작가는 고운 결의 어떤 것을 표현하는데, 김수현 작가는 아주 진절머리 나게 하는 게 있었습니다. 그런 것이 매력입니다. 자기가 표현할 수 있는 만큼 최대한으로 여자 주인공의 내면을 파헤쳐 들어가고, 나는 또 그것을 잘 알아차렸습니다. 겉모습은 평안하게 살지만 속에 있는 갈등 같은 것을 김수현 작가는 낱낱이 끄집어내고, 그 갈등에 있어서는 나도 예외가 아니었기 때문입니다.

김정수 작가의 작품은 달랐습니다. 저렇게 살면 참 좋겠다는 인간애가 담겨 있습니다. 갈등이 있어도 매서운 다툼이 아니라 이해와 정으로 감싸는 결말이 있습니다. 「전원일기」가 대표적입니다. 대단히 평화롭습니다. 고통을 이야기해도 그 속에 평화가 있습니다.

하지만 김수현 작가는 말 그대로 끝장입니다. 너 죽고 나 죽자입니다. 나는 또 그런 것 때문에 김수현 작가가 좋았습니다. 나에게도 그런 면이 있으니까. 싸울 때는 '그래, 망해도 좋아.' 이런 모습이 있으니까. 적절히 타협하지 않는 성격이. 겉으로 그것을 실제로 드러내지 않아도 속으로는 더 대듭니다. 그런데 '이 사람한테 그러면 안 되지.' 하고 참을 뿐입니다. 마음속에서는 끝장을 보려는 성격이 있습니다. 김수현 작가의 작품에는 그런 것이 있습니다. 끝장이 난다 해도 해 보자, 하는 것이 있습니다. 반면에 김정수 작가의 작품은 중간쯤에서 화해하고 어루만져 줍니다. 이러면 관계가 다 파괴된다는 생각 때문에.

그래서 김수현 작가의 작품이 사회적으로 여러 번 논란이 되었습니다. 방송심의에도 걸리고 몇 부분이 삭제당한 적도 있습니다. '이러면 관계가 파괴된다.'는 선을 넘는 것이 있습니다. 그렇지만 참을 수 없으니까, '그래, 맘대로 해 보자.' 하는 것입니다. 김정수 작가는 그럴 만큼 '맘대로 해.'까지는 절대 가지 않습니다.

「무지개」(정문수 연출, 김수현 극본 1972년 MBC 15부작 목요 연속극. 김혜자·장민호·송재호·윤여정·김용림 출연. 화목하기만 한 가정에 어느 날 남편이 잠깐 외도했을 때 알았던 여자로부터 전화가 와서 먹구름이 낀다)는 김수현 작가의 텔레비전 드라마 데뷔작입니다. 데뷔작부터 나와 호흡을 맞췄습니다. 그 첫 작품부터 남편(장민호)의 불륜 상대인 여자가 나타나 아내(김혜자)인 나의 심리를 극한으로 몰고 갑니다.

김수현 작가는 가족 구성원들이 부딪치는 갈등과 애환을 그려 내는 데 탁월합니다. 그 장점이 잘 드러난 작품 중 하나가 「신부일기」(이효영 연출, 김수현 극본 1975~1976년 MBC 250부작 일일연속극. 김혜자·최불암·김자옥·정영숙·김용림·김용건 출연. 대가족 집안의 애환을 가식 없이 그린 이야기)입니다. 이 작품으로 나는 대한민국방송상 대통령상, 대한민국방송상 TV부문 여자연기상, 백상예술대상 여자최우수연기상을 받았습니다. 배우는 한 사람의 뛰어난 연기만으로 상을 받지는 못합니다. 먼저 작품이 좋아야 하고 대사가 살아 있어야 합니다.

노희경 작가가 쓴 「우리들의 블루스」는 여러 배우들이 매회 돌아가면서 주인공을 맡는 옴니버스 형식(몇 개의 독립된 짧은 이야기를 늘어놓아 한 편의 작품으로 만드는 영화나 연극의 한 형식)인데, 한국 드라마에서 최초로 옴니버스 형식을 시도한 작품이 「여고 동창생」(이효영 연출, 김수현 극본 1976년 MBC 174부작 일일연속극. 김혜자·남정임·윤여정·나문희·김윤경 출연. 고등학교 시절 단짝 그룹이었던 다섯 명의 여고 동창생이 졸업 후 사회에 나와 겪는 갖가지 사건을 구성한 옴니버스 드라마)입니다. 한 명의 스토리가 끝나면 다음은 다른 한 명의 스토리가 전개되고 나머지 네 명은 조연 역할을 하는 방식입니다. 그렇게 해서 동창생 다섯 명의 이야기가 차례로 그려집니다. 김수현 작가가 여고 시절을 그리워하며 쓴 작품으로, 당시 이름을 날리던 양희은 가수가 주제가를 불렀던 기억이 납니다.

일본에 있다가 온 남정임 배우는 극 중에서 가정형편으로 간신히 고등학교를 마치고 잠깐 맥주홀 접대부를 했다는 것 때문에 고통스런 시집살이를 해 나갑니다. 미국에서 귀국한 윤여정 배우는 부잣집의 무남독녀로 자라 친정에 의지하며 살아갑니다. 나문희 배우는 덜렁이라는 별명을 가진 재미있고 낙천적인 역을 연기합니다. 그리고 김윤경 배우는 조용하면서도 정열적인 개성으로 신문기자의 아내 역을 맡았고, 나는 시부모를 모시고 살아가는 외로운 과부 역입니다.

그 이듬해 방영한 「당신」(이효영 연출, 김수현 극본 1977~1978년 340부작 MBC 일일연속극. 김혜자·최불암·정혜선·임현식·김수미·이정길·이효춘·김자옥·이계인·김보연 출연. 소박한 사람들의 가정상과 눈물겨운 고통의 과정을 그린 드라마) 역시 김수현 작가의 또 다른 야심작입니다. 나는 이 작품으로도 백상예술대상 TV부문 최우수연기자상, MBC 방송연기상 TV부문 여자주연상을 받았습니다. 김수현 작가의 작품을 통해 나의 다양한 연기력이 어떻게 발휘되고 꽃피어 나갔는지 말해 줍니다.

같은 해 방영한 「후회합니다」(유흥렬 연출, 김수현 극본 1977년 MBC 45부작 주말 연속극. 김혜자·박근형·김용림·김영애 출연. 저명한 과학자로 연구차 미국에 가 있는 남편을 둔 30대 여인이 겪는 고독과 고부간의 갈등을 그린 이야기)는 대사의 신랄함과 여자 주인공의 일탈 때문에 한국방송윤리위원회의 규제를 받기도 했습니다. 말초신경을 자극하는 대사라고 해서 몇 부분이 삭제되기도 했지만 시청률은 대단했습니다.

상류층 집안의 맏며느리 한지원(김혜자)은 친구들 사이에서 가장 행복한 여자로 알려져 있습니다. 하지만 실상은 결혼생활 13년 동안 거의 반을 남편과 헤어져 살아왔습니다. 연구차 미국으로 떠난 남편(박근형)은 3년째 돌아오지 않고 있어서 외로움에 빠져 있습니다. 그때 친구에게 질투심을 느껴 아내 자리를 빼앗으려는 오세정(김윤경)이 접근해 그녀를 함정에 빠트릴 계획을 세우면서 복잡한 인간 심리를 파헤치는 이야기가 전개됩니다.

1년 뒤에 출연한 「행복을 팝니다」(박철 연출, 김수현 극본 1978~1979년 MBC 173부작 일일드라마. 김혜자·최불암·박근형·정혜선·오지명·김영옥 출연. 갖가지 직업을 가진 여섯 세대가 한집에 세들어 살면서 일어나는 이야기)로 또다시 백상예술대상 TV부문 대상과 TV부문 여자연기상을 받았습니다. 모두 김수현 작가의 뛰어난 극본 덕분입니다. 잊지 말아야 할 것이 있습니다. 이 작품을 쓸 당시 김수현 작가는 30대 중반의 나이에 불과했습니다. 그런데도 인생을 다 살아 보고 인간 심리를 모두 겪은 사람처럼 대본을 썼습니다. 천재적인 작가의 상상력은 보통 인간의 경험과 시간대를 초월하는 것일까? 그런 재능을 타고난 사람입니다. 경탄에 경탄을 거듭할 수밖에 없었습니다.

그리고 나 스스로 생각할 때 나의 연기력이 절정에 이른 작품이 내 인생에 찾아옵니다. 「모래성」(곽영범 연출, 김수현 원작 소설, 김수현 극본 1988년 MBC 8부작 미니시리즈. 김혜자·박근형·김청·윤여정·강부자·김영옥 출연. 40대 후반의 부유한 변호사가 30대 미혼 여성을 사랑함에 따라 아내와 갈등하는 삼각관계를 그린 이야기)이 그것입니다. 1남 1녀의 자식을 가진 남부럽지 않은 가정이 불륜으로 모래성처럼 무너지는 과정을 그렸습니다. 방송통신심의위원회에 회부될 정도로 내용과 대사가 파격적이었습니다. 한겨레

신문이 건전한 부부관계를 해친다고 지적하기도 했습니다.

사회적으로 가정적으로 완벽해 보이는 변호사 남편 김진현 (박근형)의 외도에 분노하고 좌절하는 아내 현주가 내가 맡은 역입니다. 남편이 젊고 예쁜 여자와 바람난 것을 확인하고 도저히 용서가 되지 않습니다. 늙고 주름진 자신의 모습이 서글픈 그녀가 거울 보며 이를 닦다 말고 달려가 남편에게 퍼붓는 대사가 있습니다.

"그래, 난 이렇게 너한테 다 주고 늙어 가는데, 넌 나가면 충분한 보수, 인정받는 실력, 몰두할 수 있는 일, 그리고 집에 들어오면 건강한 자식, 수족처럼 시중 잘 들어주는 아내, 그리고 그것도 부족해 정부까지 가졌는데, 난 내가 가진 게 뭐야? 난 가진 게 뭐냐고?

결혼하면, 자기 여자기만 하면 된다고, 딴 남자 눈길받는 거 싫다고, 더듬이도 날개도 잘라 가둬 놓고, 20년 화대 안 주는 잠자리 상대, 월급 안 주는 가정부, 게다가 유모, 그렇게 샅샅이 알뜰하게 파먹고 뜯어먹고 써먹더니, 이제 와서 뭐?

난 이제 뭘 붙들고 살아야 돼? 김진현 말해 봐. 우리가 처음 만났을 때부터 내가 이렇게 늙고 초라했었니? 나도 스무 살도 있었고 서른 살도 있었어. 당신은 스무 살 적 그대론 줄 알아? 나 늙었으면 당신도 늙었어. 나만 늙었어? 난 이제 뭘 붙잡고 살아야 해? 난 그렇게 성실했는데 내 성실은 하늘도 부정할 수 없어. 도저히 용서할 수가 없어. 죽어서 다시 태어나서라도 반드시 갚아 줄 거야! 나도 좋은 사람 생기면 당신 몰래 연애할 거야!"

가슴 절절한 대사입니다. 마치 모노드라마를 하는 것 같습니다. 잘못하면 신파가 될 수 있기 때문에 이 대사에 혼신의 힘을 쏟아부었습니다. 대사가 길어도 하나도 어렵지 않았습니다. 내 마음과 똑같았기 때문입니다. 내가 이런 일을 당하면 이렇겠구나, 하고 감정을 잡으니까 연기가 저절로 되었습니다. 정말로 내가 그 일을 당한 심정이었습니다. 내 정신으로 한 것이 아니었습니다.

여러 논란에도 불구하고 「모래성」은 최고 인기를 누렸습니다. 김수현 작가만큼 대사가 신랄하고 폐부를 찌르게 표현하는 사람이 없었습니다. 송곳으로 찌르는 것 같습니다. 그래서 싫어하는 사람도 있었습니다. 너무 정곡을 찔러대니까. 하지만 막장이라는 선을 넘지 않으면서 그런 대사를 아무나 쓸 수 있는 게 아닙니다. 치밀한 심리 묘사가 뒷받침되어야 작품으로 승화됩니다. 그래서 전국의 시청자를 텔레비전 앞에 앉게 한 것입니다. 대사가 사람들의 마음에 꽂히기 때문에. 게다가 길게 뜸 들이는 법 없이 빠르고 극적으로 전개됩니다. 김수현 작가의 드라마가 방송되는 저녁 시간이면 거리에 사람들이 없다고 할 정도였습니다. 88올림픽 기간에도 방송사에 항의 전화가 엄청 와서 결방을 막았다고 들었습니다.

남편을 용서하지 못한 현주는 결국 이혼을 하고 자신의 길을 갑니다. 남자는 아내에게 버림받고 자식들에게도 외면당하는 결말입니다. 김수현 작가는 그렇게 끝까지 밀고 가서, 적당히 타협하지 않고 비틀어 버립니다. 맨 마지막 장면에서 여자가 가죽 타이트 스커트 입고 가죽 부츠 신고 냉정하게 운전하고 떠납니다. 운전하고 가다가 백미러를 한번 봅니다. 그렇게 가는데 차 뒤로는 낙엽이 휘날립니다. 그것이 끝입니다. 그런 것도 나는 매우 인상적이었습니다.

「모래성」이 그토록 유명한 드라마가 된 것은 우연이 아닙니다. 제목도 얼마나 잘 붙였는지, 드라마 내용 자체가 모래성입니다. 공들여 쌓아올린 것이 한순간에 전부 허물어집니다. 김수현 작가만이 쓸 수 있는 작품입니다.

윤여정 배우는 어느 인터뷰에서 자신이 생각하는 최고의 명대사로 「모래성」에서 내가 하는 대사를 꼽았다고 합니다.

"누구도 누굴 함부로 할 순 없어. 그럴 권리는 아무도 없는 거란다. 그건 죄야!"

드라마의 인기에 힘입어 시청자들에게 신드롬을 일으켰고, 이 작품으로 백상예술대상 TV부문에서 대상과 여자최우수연기상을 수상했습니다. 또한 탤런트 공채 데뷔 후 처음으로 그해 연말에 MBC 연기대상 대상을 받았습니다.

김수현 작가가 배우들이 연기하는 것까지 많이 관여했다는 소문이 있지만 사실이 아닙니다. 대사를 한 단어라도 빼먹으면 챙기기 때문에 그런 말이 돈 것입니다. 김수현 작가의 대사에서 한 단어, 한 글자라도 빠뜨리는 것은 바보나 하는 짓입니다. 그 토씨가 하나 들어감으로써 심심하고 단조롭던 대사가 살아나는데, 무조건 대사를 외우기만 하면 오히려 몇 개를 빼먹게 됩니다. 그런 사람을 탓할 수도 없으니까 자연스럽게 이후 작품에서는 만나는 일이 줄어드는 것뿐입니다.

김수현 작가가 중년여성이나 가정주부로 꼭 나를 쓰려고 한 것은, 나는 정말 토씨 하나까지 살려서 끝을 보는 성격이었기 때문이라고 생각합니다. 일부러 안 고치는 게 아닙니다. 단어 하나, 토씨 하나를 빼면 다음 대사와 연결이 안 되고 리듬감이 깨지니까 바꿀 수가 없습니다. 의무감이 아니라 그것이 들어가야 대사의 의미가 살아나니까 그대로 하는 것입니다. 토씨를 빼면 안 된다고 해서 안 빼는 게 아닙니다. 그런데 사람들은 말하기 좋아하니까 그런 소문이 돈 것입니다.

김정수 작가의 작품은 어찌 됐든 마음밭이 고와야 합니다. 김정수 작가 자체가 매우 결이 고운 사람입니다. 그래서 늘 결이 고운 작품을 썼습니다. 반면에 김수현 작가는 끝까지 밀어붙이고 극과 극으로 갑니다. 죽어도 할 말은 해야 됩니다. 대본을 꼭 자신같이 씁니다. 작가들은 다 자기 자신을 쓰는 것 같습니다. 나는 그렇게 생각합니다. 연기도 같습니다. 연기도 아무 역이나 하는 것 같지만, 다 배우 자신이 은연중에 표현됩니다. 그래서 같은 대본이라도 배우에 따라 성격이 달라지는 것이라고 생각합니다. 그것은 어쩔 수가 없습니다.

어떤 때는 진저리가 처질 때도 있었습니다. 나도 성격적으로 진저리 나게 하는 면이 있긴 한데, 김수현 작가의 작품은 어떤 때는 끝이 없이 밀어붙입니다. 내가 질려서, '이렇게 하다가는 기운 없어서 죽는 게 낫겠다.'는 생각을 한 적도 있었습니다. 그런 것이 김수현 작가의 매력입니다.

김수현 작가의 작품을 하려면 배우가 똑똑해야 했습니다. 남편과 대화할 때도 정신 똑바로 차리고서 말실수를 포착하고는, "당신이 지금 그렇게 말했잖아." 하고 지겹게 대듭니다. 그런데 그 대사들이 너무 할 말을 잃게 만듭니다. 그것이 시청자들에게, 특히 억눌려 사는 가정주부들에게 카타르시스를 주었습니다. 그냥 엉거주춤 연기해서는 불가능했습니다. 독하게 해야만 합니다. 당신 꼴이 마음에 안 들지만 살려니까 어쩔 수 없이 산다는 식의 독기를 내뿜어야 합니다.

김정수 작가와 김수현 작가의 작품은 많이 다릅니다. 어떤 것이 좋다고 말할 수 없습니다. 인생에는 이런 것도 필요하고 저런 것도 필요하니까. 나는 그 두 작가가 일종의 라이벌이 되어서 작품을 쓸 때가 우리나라 드라마가 가장 발전한 때라고 생각합니다. 그 두 사람의 작품을 같이했다는 것이 나는 배우로서 말할 수 없는 행운이었습니다. 가장 평화로운 마음을 갖게 하는 작품과, 인생에 대해 날카롭게 맞서는 작품 둘 다를 하면서 내가 성장했습니다. 두 작가의 작품을 함께하면서 행복했고 불행했고, 죽고 싶었고 살고 싶었고, 세상에 존재하는 양극의 감정을 맛보았습니다. 시청자들이 참으로 좋은 드라마들을 감상했습니다. 두 작가의 작품들마다 기가 막혔습니다.

김수현 작가는 지문도 '어쩌면 이렇게 딱 알아듣게, 똑 부러지게 써 놨을까?' 하는 마음이 들게 했습니다. 지문을 보면 '그래, 이렇게 해야겠다.'라는 생각이 들었습니다. 그것이 잘 표현이 안 되어서 안타까울 뿐이었습니다. 김수현 작가는 대충 덮고 흐릿하게 얼렁뚱땅 넘어가는 법이 없었습니다. 아니면 아니고, 기면 기였습니다. 사랑도 죽기 살기로 하고. 그래서 근사했습니다.

쪽대본은 죽어도 쓰지 않았습니다. 녹화 끝내고 나오면 그다음에 할 대본 5회 분량이 기다리고 있어서 사람을 질리게 했습니다. 그것을 보는 순간 배우로서 기가 달리는 것이 느껴질 정도였습니다. 지금 막 온몸의 땀을 다 빼고 기진맥진해서 나왔는데, 다음 대본 5부가 책상 위에 딱 포개져 기다리고 있으면 무섭고 지겹다는 생각이 들었습니다. 그 여자 안에 글이 다 있었습니다. 정말이지 난사람이고 천재라고 하지 않을 수 없습니다. 누구도 따라갈 수 없는 독보적인 작가라는 것을 세월이 갈수록 절감합니다.

「엄마가 뿔났다」(정을영 연출, 김수현 극본 2008년 KBS2 66부작 주말 연속극. 김혜자·이순재·백일섭·강부자·신은경·김정현·김나운·이유리·장미희·임채무·전양자 출연. 엄마라는 존재가 엄마라는 직책을 거부했을 때의 가족의 반응을 현실적으로 그린 작품)에서 내가 엄마 역을 맡은 김한자는 "30년 동안 주부로 일하며 쉬지 못했다. 나만의 시간을 갖겠다."라고 말하며 1년 동안 방을 얻어 나가겠다고 선언합니다.

MBC 텔레비전 드라마 「궁」(2006)에서 황태후 역을 맡은 이후 2년 만에 하는 작품이라서, 오랜만에 드라마에 출연하니까 떨리고 긴장되었습니다. 너무 긴 공백기를 가진 기분이었습니다. 그래서 이런저런 부분들이 신경 쓰였습니다. 대본을 한참 전에 받아서 갖고 있었기 때문에 연기를 못하면 대본 핑계를 댈 수 없으니까 촬영 전부터 김한자로 살려고 고심했습니다. 그래서 살이 많이 빠졌습니다. 전보다 야위어 보이고, 한번 살이 빠지니까 다시 찌지 않았습니다. 하지만 몸이 가벼워서 좋았습니다.

김한자는 60대 초반의 주부입니다. 가난한 집 딸로 어렵게 여상을 졸업하고 작은 출판사 경리로 있다가 남편(백일섭)을 만나 결혼했습니다. 어려운 형편에 시동생 뒷바라지까지 합니다.

무슨 말이든 의심 없이 덮어놓고 믿는 천진난만한 그녀는 어느 순간, 지난 세월이 억울해집니다. 학창 시절부터 소원이 책만 읽으면서 살고 싶다는 거였고, 틈만 나면 화장실에 들어앉아 책을 보는 그런 여자입니다.

내 꿈대로, 내 마음대로 되는 자식이 하나도 없습니다. 큰딸(신은경)한테 "너 자꾸 그러면 아기 딸린 홀아비 중매 들어온다." 라고 말했는데 정말 그렇게 됩니다. 가장 속 썩이는 건 아들(김정현)입니다. 중학교 때부터 가출하고, 커 가면서 엄청나게 속을 썩입니다. 군대 갔다 온 뒤로는 '이제 결혼만 잘 시키면 되겠다.' 라고 생각했는데, 임신한 애인(김나운)을 데려옵니다. 그러고는 아이를 키워 달라고 합니다. 집안일 하느라 책 한 줄 편히 볼 수 없는 엄마한테 아이를 맡깁니다.

원래는 김한자가 이혼하는 설정이었습니다. 그래서 내가 김수현 작가에게 "좀 심한 것 같다."고 했습니다. 착하고 순한 남편(백일섭)인데 불쌍하게 느껴졌습니다. 그래서 남편을 봐서라도 그냥 살 수 있지 않느냐고 말했습니다. 아무 문제 없는데 엄마가 어떻게 자식, 남편, 시아버지를 놓고 가출하고 이혼까지 할 수가 있느냐고. 그랬더니 김수현 작가가 잘라 말했습니다.

"나는 문제가 없는데 나가고 싶어 하는 여자를 그리려는 거예요. 아무 문제 없는 여성의 일탈을 그리고 싶은 거예요."

착한 남편을 두고 집 나가는 아내의 모습을 그리고 싶다는 것입니다. 순한 남편을 두고 집을 나가야 새롭지, 외도하는 나쁜 남편을 두고 집 나가는 아내는 상식적이라는 것입니다.

나라면 1년 동안 나가 살겠다고 하지 않고 그냥 살았을 것이기 때문에 작가와 나 사이에 얘기가 길어졌고, 나도 의견을 굽히지 않았습니다. 그러자 작가가 말했습니다.

"이 여자는 김혜자 씨가 아니라 김한자이고, 지금 김 선생은 김한자를 연기하고 있는 거니까 그냥 김한자를 연기해 주시면 됩니다."

할 말이 없었습니다. 내가 어리석은 말을 한 것입니다. 김수현 작가는 사회적 관습에 대해 과감히 밀고 나가는 면이 있었습니다. 천재는 그렇게 시대를 앞서갑니다.

매회 시청률 40%를 넘을 만큼 큰 인기를 누리긴 했지만 「엄마가 뿔났다」에서 나는 작가를 만족시키지 못한 것이 사실입니다. 어눌하고 단호하지 못한 내 성격 탓입니다. 화내는 신에서 내가 모질게 하지 못했습니다. 반대하는 결혼을 한 딸(신은경)과 싸우는 장면에서 나는 싸우는 것 자체를 선천적으로 못하는 사람이기 때문에 그것을 제대로 표현하는 데 한계가 있었습니다. 나 나름으로는 충분히 매몰차게 했지만, 작가가 원하는 것에는 못 미쳤습니다.

딸의 방이 2층에 있는데, 가만히 있다가도 갑자기 부아가 치밀어 올라가서 "내가 너를 얼마나 꿈을 갖고 키웠는데……." 하면서 한판 붙습니다. 그런데 그렇게 심하게 싸우는 것이 너무 부담스러워서 대사를 하면서도 내가 막 눈물이 났습니다. 대본에는 딸하고 죽기 살기로 싸우는 것이었습니다. 감정에 호소하는 게 아니라 완전히 원수처럼 싸웁니다. 그런데 나는 내 딸하고 그런 싸움을 한 번도 안 해 봐서인지 그런 싸움 자체가 너무 부담스러웠습니다. 그래도 최선을 다해서 악을 쓰긴 했지만 작가가 원하는 만큼 하지 못한 것입니다. 아무래도 미흡했을 것입니다. 내 마음에 그것이 싫으니까. 그 인물에 아무리 몰두해도 내가 갖지 않은 것을 하려면 쉽지 않았습니다.

김수현 작가가 똑똑하고 똑 부러지는 사람을 좋아하는데, 나에게 직접 얘기한 건 아니지만 아마 「엄마가 뿔났다」에서 내 연기에 만족하지 못했을 것입니다. 작가가 원한 역은 뼈가 부서져라 가정을 위해 헌신하지만 할 말은 앞뒤 잴 것 없이 똑 부러지게 하는 여자인데, 나는 할 말을 똑 부러지게 하기보다는 약간 나같이 했습니다.

하지만 나는 식구를 위해서 희생하는 성격이 아닙니다. 그래서 그런 면에서는 그 역이 잘 맞았습니다. 내가 똑똑하고 분명하지 못하니까 오히려 김수현 작가의 똑똑함과 분명함이 좋았습니다. 언제나 너무 분명해서 질리면서도 나한테 없으니까 그런 점이 좋았습니다. 문제에 대해 피해서 가는 경우가 없었습니다. 부딪히고, 피가 나고, 감정의 밑바닥까지 갑니다. 폐부를 찌르고 아예 도려냅니다.

「모래성」에서 남편의 불륜을 안 여자는 남편에게 "나 정신병원에 입원시켜 달라."고 합니다. 그렇게 솔직하게 자기에 대해 표현하는 것이 좋았습니다. 얼마나 괴로우면 가슴이 찢어지는 심정으로 "나 정신병원에 넣어 줘. 왜 날 이렇게 외롭게 만들어?" 하고 말합니다. 군더더기 없이 정곡을 찌릅니다. 그 대사를 하면서 내 가슴이 찢어지는 것 같고 너무도 고통스러웠습니다. 그 여자의 절망적인 마음을, 그 괴로움을 그 이상 어떻게 더 표현을 할까? 순간순간, 어떻게 이렇게 쓸까, 여자의 심리를 어쩌면 이렇게 잘 쓸까 싶어서 어떤 때는, 농담이지만, 한 대 때려주고 싶을 정도였습니다. 그 작가에게 반하는 순간들이 있었습니다. 그런 감성을 가진 작가의 작품과 내가 호흡을 맞춘다는 것이 감사했고, 다른 작가에게는 없는 재능입니다.

김수현 작가의 대본을 읽으면 무엇을 원하는지 금방 알았습니다. 놀라겠지만 그 많은 작품을 함께했으면서도 개인적으로 따로 밥 먹은 게 딱 한 번입니다. 평소에 전화 통화도 거의 하지 않았습니다. 자주 안 봐도 왠지 보이지 않는 끈으로 서로 연결돼 있는 것 같았습니다. 서로 통하는 게 있습니다.

김수현 작가는 배우들이 연기를 잘할 수 있게 완벽한 대본을 만들어 주었습니다. 한국의 셰익스피어로 인정할 만한 작가입니다. 대본을 무척 잘 쓰니까 배우가 연기를 잘하지 못해도 커버가 되었습니다. 대본에 써 있는 대로만 연기해도 연기 잘한다는 소리를 들었습니다. 유명한 배우가 되려면 김수현의 드라마에 출연하면 된다는 말이 떠돌 정도였습니다. 작가 덕분에 나는 「엄마가 뿔났다」로 KBS 연기대상에서 대상, 백상예술대상에서 TV부문 대상을 받았습니다. 수상 소감으로 마이크 앞에 서서 말했습니다.

"제게 상을 주신 분들께 감사의 말씀 드립니다. 특히 좋은 작품을 써 주신 김수현 작가에게 고마운 마음을 전하고 싶습니다. 갑자기 김수환 추기경 님이 생각납니다. 그분은 누구에게도 빚을 지지 않았습니다. 오히려 빛을 남기셨습니다. 저도 빚지지 않고 세상에 빛을 발할 수 있는 연기자가 되도록 치열하게 살겠습니다."

대표작이라고 하는 것은 연기자인 나의 가슴이 아니라 대중의 마음에 남은 작품을 말합니다. 내 가슴에 깊이 남은 작품 중에 「사랑의 굴레」 첫 회로 방영된 「방황의 끝」이라는 김수현 작가의 두 시간짜리 영화 같은 단막극이 있습니다. 미니시리즈의 원조가 된 드라마라고 할 수 있습니다. 외교관인 남편(최불암)과의 불화로 첫사랑인 남자(박근형)를 만나는 이야기인데, 여자 주인공인 나는 박근형을 너무 좋아합니다. 그런데 그 사람은 함께 있으면 가슴이 찢어지는 것 같은 그런 사람입니다. 같이 있으면 너무 좋은데 상처를 입습니다. 그러니까 전쟁 같은

사랑을 하다가 지치는 역입니다. 그런 사람이 있습니다. 나를
전쟁터로 밀어 넣는 사람. 그런 사람이 좋긴 하지만 너무 힘듭
니다. 책에서 많이 읽었을 뿐 그런 사랑은 못 해 봤지만, 드라마
에서 하면서 실제인 것처럼 힘이 들었습니다. 그런 사랑을 하다
가 죽는 가슴 아픈 역이었습니다.

그만큼 김수현 작가의 작품은 다른 작가의 작품보다 더 힘
이 들었습니다. 내 속까지 끄집어내려니까 어떤 때는 창자가 뒤
집어지는 것 같았습니다. 그리고 그런 연기를 한다는 것이 너
무 쾌감이 있었습니다. 정말 열심히 했습니다. 다른 작가들은
그렇게 쓰지 못합니다. 쓰고 싶어도 쓸 수가 없습니다. 김수현
은 참으로 특별한 작가입니다. 이 사람은 「전원일기」 같은 작품
은 심심해서 쓰지 못합니다. 그런데 김정수 작가는 심심하면서
도 인간이 느껴지는 작품을 쓰기 때문에 평화가 있습니다. 두
작가의 작품을 번갈아 가며 할 때 나는 배우로서 가장 행복했
습니다. 그리고 그때가 30대, 40대였으니까 자기 인생에 대해
알 때였습니다.

「사랑이 뭐길래」(박철 연출, 김수현 극본 1991~1992년 MBC 55부
작 주말 드라마. 김혜자·이순재·최민수·하희라·김세윤·윤여정·여운
계·강부자·사미자·신애라·임채원 출연. 여고 동창생인 두 여자의 아
들과 딸이 결혼을 하고 가부장적인 시대의 가치관이 변화하는 과정을
다룬 이야기. 최고 시청률 64.9%를 기록한 이 드라마로 김혜자는 MBC

연기대상을 수상했다)는 재미있는 드라마였습니다. 남편이자 대발이 아버지 역이 이순재 배우인데, 이상한 남편 역은 전부 그분이 맡는 것 같습니다. 아마도 이순재 배우가 똑똑해서 그런 것 같습니다. 더운 물 찬물 다 갖다 바치는데, 엎드려서 방귀나 뀌고, 나중에 다 돌려봐도 재미있습니다. 내가 이런 재미있는 작품을 했다는 것이 감사할 따름입니다. 폭발적인 인기를 누렸고, 내가 신세 한탄을 하면서 라디오를 들으며 간간이 읊조린 김국환 가수의 '타타타'가 대히트를 쳐서 그이는 오랜 무명 생활에서 벗어났습니다. 이 드라마는 중국에도 수출되어 1억 5천만 명이 시청했다고 들었습니다. 한류 드라마의 원조격이라고 합니다.

이 드라마가 인기를 끈 것도 김수현 작가 특유의 촌철살인 대사 때문입니다. 이 작품에서 나는 푼수 같은 역을 합니다. 나한테 그런 면이 있습니다. 어떤 때는 현실에서도 많이 모자랍니다. 나는 나한테 있는 것을 연기할 때 분명히 더 잘합니다. 내가 연기하면서 언제나 느끼는 점입니다. 나한테 아주 없는 것은 연기가 잘 안 됩니다. 말하자면 나쁜 의도로 누구를 속인다든가 하는 연기는 잘 되지 않습니다. 푼수처럼 조금씩 그렇게 하는 것은 되지만, 정말 나쁜 마음으로 누구를 해코지하는 연기는 능숙하게 되지 않습니다. 나에게 있는 것을 연기할 때는 목화 꼬투리에서 솜을 빼듯이 잘 빠져나오는데, 없는 것을 하려면 살아 있는 소라고둥 알맹이를 빼려고 하듯이 진땀만 나고 잘 되지 않습니다. 물론 어떤 배우는 자기에게 맡겨진 역할대로 악역이든 무서운 역이든 잘 해내지만 나는 그것이 되지 않습니다.

「사랑이 뭐길래」에서 대발이 엄마가 동창생(윤여정)에게 깐죽거리며 비아냥거리는 장면이 있습니다. 어쩌고 저쩌고 얘기하는데, 그 여자를 약 올리고 비위를 상하게 하려고 그러는 것이 보이는데도, 나는 연기하면서 진땀이 났습니다. 그래서 '나한테는 깐죽거리는 게 안 어울리는구나. 그런 것이 없구나.' 하고 생각했습니다. 내가 갖고 있는 것을 확대하는 건 되는데, 아주 없는 것을 하려고 하면 쉽지 않았습니다.

대발이 엄마가 하는 대사는 재미있긴 한데 친구를 골탕 먹이려고 속에서 배배 꼬인 말을 하려니까 생각처럼 잘 되지 않았습니다. 약간 푼수 같은 역, 푼수 같지만 악의 없는 역이 나에게 잘 맞았습니다. 나쁜 마음이나 악의를 가진 대사, 너무 수치심이 느껴지는 역은 솔직히 연기하기 어려웠습니다. 어떤 의미에서는 나는 시침 뚝 떼는 연기는 안 되는 여자입니다. 그렇긴 해도 대발이 엄마 역을 재미나게 했습니다. 대발이 역을 한 최민수 배우가 아주 잘했습니다. 최민수 배우도 뛰어난 남자입니다. 얼굴도 잘생겼지만 뭔가 설명할 수 없는, 단순하지만은 않은 세계를 가진 사람이라는 인상을 받았습니다. 할리우드에서 활동했다면 배우로서 훨씬 더 많은 활약을 했겠구나 하는 생각을 했습니다.

　푼수 같은 면이 나에게 있으니까 「사랑이 뭐길래」를 잘할 수 있었습니다. 「모래성」의 주인공 같은 면도 있지만, 그런 면만 있으면 지쳐서 죽으니까 신이 푼수 같은 면도 나에게 주셨습니다. 그래서 푼수 역도 잘합니다. 김수현 작가가 나를 잘 파악한 것입니다. 어떤 때는 나를 투시하는 것 같습니다. 김정수 작가는 나를 그저 곱게 봤습니다. 한없이 고운 여자로. 나는 또 그런 사람한테는 그런 면만 보입니다. 그러니까 어떤 면에서는 팔색조 같다고 할 수 있습니다. 팔색조 연기를 할 만큼 외모가 받쳐 주지 않았을 뿐입니다. 외모가 따라 주었다면 신분 높은 어떤 권력 가진 여자 역을 했어도 되었을 것입니다. 나라를 말아먹는 여자 같은 역, 혹은 초능력자나 슈퍼맨처럼 사람들의 힘든 부분을 해결해 줄 수 있는 역.

　내가 잘 못할 것 같은 역은 맡지 않았습니다. 「사랑이 뭐길래」 캐스팅할 때, 연출가가 처음에는 대발이 엄마 역을 윤여정 배우를 시키려고 했었습니다. 나한테는 상대방 동창생 역을 맡기고. 그래서 내가 말했습니다.

　"나는 그 역 하기 싫어요. 대발이 엄마 역을 더 잘할 것 같아요."

　이유를 묻길래 말했습니다.

"그 역은 시어머니, 시이모 등 온갖 관계가 다 있어서 내가 상대할 사람들이 너무 많아요. 그러면 내가 힘이 빠져서 할 수가 없어요. 남편하고 상대하는 역은 잘할 수 있을 것 같은데, 그 시이모들 상대하면 나는 에너지가 너무 들 것 같아요. 그 역은 생각만 해도 힘이 빠져요."

그랬더니, "그 역이 김혜자가 맨날 하는 점잖은 역이라서 잘 맞을 것 같다."고 해서 내가 다시 말했습니다.

"나 점잖은 거 싫어해요."

그래서 내가 대발이 엄마 역을 맡고, 점잖은 역은 윤여정 배우가 맡았습니다. 윤여정 배우는 뛰어난 연기자라서 그 역을 훌륭하게 해 냈습니다. 나는 참으로 신에게 감사합니다. 얼마나 나에게 이 역 저 역을 시키셨는지.

감정적으로는 김정수 작가의 작품이 더 순해서, 마음을 따뜻하게 해 주는 김정수의 작품을 더 좋아했습니다. 그리고 연기자로서는 단연 김수현 작가의 작품을 선호했습니다. 김정수 작가도 당연히 작가이니까 극단적인 면이 있지만, 그이는 그것을 보이지 않으려고 노력합니다. 그래서 더 가슴 아프게 표현됩니다. 김수현 작가는 박박 긁고, 할퀴고, 몸서리쳐지게 표현을 합니다. 그러면서 사랑스럽습니다. 두 여자가 막상막하입니다. 두 사람 덕분에 참으로 행복했습니다. 생각하면 배우로서 나는 말할 수 없이 행복한 여자입니다.

나에게 연기는 직업이 아니라 삶이며 모든 것입니다. 배우는 '이만큼 하면 됐다.'거나 '이 정도면 성공했다.'라고 멈춰서는 안 됩니다. 그 지점에서 다시 시작할 수 있어야 합니다. 삶 그 자체 이기 때문입니다. 모든 것을 걸어야 합니다. 그런 마음을 품고 서 해야 합니다.

용서

　나는 누군가를 용서할 일이 없습니다. 나한테 용서를 받아야 할 만큼 잘못한 사람이 없습니다. 모두가 나에게 잘해 준 사람들만 있습니다. 세상에서는 '용서해라.'라고 하고 교회에서도 '용서하며 살아라.'라고 말하지만, 나는 누구를 용서해야만 할 일이 없었습니다. 누군가를 용서해야 할 만큼 누군가가 나에게 크게 잘못한 일이 있지 않습니다. 오히려 내가 용서받아야 할 일들만 있습니다. 너무도 부족한 사람이고 자기중심적인 사람이다 보니까, 그리고 연기자로 살아오다 보니까 나는 잘못한 것이 참으로 많은 사람입니다.

　무엇보다 남편에게 잘못한 것이 많습니다. 나는 남편이 나보다 먼저 죽으리라고는 한 번도 생각하지 않았습니다. 어쩌면 그

영화 「마더」 ⓒ 홍경표

런 생각을 한 번도 하지 않았는지 모릅니다. 나는 그렇게 나 좋을 대로만 생각하며 사는 여자였습니다. 날마다 남편이 예쁘다, 예쁘다 하니까 그래도 되는 줄 착각했습니다. 어떻게 남편이 나보다 먼저 죽을 수도 있다는 걸 몰랐을까요? 그런 것이 인생일까요?

내가 죽는 것은 그토록 많이 생각했으면서도, 남편의 죽음에 대해서는 전혀 생각하지 않았습니다. 그만큼 내가 이기적이었습니다. 내가 죽으면 남편이 어떻게 해 주겠지, 하고 생각했습니다. 나는 잘못한 일이 많아서 죽으면 천국에 못 갈지도 모른다는 생각을 합니다. 하지만 남편은 분명 천국에 있을 테니까, 요즘도 자주 기도합니다. 나를 천국 문앞까지만이라도 가게 해 달라고. 가서 남편 불러서 미안하다고 꼭 말해야 합니다. 당신 살아생전에 내가 너무 많이 잘못해서, 내가 너무 힘들게 해서 미안하다고, 당신 죽은 다음에야 그것을 알았다고, 이 미안함을 꼭 가서 말해야만 합니다. 그렇게만이라도 할 수 있게 해 달라고 신께 기도합니다.

남편은 세상을 떠나면서 말했습니다.

"나 없으면 힘들어서 어떡하나?"

자기 삶에 대한 아쉬움도, 세상에 대한 집착이나 신에 대한 원망도 아닌, 철없는 나에 대한 걱정이었습니다. 대체 나는 그에게 어떤 사람이었을까요? 오죽 내가 한심했으면 세상 떠나면서 내 걱정밖에 할 게 없었을까요?

남편이 우리 집에 왔다가 나를 처음 보았을 때, 자그마한 여자가 뜰에서 그림을 그리고 있었다고 했습니다. 그것이 나였습니다. 그의 눈에 내가 예쁜 부분도 있었을 것입니다. 사랑스러운 부분도 있었을 것입니다. 그러니 그렇게 철없는 아내를 동생처럼 딸처럼 보듬어 주며 살아 주었을 것입니다. 아무리 스스로 위안해 봐도 나는 남편에게 잘한 것이 하나도 없습니다.

남편은 시계 같은 사람이었습니다. 일곱 시가 되면 '딩동' 하고 벨이 울렸습니다. 매일 같은 시간에 퇴근을 했습니다. 내가 그 시간에 한창 대사 연습에 열중하고 있거나 좋은 영화를 한 편 보고 있으면, 그 벨소리가 그렇게 싫을 수가 없었습니다. '저 사람은 친구도 없나. 밖에서 밥이라도 먹고 들어오면 얼마나 좋아.' 하는 심통이 올라와 남편에게 신경질을 부렸습니다. 남편은 집에서 먹는 밥이 세상에서 가장 맛있다고 했습니다.

저녁식사를 하는 남편 앞에 앉아 있으면 조금 전까지 보다만 영화가 아쉬웠습니다. 퇴근한 사람에게 신경질부터 냈으니 조금 미안한 마음에 웃으며, "밥 먹고 있어요. 나 저거 좀 마저 보고 올게요." 하고 말하고 자리를 뜨곤 했습니다.

남편은 내가 무엇을 잘못하거나 투덜거리면 "사람, 참." 하고 빙긋이 웃는 게 전부였습니다. 크게 웃지도 않았습니다. 그 사람이 너무 착하니까 너무 내 마음대로 했는지도 모르겠습니다.

그리고 연기자로 살아가다 보니까 일반 가정주부처럼 해 주지 못했습니다. 앞에 앉아서 예쁘게 웃어 주지도 않았고, 음식을 앞에 놓아 주면서 "이거 먹어 봐요. 내가 만들었어요." 하는 말을 평생 한 번도 한 적이 없습니다. 내가 만들어서 준 게 없으니까, 다 일하는 아주머니가 만들었으니까. 보통의 부인들이 날마다 남편에게 할 수 있는 말을 나는 해 본 적이 없습니다.

어떨 때는 너무 미안해서 예쁘고 젊은 여자랑 연애하라고 얘기한 적도 있습니다. 그러면 남편은 "사람, 참." 하며 웃을 뿐이었습니다.

가끔 남편이 "뭐 먹고 싶은 거 없어?" 하고 전화해서 물으면 나는 대개 "없어요." 하고 말했는데, 어떤 때는 "순대가 먹고 싶어요." 하고 말했습니다. 그 당시 북창동(조선시대 각 지방에서 공물로 걷은 쌀, 천, 돈을 관리하던 선혜청의 북쪽 창고가 있던 곳이라서 붙은 이름으로, 서울 중구에 위치한 동네) 올라가는 길에 좋은 순대집이 많았습니다. 남편은 그곳까지 가서 나를 위해 순대를 사 가지고 왔습니다. 하지만 나는 그곳 순대가 맛이 없었습니다. 말하자면 너무 고급 순대였습니다.

나는 남편에게 투정을 부렸습니다.

"아니, 이런 순대 말고. 시장통에서 아줌마들이 좌판에 놓고 썰어서 주는 그런 순대가 난 맛있어."

그럼 남편은 "사람, 참." 하고 말하고는 밤에 나갔습니다. 그리고 시장에 가서 다시 사 가지고 왔습니다. 나는 아무렇지도 않게 그렇게 했습니다. 남편이 다 해 주니까. 얼마나 못된 사람인가요?

이런 장면 장면을 생각하면 가슴 아프고 후회가 밀려옵니다. 그까짓 영화 나중에 다시 보면 될 것을, 왜 그렇게 나밖에 몰랐을까? 그까짓 순대가 뭐라고 투덜거렸을까? 나는 그에게 그런 사람이었는데, 그는 죽으면서도 내 걱정만 했습니다. 나에게 와 준 천사였습니다. 내가 좋아하는 사람이 생겼다고 해도 이해해 줄 사람이었습니다. 그래서 너무 빨리 가 버렸는지도 모릅니다.

그 사람이 췌장암으로 더 손쓸 수도 없이 연세 세브란스 병원에 누워 있을 때, 나는 매일 밤 병상 옆 보조 침대에서 곁을 지켰습니다. 수척해진 내 얼굴을 보고는 담당 의사가 '김혜자 배우가 먼저 죽게 생겼다.'며 거울을 보라고 했습니다. 정말로 거울 안에는 입술이 검게 변한 내가 서 있었습니다. 의사는 옆에서 지켜본다고 더 오래 사는 것도 아니라면서 나더러 집에 가라고 했습니다. 나는 그 말을 듣지 않았습니다. 그 사람에게 나를 다 주지 않았다는 사실이 너무 괴로워 조금이라도 죄책감을 덜어 보려고 계속 곁에 있었습니다. 너무 내 본위였고, 참으로 한심하게 굴었으니까. 또 그것을 남편이 다 받아 주었으니까. 그는 너무도 좋은 사람이었습니다. 하지만 끝에 가서 그렇게 한들 무슨 소용이 있을까요? 마지막에 침대맡에 서 있던 가족들. 나, 아들, 딸, 또 누군가가 있었습니다. 하나하나 눈을 맞추고 그 사람은 조용히 눈을 감았습니다.

나보다 먼저 죽을 줄 알았더라면, 내가 그렇게 하지는 않았을 것입니다. 더 다정했을 것이고, 한 가지라도 더 신경 써 주었을 것입니다. 걱정도 덜 끼치고, 떠날 때 내 염려 안 하도록 자립하는 모습도 보여 주었을 것입니다. 하지만 그 사람이 내 앞에서 죽으리라는 생각을 어떻게 한 번도 해 보지 않았을까요? 얼마나 바보 같은가요? '어, 정말 이 사람이 이제 세상에 없네.' 하고 느끼게 할 줄 몰랐습니다. 언제나 내가 먼저 죽을 것이라고 생각했습니다. 그래서 남편이 떠났을 때 충격에서 헤어나기가 쉽지 않았습니다. 아. 이런 일이 있을 수 있구나, 하고.

그런데 남편 문상을 온 사람 중에 무좀 양말을 신고 온 이가 있었습니다. 슬픈 와중에도 그 발가락 모양이 어찌나 우습던지 울면서 얼굴을 가린 채 웃었습니다. 인생은 그만큼 부조리의 연속입니다.

남편을 땅에 묻으며 내내 울었습니다. 남편이 누운 자리 위로 흙을 뿌리는 것도 싫고, 남편을 똑바른 자세로 불편하게 만들어 놓은 것도 싫었습니다. 무덤 봉분을 만든다고 사람들이 올라가 흙을 다지며 밟는 것도 싫었습니다. 우리 남편 아프다고 밟지 말라고, 제발 그대로 내버려 두라며 울었습니다. 지금 생각해도 눈물이 납니다.

남편이 떠나고 나는 조금 이상해졌습니다. 남편과 연관된 사람만 만나도 갑자기 눈물이 났습니다. 그 사람과 남편 이야기를 나눈 것도 아닌데도 그랬습니다.

'저 사람하고 우리 남편이 아는 사람이지.'

'저 사람도 우리 남편하고 대화를 했겠지.'

이런 생각이 들면 밑도 끝도 없이 눈물부터 흘렀습니다.

남편이 세상을 떠난 후 가끔 사람들로부터 '저렇게까지 세상 물정을 모를 수 있나?'라는 오해를 받기도 했습니다. 그럴 때마다 아들 임현식이 나를 따뜻하게 감싸 주었습니다. 그런 일들로 내가 속상해하고 있을 때 아들이 뒤에 와서 나를 가만히 안아 주며 말했습니다.

"엄마가 얼마나 순진한지는 아빠랑 나만 아는데……. 아빠는 저세상으로 떠나고, 우리 엄마 어떡하나……."

정말 그랬습니다.

어떤 한 분야에서 인정을 받는 사람들에게는 항상 뒤에서 희생한 다른 이들이 있다고 나는 생각합니다. 반드시 그럴 것이라 생각합니다. 이 세상에 산도 좋고 물도 좋고 정자까지 좋은 곳은 없습니다. 내가 남편에게도 잘했고, 아이들에게도 너무나 좋은 엄마였고, 그리고 연기도 빼어나게 잘했다? 그런 건 있을 수 없습니다. 나는 배우로서 살아온 것 말고는 모든 부분에서 부족한 여자였습니다.

내 아들 임현식에게도 온통 용서받을 일뿐입니다. 내가 낳은 아들인데도 온전히 첫 번째 순위로 놓지 않았습니다. 내가 하는 일이 언제나 첫 번째였습니다. 내가 대본을 생각하면서 멍하니 앉아 있으면 아들은 "엄마 주위에 담이 쳐진 것 같다."고 했습니다. 가까이 갈 수 없는 힘이 느껴진다고. 그래서 아들은 다른 아이들처럼 엄마 옷을 붙잡고 떼쓰는 일을 나한테 할 수 없었습니다. 나는 대본만 들면 내 방에 들어가서 밖으로 나오지를 않았습니다. 그러니 아들이 얼마나 쓸쓸하게 컸을까요? 아들이 커 가면서 어떤 고민을 하고, 누구를 만나고, 어떤 꿈을 품고 있는가를 물어본 적이 없습니다. 아들도 나에게 그런 말을 하지 않았습니다. 내가 엄마이지만 그런 말을 할 상대가 아니었다고 생각한 것입니다. 그래서 한없이 미안합니다.

초등학교 입학할 나이가 되었을 때, 아들이 가고 싶어 하는 학교에 가려면 추첨을 하러 갔어야 했습니다. 나는 그 날짜도 잊고, 아들이 "엄마, 상진이는 자기 엄마랑 학교 추첨하러 갔대."라고 하는데도 무심하게 들으며 "어, 그거 나중에 해도 돼." 하고 넘겨 버렸습니다. 내가 그 정도로 세상일에 무심하고 무책임했습니다. 아들도 그 어린 나이에 불안해서 말했을 텐데.

하루는 결혼한 내 딸 임고은이 몸이 아프다고 해서 찾아갔습니다. 기운 없이 누워 있는 딸에게 내가 "어디가 아파?" 하고 물으며 손으로 배를 문질러 주었습니다. 그랬더니 딸이 가만히 있다가 말했습니다.

"엄마, 하지 마. 엄마가 이렇게 하는 게 나는 어색해서 불편해."

그 말의 의미를 나는 금방 알아들었습니다. 그 순간 정말로 도망치고 싶었습니다. 딸을 키우면서 내가 얼마나 배 한번 문질러 주지 않았으면 그렇게 말했을까요? 그 말을 듣고 너무나 슬프고 마음 아팠습니다.

나는 혼자 가만히 있는 시간이 그냥 멍하게 있는 것이 아니었습니다. 대본 속 여자가 머릿속에 가득이었습니다. 날마다 그러했기 때문에, 어린 딸이 배 아프다고 하면 "아가, 이리 와." 하고 안아 주었지만, 대본 속 역할을 생각하듯이 그만큼 온 마음을 다해 대해 주지 못했습니다. 그런데도 어른이 된 딸은 나를 다 용서해 주었습니다. 고맙고 미안합니다. 참으로 부끄러운 고백입니다. 아이들을 낳긴 낳았지만 내가 하는 배역을 더 많이 생각하느라 아이들에게 전력투구하지 않았습니다. 엄마라고 할 수도 없었습니다.

생에 감사합니다. 나는 그런 행복을 누릴 자격이 천성적으로 없는 사람입니다. 내 딸 임고은이 언젠가 내 대본 뒤에 써 놓은 글이 있습니다.

'나는 엄마가 이 세상에서 가장 아름다운 인간이라고 생각해. 나도 엄마 같은 인간으로 성장하고 싶어.'

그 대본을 지금도 보관하고 있습니다. 내 딸은 모든 것이 부족한 이 엄마를 왜 그렇게 좋아하는지 모르겠습니다.

사람들은 내가 현모양처인 줄로만 압니다. 그렇지 않습니다. 나는 살림도 못하고, 대본만 받으면 그날부터 대본 속 인물이 되어 버려서 식구들은 잊고 살았습니다. 그런데도 남편과 아이들은 내가 배우이니까 당연하다고 인정을 해 주었습니다.

그래서 나는 배우로서 잘해야만 했습니다. 내가 가족에게 남긴 자잘한 상처들이 흐지부지 묻히지 않도록. 가족에게 상처를 주면서 배우의 길을 걸었기 때문에 배우로서 떳떳하지 못하면 정말 면목이 없는 일입니다. 나를 배우로 인정해 주는 가족의 헌신이 있었기 때문에 지금의 내가 있습니다. 최선을 다해서 나에게 부끄럽지 않은 배우가 되어야 한다고 늘 생각했습니다. 그래야 가족에게 미안하지 않고, 부끄럽지 않을 것 같았습니다. 연기에 집중하면서 가족과 함께 있는 시간이 부족했기 때문입니다.

신도 나에게 싫증 날 것 같았습니다. 날마다 잘못했다고 하면서 용서해 달라고 하고, 그 말이 사라지기도 전에 또 잘못하고 실수를 저지르는 나를 아무리 신이라고 해도 고개를 저을 것 같았습니다. 그런데도 어떻게 나를 여태까지 살게 하셨는지, 나는 그것이 의문입니다. 잘못한 것도 많고 실수한 것도 많은데 신은 나를 왜 이렇게 오래 살게 하실까요? 굽이굽이마다 나를 일으켜 세우시고.

어떤 이는 나에 대해 '김혜자는 자신을 비워 내고 캐릭터를 받아들인다기보다 언제나, 누구든 받아들일 수 있게 비어 있다. 마치 일상이 없고 늘 배우로만 사는 사람처럼, 아니 이 작품에서 저 작품으로 사는 집을 옮겨갈 뿐 현실적 인물이 아닌 것처럼 배우로 존재한다.'라고 썼습니다(대중문화전문기자 홍종선). 나 스스로도 대본을 외고 연기를 하는 것 외에는 모든 면에 부족하고 의지박약인 자신이 싫은 적도 많았습니다. 배우가 아니었으면 신이 보시기에도 아무 데도 쓸모가 없었을 것입니다. 그만큼 부족한 여자이기 때문에 신이 좋은 남편을 붙여 주었고, 착한 아들과 딸을 갖게 해 주었습니다. 그래서 살 수 있었습니다.

사람들은 내가 많은 사람을 용서하고 품었을 것이라 생각하지만, 나한테 용서를 빌 만큼 잘못한 사람이 없습니다. 내가 못한 일들이 훨씬 더 많습니다. 인간에게든 신에게든 내가 다 용서를 빌어야 합니다.

사는 것 외에 다른 해답이 없다

모노드라마 「오스카! 신에게 보내는 편지」(함영준 연출, 에릭 엠마누엘 슈미트 원작, 김민정 번역. 김혜자 출연. 2013~2014년 공연. 백혈병에 걸린 소년 오스카와 나이 많은 간호사 장미 할머니의 세대를 넘어서는 우정을 다룬 내용)는 내가 「다우트」 이후 6년 만에 연극 무대에 선 작품입니다.

이야기는 열 살 소년 오스카가 신에게 보내는 열세 통의 편지를 읽으면서 시작됩니다. 백혈병에 걸린 열 살짜리 오스카는 앞으로 살 수 있는 날이 열흘 정도밖에 남지 않았다는 진단을 받습니다. 아들의 회생 가능성이 없음을 알게 된 부모는 죽음을 앞둔 아이를 어떻게 대해야 할지 몰라 당황스러워하고, 담당 의사도 오스카의 죽음이 마치 자신의 실수 때문인 듯 죄책감에 시달립니다. 그런 어른들에게 실망한 오스카는 자신의 이야기에 귀를 기울여 주는 소아병동의 가장 나이 많은 간호사인 장미 할머니에게 의지하게 됩니다.

장미 할머니는 일주일에 두세 번 병원을 찾는 호스피스 자원봉사 간호사입니다. 그녀를 장미 할머니라고 부르는 사람은 오스카밖에 없습니다. 병동에서 일할 때 핑크빛 감도는 장미색 가운을 입기 때문입니다. 자신을 전직 프로 레슬링 선수라고 소개하는 그녀는 프로 레슬링에 대한 재미난 이야기를 들려주어 오스카의 불안한 마음을 다독여 줍니다. 장미 할머니는 오스카에게 이렇게 말합니다.

"네 생각을 고백하렴. 말이 되어 나오지 않는 생각들, 그것들은 너에게 들러붙고 너를 짓눌러 꼼짝 못 하게 한 다음, 새로운 생각이 들어오는 것을 막아서 너를 썩게 만들지. 고백하지 않으면 너는 구닥다리 생각들로 가득 찬 악취 나는 쓰레기장이 될 거야."

장미 할머니의 권유에 따라 소년은 하루를 10년이라고 생각하고 살기로 합니다. 오늘은 10대를, 내일은 20대를, 모레는 30대를……. 그렇게 12일 동안 백 살이 넘는 인생을 살아가는 것입니다.

장미 할머니는 말합니다.

"실제로 어떤 지역에서는 한 해가 가기 12일 전부터, 하루를 한 달처럼 살아. 그런 식으로 한 해를 마무리해."

이제 열 살인 오스카는 오전에 열다섯 살 사춘기를 맞이하고, 그날 저녁에는 스무 살 성인이 됩니다. 그러면서 결혼도 하고 중년 남자의 괴로움도 토로합니다.

그런 식으로 오스카와 장미 할머니의 우정은 나날이 깊어지고, 오스카는 죽음에 대한 두려움에서 벗어나 자신의 죽음을 초연하게 받아들이게 됩니다. 10대부터 백 살까지 열흘 동안 사는 모습에서 우리의 지나온 삶, 앞으로 살아가야 할 삶을 돌아보게 만드는 작품입니다. 절망하는 대신 소중한 삶을 어떻게 살아갈 것인가 고민해 보게 합니다. 연극 정보를 보고 관람하러 오신 분들이 보기 전에는 죽음에 대한 이야기가 아닐까 싶었는데, 연극을 보고 나니 죽음보다는 삶에 대한 희망적인 이야기를 전해 주는 연극이라는 소감을 많이 말했습니다.

프랑스 소설가 에릭 엠마누엘 슈미트가 쓴 소설 「오스카와 장미 부인」이 원작입니다. 2003년 프랑스에서 연극으로 공연되었고 영화로도 리메이크되었습니다. 모노드라마 형식으로는 우리나라에서 내가 처음 시도한 공연입니다. 오스카, 장미 할머니, 그리고 오스카의 부모님과 간호사, 평생의 사랑 페기 블루, 오스카의 병원 친구들인 비만 소년 팝콘, 온몸에 화상을 입은 베이컨, 머리가 남들보다 두 배는 큰 아인슈타인 등 열한 명의 역을 러닝타임 110분 동안 나 혼자 하면서 오스카의 마지막

12일간의 일상을 그려 내야만 했습니다.

　모노드라마인 것이 솔직히 부담스러웠습니다. 작품이 좋아서 한다고 하기는 했지만, 대본을 받아 들고는 '이렇게 두꺼운 대본을 어떻게 다 외우나?' 하고 막막했습니다. 내가 쏟아내야 하는 대사가 A4 용지 43장 분량이었습니다. 체력적으로나 정신적으로, 또 연기의 깊이에도 부담이 컸습니다. 하지만 연습을 하다 보니 나도 모르는 힘이 생겼습니다. 첫 연습 때는 어지러워서 15분밖에 못하고 엎드려 있어야 할 만큼 힘들었지만, 나중에는 하루에 대여섯 시간 연습도 거뜬했습니다. 이것이 작품의 힘인가 싶었습니다. 작품을 선택한 이유는 하나입니다. 여기에 우리 인생이 다 있어서입니다.

　함영준 연출가는 인터뷰에서 말했습니다.

　"10년 전쯤 이 작품을 알게 되었다. 에릭 엠마누엘 슈미트가 80세가 넘은 노배우를 위해 쓴 작품인데, 얼마 후 한국에서 공연되었다. 재미있는 작품이었지만 아이 위주로 여러 사람이 나오다 보니 본질을 조금 놓친 것 같았다. 이 작품은 작가의 의도와 내용, 형식에 있어서 모노드라마 형식이 가장 흥미롭지 않을까, 생각했다. 우리나라에 70세가 넘은 여배우 중에 아이 역할을 할 수 있는 건 김혜자 선생님밖에 없지 않나 생각했다."

　오스카는 눈을 동그랗게 뜨고 혀 짧은 소리로 자기 소개를 합니다.

"저의 별명은 대머리예요. 일곱 살쯤 돼 보이고 병원에서 살아요. 암에 걸렸어요. 전 한 번도 하나님에게 말을 걸어 본 적이 없어요. 왜냐하면 한 번도 하나님이 살아 있다고 생각해 본 적이 없거든요."

한 아이의 마지막 며칠간을 다룬 이 작품은 우리의 삶과 비슷한 면이 많습니다. 사실 전에 이 작품을 하자는 제의가 왔을 때는 별로 다가오지 않았습니다. 그런데 10년 후에 다시 대본을 받았을 때 '이 작품은 내가 해야 해.' 하는 느낌이 왔습니다. 대본을 보면서 '아, 그래. 삶이란 이런 거야.'라는 생각도 많이 했습니다. '삶이 왜 우리가 원하는 대로 흐르지 않는 걸까?', '알지도 못하면서 왜 두려워하지?'와 같은 고민을 소년의 입을 통해 돌아보는 것이 흥미로웠습니다.

작가는 백혈병에 걸린 한 아이의 마지막 12일에 대한 이야기를 소설로 썼지만, 그 이야기 안에는 여러 가지가 담겨 있습니다. 하루를 10년같이 보내 보자는 아이와 할머니의 귀여운 협정으로 아이는 10대부터 120살에 이르는 한 평범한 남자의 삶을 통해 삶의 소중함과 아름다움을 느끼게 됩니다. 어떻게 보면 우리 삶과 비슷합니다. 오스카와 장미 할머니, 신과의 대화를 통해 우리 삶의 의미를 느낄 수 있는 이 작품을 여러 사람들과 나누는 것이 나의 의무라고 생각했습니다.

연극은 '배우의 예술'이라고 흔히들 말합니다. 그만큼 연극에서는 배우가 차지하는 몫이 크기 때문입니다. 여섯 살에 어른들을 따라 보러 간 여성국극단이 하는 연극에서 무대 위의 여자가 칼을 차고 남자 역할을 하는 것이 멋있어 보였습니다. 배우가 뭔지도 모르고 그저 나도 저런 거 했으면 좋겠다고 마음에 품은 배우의 꿈이었습니다.

다른 장르에 비해 연극은 어렵습니다. 하지만 함영준 연출가도 말했듯이, 학교가 살아야 교육이 사는 것처럼, 연극이 살아야 연기 예술이 삽니다. 연기자로 데뷔한 이후 10여 편의 연극에 출연했습니다. 작품별로 캐릭터의 차이는 있지만 드라마에서는 주로 누군가의 엄마, 며느리로 출연했습니다. 영화 스크린이나 무대에서는 좀 더 다양한 모습을 보여 주고 싶었습니다. 새로운 모습으로 관객에게 다가가는 것은 언제나 설레는 일입니다. 그런 의미에서 「오스카! 신에게 보내는 편지」는 나 혼자 열한 명의 연기를 해야 하는 새로운 도전이었습니다.

장미 할머니는 첫사랑에 빠진 사춘기의 오스카를 연기합니다. 같은 병원에서 지내는 여자 친구 페기 블루를 위해 사랑의 세레나데를 부르고, 경쾌한 왈츠로 오스카의 설레는 마음을 표현합니다. 또 자신을 안타깝게 바라보는 부모에게 투정을 부리는 짓궂은 모습까지도.

연극을 준비하면서 소품 팀이 준비해 온 인형 눈을 떼 달라고 했습니다. 원작에 '눈코 입이 다 떨어졌다.'라고 나왔는데, 말

끔한 새 인형이라 통일성이 흐트러지기 때문입니다. 그만큼 배우인 나도 많은 신경을 썼습니다. 청색증을 앓는 여자 친구 페기 블루는 푸른색 풍선으로, 비만 치료를 위해 병원에 입원한 팝콘은 커다란 노란색 공으로 표현해 아이들의 천진난만한 상상력을 보여 주려고도 했습니다.

하지만 아이의 얼굴을 흉내 내려고 애쓰지 않았습니다. 내가 아이같이 목소리를 낸다고 아이처럼만 보이지는 않을 테니까. 내가 소년이 되었다고 착각하면서 연기를 했습니다. 어렵긴 어려웠습니다. 내가 무슨 짓을 하든 열 살처럼 보일 리 없습니다. 재주를 백 번 넘어도 안 됩니다. 애들 행동을 그대로 따라 하면 손발이 오글거릴 것 같았습니다. 그래서 눈을 어떻게 뜰까, 특징만 표현했습니다. 그리고 시한부 인생을 사는 어린 오스카는 신에게 무엇을 물어보고 싶어 할까, 또 장미 할머니처럼 인생을 많이 사신 분들은 오스카와 같은 어린아이에게 무슨 이야기를 해 주고 싶을까, 그런 고민을 많이 했습니다.

'나는 좋은 배우가 아닌 것 같아. 정말 바보 아냐? 이제까지 왜 몰랐을까?'

그런 생각이 많이 들었습니다. 하지만 그것이 연극의 매력입니다. 연극은 어제 몰랐던 것을 오늘 알아 가고, 오늘 몰랐던 것을 내일 알아 가는 작업입니다. 연극은 언제나 나에게 많은 이야기를 해 줍니다.

의지가지없는, 아무 데도 기댈 데도 핑계 댈 데도 없는 것이 연극 무대입니다. 물론 텔레비전 드라마든 연극이든 영화든 크게 다를 것은 없습니다. 결국은 내 진심을 다해 연기하는 것이니까. 어디서 하든 내 마음을 다해서 그 역을 연기하면 되니까. 다만 드라마나 영화와 달리 연극은 편집이 없기 때문에 연극을 하는 1시간 반에서 2시간 동안 1초도 정신줄을 놓으면 안 됩니다. 그만큼 도망갈 곳이 없습니다. 또 드라마처럼 애드리브로 넘길 수도 없습니다. 일상생활에서 하듯이 '밥 먹었니?', '어디 가니?', '잘 갔다 와.' 이런 대사가 아니기 때문입니다. 한마디라도 엉뚱한 말이 나오면 수습할 길이 없습니다.

그래서 매번 긴장됩니다. 항상 기도를 했습니다. 무대 오르기 전 한 시간 전부터는 혼자 있었습니다. 집중하려고 무한히 노력했습니다. 역할이 주어지면 맡은 역과 마음이 똑같아집니다. 힘든 역을 하면 나도 힘이 듭니다. 하지만 사람들에게 해 주고 싶은 말이 있는데 허투루 할 수가 없습니다. 배우가 쉬운 것만 할 수는 없으니까.

「오스카! 신에게 보내는 편지」는 대사 분량이 많아 다른 공연에 비해 두 배, 세 배 연습 시간을 오래 가졌습니다. 이걸 어떻게 머릿속에 다 넣나, 고민도 많았습니다. 그런데 하게 되었습니다. 대본을 계속 읽으면 소년 연기가 나왔습니다. 대사가 알려주었습니다. 마치 내가 연극영화과 학생이 된 것 같았습니다.

배우면서 했습니다. 완성된 배우란 없으며 계속해서 공부하며 알아 가야 합니다. 함영준 연출가라는 못된 시어머니를 만나서 그 일이 가능했습니다.

함영준 연출가는 "김혜자 선생님이 처음에 연습을 시작할 때는 15분만 대사를 외워도 힘들어했지만, 이제는 두 시간은 평균, 길 때는 여섯 시간까지 연습을 하신다. 신에게 편지를 보냈더니, 김혜자 선생님에게 건강을 허락하신 게 아닌가 싶다."라고 말했습니다. 이 연극을 잘하기 위해 운동도 부지런히 했습니다. 집에서 런닝머신도 하고 맨손 체조도 열심히 했습니다. 사람의 힘은 유한한 것 같지만, 어떻게 생각하는가에 따라 힘이 생긴다는 것을 경험했습니다.

원작은 본래 우리나라에 『오스카와 장미 할머니(부제-신에게 보내는 편지)』(2011년 열림원 간)로 소개되었습니다. 3개월의 연습 과정에서 함께한 스태프들과 많은 이야기를 나누고 극의 제목을 「오스카! 신에게 보내는 편지」로 하는 것이 어떨지 제안했습니다. 극 중의 오스카는 스스로 답을 구할 수 없는 많은 것들에 대해 신에게 묻기 시작합니다. 살아가며 느끼는 보편적인 의문들을 묻고 스스로 답을 찾아가는 이야기들이 이 작품 안에 많습니다. 결국 오스카가 신에게 보내는 편지는 추운 삶을 살아가는 우리 모두에게 따뜻함을 전해 주는 사랑의 편지라고 생각됩니다.

소년은 장미 할머니의 제안에 따라 매일 신에게 하루의 일상을 전하는 편지를 씁니다. "왜 신에게 편지를 써야 해요?"라고 묻는 오스카에게 장미 할머니는 "그래야 네가 좀 덜 외로울 것 같아서."라고 대답합니다. 나 역시 신에게 묻고 싶은 질문이 많았습니다. 배고픔과 전쟁에 희생되는 아프리카 아이들을 직접 만나고 오스카처럼 신에게 비슷한 질문을 하고 투정도 부렸습니다.

'왜 신은 이 아이들을 이렇게 만든 걸까?'

내 인생에서 연기하는 것이 반이면 아프리카 아이들에 대한 생각도 반입니다. 어떤 것이 더 중요하다고 말할 수 없습니다. 내가 연기를 한다는 것은 아프리카 아이들에게 관심을 갖게 하는 데 쓰이게 하려고 신이 나를 유명한 배우로 만들었구나 싶습니다.

배우인 나에게나 관람하러 오신 분들에게나 이 연극이 모든 해답을 이야기해 줄 수는 없었습니다. 신의 영역에는 이해할 수 없는 부분이 많으니까. 하지만 삶을 조금은 이해할 수 있을 것 같았습니다.

이 연극은 엄마와 소녀 모습이 공존하는 나의 특징을 가장 잘 살렸다는 평을 들었습니다. '국민 엄마'로 불릴 만큼 엄마 역을 많이 했지만 꽃과 책을 좋아하는 소녀의 마음이 나의 한 부분에 그대로 남아 있기 때문입니다. 하지만 너무 바보 같으면 안 됩니다. 순수를 잃지 않는 것도 중요하지만 나이 든 사람의 지혜도 있어야 합니다. 이 연극을 하면서 필요한 것이 그것이었습니다.

삶은 고통의 연속이며 죽음은 아무도 비켜 나가지 못합니다. 하지만 죽음은 끝이 아니라고 나는 생각합니다. 법 없이도 살 것 같은 사람, 평생 고생만 하던 사람이 죽은 후 끝이라면 얼마나 허무할까요? 나는 뒤늦게 하나님을 만난 후 천국의 존재를 믿습니다. 하나님은 고통을 주면서 나의 정신 근육을 키워 주셨습니다.

공연을 할 때는 관객을 잘 볼 수가 없습니다. 무대에서는 객석이 그냥 뿌옇게만 보이는데, 하루는 맨 앞자리에 앉은 관객 한 명이 얼굴이 무척 하얀 분 같았습니다. 그런데 공연 내내 자고 있었습니다. 그 모습을 보는 순간 내 가슴이 두근두근 뛰었습니다. 순간적으로 내가 연기를 잘 못하나, 왜 저 사람은 저렇게 자나, 그런 생각이 들었습니다. 눈을 감고 대사를 음미하고 있는 것이 아니라 보름달같이 둥근 얼굴을 뒤로 젖힌 채 자고 있었습니다.

공연이 끝나고 나서 "나, 그 사람 때문에 연극 망쳤어."라고 했더니 스태프 중 한 명이 말했습니다.

"그 사람은 가장 좋은 표를 사서 맨 앞자리에 앉았어요. 얼마나 선생님을 보고 싶으면 그렇게 했겠어요? 그런데 하루 종일 얼마나 힘들게 일했으면 잠들었을까요?"

그 말을 들으니까, 정말 그렇겠구나 하고 생각했습니다. 마음을 바꾸면 불평할 게 없습니다. 다 감사합니다. 이 연극은 라이브 피아노 연주와 함께 진행되는 독특한 형태인데, 프랑스 몽트뢰이 국립음악원을 수석 졸업한 재즈피아니스트 엄주빈 씨가 쇼팽의 녹턴 2번 야상곡을 시작으로 영화「세 가지 색:블루」에 나온 곡, 쇼팽의 왈츠곡, 에디트 피아프의 '장밋빛 인생' 등을 최고의 연주로 들려주었습니다. 어린 피아니스트가 연주를 하기도 했습니다.

「오스카! 신에게 보내는 편지」는 나에게 특별한 의미가 있는 작품입니다. 원작 작가의 말처럼 '죽음을 눈앞에 둔 채 침묵과 맞서 싸워야 했던 이들에게 바치는 헌사이자 삶에 대한 찬가'입니다. 살면서 삶이 내가 원하는 방향으로 흘러가지 않는다고 생각할 때가 있었습니다. 신에게 왜냐고 물었습니다. 어떤 나무는 크게 자라 꽃을 피우고 열매를 맺는데, 왜 어떤 나무는 어려서 가지가 부러져 꽃을 피우기도 전에 죽는 걸까? 왜 세상은 공평하지 않을까? 아프리카를 다니며 일기에다 신에게 많은 편지를 쓰곤 했습니다. 그러나 신은 아무 대답이 없었습니다.

어느 날 정해진 답은 없다는 걸 깨달았습니다. 이 연극 속 대사처럼 진지한 질문은 진지한 질문으로 남아 있게 마련이라고. 이 작품을 통해서 삶을 보는 법을 배웠습니다. 그래서 아무것도 허투루 할 수 없습니다. 마치는 날까지 나의 삶에 최선을 다 해야 합니다.

열흘째 되던 날, 다시 말해 죽기 이틀 전 오스카는 이렇게 신에게 편지를 씁니다.

"오늘 난 백 살이 되었어요. 장미 할머니처럼요. 계속 잠이 쏟아지지만 기분은 좋아요. 난 엄마랑 아빠에게 삶이란 참 희한한 선물이라고 얘기를 해 줬어요. 사람들은 처음에는 이 선물을 과대평가해요. 영원한 삶을 선물받았다고 생각하는 거예요. 하지만 나중엔 과소평가해요. 지긋지긋하다느니 너무 짧다느니 하면서 내동댕이치려고 해요. 그러다 시간이 지나면서, 결국 선물받은 게 아니라 잠시 빌린 거라는 사실을 알게 돼요. 그래요, 삶은 선물이 아니에요. 잠시 빌린 것이죠. 빌린 거니까 잘 써야죠. 함부로 쓰면 안 되는 거예요."

삶은 그냥 살아가는 것밖에 답이 없는 것 같습니다. 아픈 오스카만 시한부 인생을 사는 게 아닙니다. 몸이 성한 우리 인생도 마찬가지입니다. 매일매일 처음 보는 것처럼 세상을 바라봐야 합니다. 우리는 인생을 너무 낭비할 때가 많습니다. 며칠을 살더라도 얼마만큼 가득 차게 사는가, 그것이 중요합니다. 삶은 선물임을 잊지 말아야 합니다.

삶과 죽음이 그리 멀리 있지 않다고 이 연극은 말합니다. 그러기에 나는 아무것도 계획하지 않습니다. 삶에는 정해진 답이 없기 때문입니다. 나한테는 그것이 답입니다. 대본에 '처음 본 느낌 그대로 삶을 바라볼 수만 있다면'이란 말이 있습니다. 첫사랑의 마음을 잃지 않으면 순간순간이 새롭고 기쁨으로 채워질 수 있다고. 익숙하면서도 새롭게 다가갈 수 있다면 그것보다 좋은 일이 없습니다. 잠시 빌린 우리의 삶, 많은 일들이 일어난다 해도 눈부시게 아름다운 삶입니다.

오스카가 묻습니다.

"삶에는 해답이 없다는 건가요?"

장미 할머니가 말합니다.

"삶에는 여러 가지 해답이 있다는 거지. 그러니까 정해진 해답은 없는 거야."

오스카가 말합니다.

"내 생각에는요, 장미 할머니, 삶에는 사는 것 외에 다른 해답이 없는 것 같아요."

(서울 영등포 타임스퀘어 CGV 아트홀에서 첫 공연을 시작한 연극 「오스카! 신에게 보내는 편지」는 구리, 용인, 천안, 청주, 군산, 부산, 여수, 춘천, 전주, 울산, 대구, 당진, 제주에서 매회 80%에 이르는 객석 점유율을 보이며 순회 공연했다. 김혜자는 이 연극으로 2013년 최고의 티켓 파워를 보여 준 작품과 배우를 가리는 골든티켓어워즈에서 연극 여자배우상을 수상했다.)

너는 사라진다, 그러므로 아름답다

「디어 마이 프렌즈」(홍종찬 연출, 노희경 극본 2016년 tvN 16부작 드라마. 김혜자·나문희·고두심·박원숙·윤여정·김영옥·신구·주현·조인성·고현정·신성우 출연. 황혼 청춘들의 인생 찬가를 그린 드라마)는 등장인물 모두가 삶을 외치는 드라마입니다.

매회마다 많은 시청자들의 공감을 불러일으키고, 텔레비전 앞을 울음바다로 만들었습니다. '시니어 어벤저스'라는 수식어가 붙을 정도로 평균 연기 경력 50년 가까이 된 배우들이 총출동해 열연을 펼쳤습니다. 누군가가 말했듯이, '연기의 신'들이 내놓는 요리들에 시청자들이 웃고 울면서 감정의 카타르시스를 경험한 작품입니다. 실컷 울어도, 실컷 웃어도 마음이 순해집니다. 의도치 않게 서로에게 상처를 주고, 또 그 상처를 어루만져 주기도 하면서 살아가는 우리 자신의 이야기입니다.

노인들의 이야기이지만 젊은층에게도 인기가 높았습니다. 그저 나이가 들었을 뿐 똑같은 '사람'의 이야기이기 때문입니다. 나이가 몇이든, 살아온 과정이 어떠하든, 지금 이 순간 살아 있음을 느끼려고 시도하는 것만큼 값진 일은 없습니다. 드라마 서두에서 37세 프리랜서 작가 박완(고현정)은 말합니다.

"늙은이들 얘길 누가 읽어? 솔직히 관심 없어. 안궁이라고!"

이 드라마는 그렇게 말한 박완이 '엄마의 늙은 친구들'에 관한 소설을 쓰기로 결심하고서 여덟 명의 엄마 친구들을 취재하는 과정에서 드러나는 가슴 먹먹한 이야기입니다.

대본을 쓴 노희경 작가는 물론이고, 홍종찬 PD는 뛰어난 연출가입니다. 이 드라마에서 처음 작품을 함께했는데, '낡은 것을 무척 싫어하는 사람이구나.' 하고 느꼈습니다. 첫인상부터가 매우 얌전한 사람입니다. 닮은 사람들끼리 모인다는 말을 이 작품 하면서 다시 알았습니다. 감독이 그런 사람이니 스태프들도 좋았습니다. 카메라와 조명 담당 모두 그토록 친절하고 섬세한 스태프들은 처음 보았습니다. 이런 말이 맞는지 모르지만, 사람들이 참 깨끗했습니다. 그들에게 애정과 고마움이 저절로 느껴졌습니다.

이 팀은 배우가 대사를 뭉개도 그대로 살립니다. 다른 드라마 같으면 다시 한번 하자고 하는데 이 팀은 그렇게 하지 않습니다. 노인들이 일상에서 하는 말이 그렇기 때문입니다. 매사에 또박또박 말하는 사람은 없으니까요. 그렇게 좀 뭉개도 상황상 앞뒤를 보면서 시청자는 다 알아듣습니다. 그것을 또 제작진이 압니다. 그래서 그 느낌 그대로 살립니다. 연기 잘하는 사람들만 모였으니, 그렇게 하니까 다큐 보는 듯 자연스러운 연기가 나옵니다. 작가도 대단하지만 연출의 힘입니다. 연기자가 나이를 먹으면 젊고 똑똑한 연출과 작품을 해야겠구나 싶었습니다.

종영 후 인터뷰에서 홍종찬 연출가는 "촬영 현장이 이렇게 멋진 곳이라는 걸 다시 느끼게 해 준 작품이다. 감히 말하건대 제 인생의 가장 행복한 시간이었다."라고 했다고 합니다. 인터넷 검색을 해 보니 이렇게 말한 내용도 있습니다.

"작품을 하면서 놀란 게 배우 분들의 열정이었어요. 사실 다들 연세가 있으셔서 장시간 촬영도 힘드실 테고 아프시면 어쩌나 걱정도 있었는데 이분들의 연기자로서 자존심과 열정은 도저히 따라가기 힘들 정도로 젊은 사람들을 넘어서시더라고요. 특히 매 장면 연구하시면서 계속해서 도전하는 모습에 저도 많은 영감을 받았어요. 후반부로 갈수록 등장인물들의 감정이 짙어졌어요. 여러 사건들이 절정에 이르면서 진한 감정을 쏟아내는 장면에서는 저도 모르게 현장에서 눈물이 나올 것만 같아 카메라 렌즈를 들여다보기 어려운 순간도 있었습니다. 새로운 경험이었어요."(2016. 9. 10 스포츠한국 인터뷰.)

연기가 잘 안 되면 내가 죄송하다고 했더니, 그럴 때마다 "그런 말씀 하시지 말라. 죄송해하실 것 하나도 없다."고 말해 주었습니다. 배우는 오직 연기를 하기 위해 존재하는 것인데 왜 나에게 어려워하는지, 왜 나를 특별대우해 주려고 하는지 모릅니다. 연기가 잘 안 되면 나는 갑자기 콧등에 진땀이 솟습니다. 어디서 그렇게 땀이 솟는지 모르겠습니다.

끝나고 연출의 얼굴을 보고서 석연치 않아 하는 것 같으면 한 번만 더 하자고 내가 이야기합니다. 연기 경력이 많은 배우라고 해서 완벽한 것은 아닙니다. 나이 먹은 사람이 나이 먹은 역을 한다고 해서 다 알지 못합니다. 젊은 연출의 도움을 받고 있어서 좋았습니다.

촬영하고 나서 편집하는 것을 보고는 노희경 작가가 말했습니다.

"카메라가 배우들을 사랑하는 것 같아요."

카메라를 그냥 들이대는 것이 아니라 사랑하는 것 같다는 그 표현이 좋았습니다. 작가라서 보는 눈이 다르구나 하고 생각했습니다. 실제로 그렇게 보일 정도로 연출가와 촬영감독이 배우들을 살려 주었습니다.

그래서 촬영장 가는 것이 좋았습니다. 오랜 세월 함께 연기한 배우들을 다시 만나는 것도 애틋했습니다. 주현 배우도 CF에서 15년을 함께했는데 여기서 다시 만나니 반가웠습니다. 그들을 만나면서 내 얼굴에서 반가워하는 표정이 나오는 것을 나 스스로 알았습니다.

내가 역을 맡은 72세 희자는 치매에 걸려서도 어떻게든 혼자서 버텨 내려고 안간힘을 씁니다. 6개월 전 남편이 죽고 나서 사는 게 두려워집니다. 남편의 장례식장에서 세 아들들은 자신이 혼자서는 아무것도 못하기 때문에 "어머니가 아버지보다 먼저 돌아가셨어야 한다."라고 말합니다. 희자는 슬픔에 빠질 틈도 없이 '나보고 먼저 죽으라는 소린가?' 하는 생각만 머리에 맴돕니다. 그래서 "혼자 살 수 있다!"를 되뇌이며 일상을 시작하지만, 막상 혼자 살아 보니 마음처럼 되지 않습니다.

하루 세 번 웃통을 벗고 운동을 하면서 자신을 향해 윙크를 날리는 이웃집 남자(다니엘 헤니)로 인해 불안감이 증폭됩니다. 그래서 문을 꼭꼭 걸어 잠급니다. 절친 정아(나문희)와 함께 이웃집 남자의 정체를 밝히러 찾아갑니다. 알고 보니 사진작가인 그 남자는 희자가 아니라 자신이 먹이를 주는 집 앞 길고양이를 보고 있었던 것입니다. 희자가 착각하던 사랑의 눈빛은 그녀가 아닌 고양이에게 향한 것이었습다. 하지만 망상에 젖은 희자는 그게 아닐 거라고 확신합니다. 정아가 그녀더러 정신이 이상해진 것 같다고 하자, 자신이 이상하지 않다는 걸 증명해 주겠다며 정신과를 찾습니다. 그리고 의사에게서 망상성 치매 진단을 받습니다.

희자는 한 번에 모든 것을 끝낼 수 있는 장소를 찾아서 고층 아파트 옥상에 올라서지만 포기합니다. 자신은 상관없는데 지나가던 행인들을 덮칠 수도 있다는 생각 때문입니다.

급격하게 기억력이 약해진 희자는 사람들을 못 알아보기 시작합니다. 그렇게 조금씩 세상과 멀어지고 있음을 느낍니다. 자신이 아프다는 사실을 알고 난 후 변한 사람들의 모습이 힘들기만 합니다. 하지만 그보다 더욱 견디기 힘든 것은 치매가 심해질수록 점차 또렷해지는 과거의 아픈 기억들입니다. 평생 착하게만 산 듯한 희자는 기억을 잃어 가면서 '회개'한다는 말만 반복합니다. 매일 새벽 잠옷 차림으로 성당에 가서 참회의 기도를 올립니다.

마침내 희자는 친구 충남(윤여정)에게 부탁해 '안 비싸고 좋은' 치매 요양원으로 들어갑니다. 그곳 1인실 침대에 앉으며 희자는 충남에게 "나 두고 떠나."라고 말합니다. 막내아들이 희자를 찾아와 울며 함께 집으로 가자고 하지만 그녀의 선택은 흔들림이 없습니다. 자신 때문에 자식들이 힘들어지는 것이 싫습니다.

하지만 치매로 오줌을 지리는 모습을 누군가가 보게 되는 것을 견딜 수 없습니다. 자신이 나가지 못하도록 문과 창문에 자물쇠를 달아 놓은 삶도 참기 힘듭니다. 치매라는 이유로 감시당하는 삶 대신 마지막까지 자존감을 지키려고 합니다.

해피엔딩의 노인 인생을 그린 책을 쓰고 싶어 하는 박완이 "참고 배려하고 그러면서도 행복하고."라고 하자 희자는 외로운 심정을 토로합니다.

"그건 가짜야. 나는 애들이 괘씸해. 내가 아침부터 24시간 얼마나 외로운지 안 쓸 거면, 나 네 책에서 빼. 내가 24시간 뭘 하는지. 내가 이 작은 몸으로 남편까지 네 남자를 키웠어. 그런데 나를 이곳에 가두고."

미화되지 않은 있는 그대로의 인간의 삶이 이 드라마에 고스란히 담겨 있습니다.

「디어 마이 프렌즈」에서 연기하면서, 늙는다는 것은 슬프고 서글픈 일이라는 것을 많이 느꼈습니다. 늙으니까 기억도 깜빡거리고, 자식들은 엄마를 약간 바보 취급합니다. 마음대로 빨리 죽어지지도 않고, 살아서 신나는 일도 없습니다. 엘리자베스 2세 영국 여왕(1926~2022)이 96세를 일기로 세상 떠난 뉴스를 보면서, 나랏일로 바빴겠지만 그래도 살기 힘들었을지도 모른다는 생각을 합니다. 자식들이 이런저런 일들로 논란거리가 되고, 며느리 다이애나 왕세자비가 불행하게 죽는 것까지 다 봐야만 했으니까.

자식들은 왜 그렇게 부모에게 야단을 치는지 모르겠습니다. 그렇지 않은 사람도 있겠지만, 대부분 야단치는 말투입니다. 이 드라마에서도 막내아들 민호(이광수)가 나에게 소리를 버럭버

력 지르는 것이 서글펐습니다. 「우리들의 블루스」에서도 아들 동석이 엄마인 나에게 그렇게 하는데, 그럴 때면 이 사람들이 실제로 배우인 내가 싫어서 그렇게 악을 쓰나 하는 바보 같은 생각까지 들었습니다.

나는 작가들을 옛날부터 존경했습니다. 물론 김정수, 김수현, 노희경 작가처럼 잘 쓰는 작가를. 작가들은 어떻게 다 알까? 늙도록 살아 보지도 않았는데, 어떻게 나이 먹은 사람의 심정을 이렇게 잘 알까? 실로 존경하지 않을 수 없습니다. 이 드라마에서 내가 맡은 역은 치매에 걸리는 슬픈 역이지만, 잘 쓰는 작가라서 믿고 했습니다.

이런 장면이 기억납니다. 드라마 속에서 정아의 엄마가 죽어서 화장한 유골을 친구들과 함께 바닷가 절벽에 앉아 한 움큼씩 바다에 뿌립니다. 그 장면을 찍는데 왠지 신발을 벗어야 할 것만 같았습니다. 그래서 나는 신발을 얌전히 벗어 놓고 맨발로 바위에 앉아서 유해를 뿌렸습니다.

그 장면을 두고 친구 영원 역을 맡은 박원숙 배우가 어느 매체와 인터뷰하면서, "내가 신발을 벗었으면 발이 너무 커서 아무 매력 없었을 텐데, 혜자 언니는 발이 작아서 여성스러웠다."라고 했습니다. 박원숙 배우는 그렇듯 성격 좋고 적극적이라 촬영하면서도 먼저 다가와 활짝 웃으면서 얘기를 건네고, 잊지 않고 전화도 합니다. 박원숙 배우는 입도 무겁고 참 좋은 사람입니다. 그래서 나중에 그이가 집 짓고 사는 남해에도 다니러 갔었습니다.

충남 역의 윤여정 배우는 아주 오래전 내가 형편이 어려워 셋방에 살 때 한번 놀러온 적이 있습니다. 친근하고 사교적인 사람입니다. 나와 친해지려고 모처럼 찾아왔는데, 내가 아기만 만지고 있으니까 아마도 재미가 없었을 것입니다. 나중에 「사랑이 뭐길래」에서 함께 호흡을 맞추며 연기했습니다.

이 드라마의 이야기를 풀어 나가는 박완의 엄마 난희 역으로 나온 고두심 배우는 배우이기 이전에 멋진 사람입니다. 「전원일기」에서 22년 동안 나의 며느리 역을 했지만, 사실 그때는 그다지 친한 사이가 아니었습니다. 내가 천성적으로 혼자 있기를 좋아하고, 또 자주 아프리카를 다녔기 때문에 드라마 촬영이 끝나면 사적으로 대화를 나눌 기회가 많지 않았습니다. 「디어 마이 프렌즈」와 「우리들의 블루스」를 함께하면서 많이 가까워지고, 인간 고두심을 좋아하게 되었습니다.

드라마 촬영 틈틈이 나에게 어렸을 때 얘기를 해 주었는데, 들으면서 눈물이 났습니다. 집이 말할 수 없이 가난해서, 열 살 때 새끼돼지 열 마리를 큰 보자기에 싸서 등에 이고 장에 가서 팔아 오라고 시켰다고 합니다. 도중에 보자기가 풀려 새끼돼지들이 사방으로 흩어져서 "내 돼지, 내 돼지!" 하면서 잡으러 다녔다고 합니다. 세상에! 한 마리도 아니고 어린애한테 새끼돼지를 열 마리나 팔아 오라고 시키다니! 얘기가 신기하고, 눈물 나고, '아, 고두심, 멋있다.' 하고 생각했습니다.

나는 겪어 보지 않은 일을 어렸을 때부터 그렇게 혼자서 겪어서 고두심 배우는 어른이 빨리 되었습니다. 모든 면에서 나보다 어른답고, 인생에서 많은 일들을 경험해 속이 툭 트인 사람입니다. 그래서 함께 있는 것이 좋았습니다. 오히려 언니 같고, 자신이 살아온 얘기도 많이 들려줘서 감동하며 들었습니다.

나는 「디어 마이 프렌즈」에서 잊히지 않는 장면이 있습니다. 상대역인 주현 배우에게 "나 잠이 안 와."라고 했더니 자장가로 '서머타임'을 불러 줍니다. 그때 너무 좋았습니다. 치매가 깊어도 사랑이 구원하는구나 하는 생각이 들었습니다. 사랑만이 답인 것입니다.

드라마 속에서 주현 배우는 우리가 처녀 총각일 때 잠깐 연애를 한 사이입니다. 그러다가 늙어서 남편 죽은 후에 다시 만납니다. 이 남자가 성당에서 여자가 할 만한 일감들을 받아다 나에게 가져다줍니다. 단추 붙이는 거, 묵주 꿰는 것 같은 허드렛일을.

나는 주현 배우가 맡은 남자 역이 참 좋았습니다. 촬영을 하면서도, 나중에 방송으로 보면서도, '인생에서 저런 남자가 있으면 좋겠구나.' 하고 생각했습니다. 뭐든지 받아 주고, 나를 귀엽다는 듯이 바라보고, 내 아들이 싫어하는데도 찾아와서 일감을 주고 갑니다. "네가 다른 남자에게 시집 가고 나서 내가 몇 날 며칠을 울었는지 아느냐?"라고 말하는 순정파입니다. 옛날 애인인데도 늘 와서 나를 보호해 주고, 다정하게 대해 주고, 여행도 데려갑니다. 그리고 군불 때는 방에서 가운데에다 가방으로 금을 그어 놓고 둘이서 잡니다. 그때 남자가 말합니다.

"참 세월이란 게 웃기다. 젊었으면 뺨을 맞아도 너를 으스러지게 안았을 텐데, 지금은 졸려서 못 안겠다."

그런 장면들이 무척 좋았습니다.

그 방에서 자고 일어나 아침에 해 뜨는 것을 둘이서 바라봅니다. 그때 내가 손을 내밉니다. 남자는 이 여자가 하도 새침데기이니까 가만히 있습니다. 여자가 말합니다.

"손 잡아. 무안하게 손 잡으라고 내밀었는데, 왜 안 잡아?"

그러니까 손을 잡습니다. 또 내가 친절하게 해 주니까 남자는 너무 좋아서 춤추는 걸음걸이로 담 옆을 걸어갑니다. 내가 안 보는 데서 막 춤을 추면서 갑니다.

대본 속 인물이지만 그런 남자가 곁에 있어서 마음이 따뜻하고 안심이 되었습니다. 우리가 인생에서 바라는 것은 큰 것이 아닐지도 모릅니다. 다정하게 어루만져 주는 것, 재미있는 대화를 나누는 것, 어려움 속에서 서로를 보호해 주는 것이 전부일런지도 모릅니다.

스스로 요양원을 선택한 희자이지만 그 상황이 두렵고 힘들 수밖에 없습니다. 모두를 위한 선택이긴 하나 병든 사람들과 함께 그런 식으로 죽어 간다는 사실이 참을 수 없습니다. 마지막 회에서 희자는 요양원을 탈출합니다. 치매에 걸린 희자는 새벽에 정아에게 전화를 걸어 요양원으로 자신을 데리러 와 달라고 부탁합니다.

"너는 죽더라도 길 위에서 죽는다고 했지. 정아야, 나도 그러고 싶어. 감옥 같은 좁은 방 말고."

어찌 보면 우리 모두 길 위에 선 삶입니다. 아니면 이 드라마에 나오는 대사처럼 '우린 다 인생이라는 기로에 서 있는 쓸쓸한 방랑자'인지도 모릅니다. '죽더라도 길 위에서 멋지게 죽을 거야.'라고 선언하며 희자와 정아는 호기롭게 차를 몰고 떠나지만, 요실금 때문에 차를 세워야만 합니다.

「디어 마이 프렌즈」를 하면서 다른 배우들 연기 보는 재미도 컸습니다. 정아 역은 '나문희 이상 할 수 있는 배우가 있을까?'라고 생각하면서 매번 감탄하며 봤습니다. 윤여정 배우는 말할 것도 없습니다. 극 중에서 그녀가 맡은 충남이 나이 어린 교수들에게 "니들이 지은 죄 중에 가장 큰 죄는 니들 스스로 니들 가치를 모른 거."라고 할 때, 그리고 고두심 배우가 아픈 엄마에게 "나 속 썩이려고 병원 안 가시냐?"고 악다구니 쓸 때, 말 그대로 '연기의 신들'이 느껴졌습니다. 박원숙 배우가 드라마 속에서 옛 연인과 재회하는 장면은 잠깐이지만 그간의 세월이 느껴졌고, 주현 배우는 얼렁뚱땅하는 것 같지만 다 표현합니다. 신구 배우는 이 드라마에서 처음 같이했는데, '정말 잘하는구나. 내가 신구 배우를 이제야 처음 만난 걸 보면 아직 연기해야 할 게 한참이구나.' 하고 생각했습니다.

"인생은 원래 막장이야."라고 모두가 외칩니다. 그리고 자신들의 영정 사진을 재미 삼아 찍습니다. 엄마 친구들의 이런 다양한 삶을 알게 된 박완은 마지막에 말합니다.

"다만 소원이 있다면 지금 이 순간이 좀 더 오래 가길, 아무런 미련이 남지 않게 조금 더 오래 가길."

박완이 희자에게 묻습니다. 늙은 모습이 싫다면서 왜 화장도 안 하고 영정 사진을 찍었느냐고. 희자가 말합니다.

"친구들 사진 찍을 때 보니, 오늘 지금 이 순간이 자신들에게는 가장 젊은 한때더라."

드라마가 종영되고 시청자 게시판에는 '인생 드라마'라는 찬사가 쏟아졌다고 들었습니다. '드라마를 보면서 성장하게 되었다.'는 댓글도 있었습니다. 이 드라마를 하면서 나도 많이 배웠습니다. 사람은 죽는 날까지 배워야 한다더니, 신이 이렇게 배려하신 것 같습니다. 많이 배웠고, 인생에 대해 여러 생각을 했습니다. 그래서 살아 있는 것을 느꼈습니다.

내가 이렇게 작은 역할을 하기는 처음인데도, 대본에서 볼 게 너무 많았습니다. 다섯 여자의 인생이 다 얽혀 있다 보니, 대본 안에서 들여다봐야 하는 것이 많았습니다. 그 사람들의 삶을 보는 게 흥미롭고 진력나지 않았습니다. 또 다섯 명의 여자가 연결된 신이 많아서 한두 마디 하려고 다 함께 기다리며 촬영할 때가 많았는데, 그동안 조연과 단역들이 주연인 내가 연기하는 동안 이렇게 기다렸겠구나 싶은 생각에 미안하고 고마운 마음이 많이 들었습니다.

PD 저널의 방연주 객원기자라는 분은 「디어 마이 프렌즈」를 보고 리뷰에 노벨문학상을 탄 쉼보르스카의 시를 인용했습니다(비스와바 쉼보르스카의 시 '두 번은 없다' 중에서).

힘겨운 나날들, 무엇 때문에 너는 쓸데없는 불안으로 두려워하는가.
너는 존재한다 그러므로 사라질 것이다.
너는 사라진다 그러므로 아름답다.

어떻게 사는가보다 어떻게 죽는가가 중요해지는 순간이 인생에는 있습니다. 우리 모두는 시한부 인생을 살고 있기 때문입니다. 노희경 작가가 한 말처럼, 나이를 먹었기 때문에 젊은이들과는 차원이 다른 치열함을 살고 있는 '나의 친애하는 친구들'과 함께해서 좋았습니다. 그리고 "아직 끝나지 않았다."라는 희망을 세상에 전할 수 있어서 좋았습니다. 좋은 영향 미치는 아름다운 작품을 하는 게 꿈인 내게 참으로 감사한 작품입니다. 인생이 어렵고 힘들지만 우리를 일으켜 세우는 것은 결국 사랑임을 다시 느꼈습니다.

언제까지나 사람들에게 희망을 주고 나도 하면서 즐거운, 그런 작품을 하고 싶습니다. 「디어 마이 프렌즈」를 만난 것이 연기자로서 축복이었습니다. 내가 배우로서 살아 있다는 것을 다시 느끼게 해 준 작품입니다.

(tvN이 20대에서 40대를 타깃으로 한 케이블 방송임에도 「디어 마이 프렌즈」는 케이블과 종편을 통틀어 8주 연속 동시간대 시청률 1위 자리를 지켰으며, 역대 tvN 프로그램 중 시청률 5위의 기록을 세우며 한국 드라마의 소재와 다양성을 확대시킨 수작으로 남았다. 한국방송비평상 드라마부문 대상, 코리아 드라마 어워즈 작가상, YWCA가 뽑은 좋은 TV프로그램상 대상, 백상예술대상 TV부문 드라마 작품상, 백상예술대상 TV부문 극본상을 수상했다.)

혼자 저쪽에 서 있는 들풀 같은 사람

노희경 작가와는 「디어 마이 프렌즈」로 처음 만났습니다. 그녀가 대본을 쓴 드라마 「거짓말」(표민수 연출, 노희경 극본 1998년 KBS2 20부작 드라마. 배종옥·이성재·유호정·주현·윤여정 출연. 사랑을 거짓말이라는 상징적인 내면 언어로 그린 작품)을 보고 인상에 남았습니다.

"사랑을 하면서 강한 사람은 없어. 사랑을 하면 모두가 약자야. 상대에게 연연하게 되니까. 그리워하게 되니까. 혼자서는 도저히 버텨지지 않으니까. 우리는 모두 약자야."

이런 대사가 마음에 꽂혔습니다.

그때 마침 노희경 작가를 잘 아는 방송국 사람을 만나게 되어, 내가 말했습니다.

"노희경 작가에게 전해 주세요. 저런 작품 나도 하고 싶다고."

그러고는 잊어버리고 있었습니다. 그로부터 20년이 흘러 노희경 작가에게서 연락이 왔습니다. 내가 사는 연희동 쪽으로 홍종찬 연출가와 함께 찾아왔습니다. 집 근처 카페에서 만났는데, 그때가 첫 만남이었습니다.

내가 웃으며 말했습니다.

"하자고 할 때는 안 하고 왜 이제 하자고 해요?"

그러자 노희경 작가가 말했습니다.

"변명처럼 들리시겠지만 드라마 판도가 바뀌었어요. 어른들 이야기를 하지 않은 시대에 저도 편승했었거든요."

나는 그 말이 잘 이해되지 않았고, 몇 마디 더 나눈 끝에 지금은 함께하지 않는 것이 좋겠다는 판단이 섰습니다. 내 생각을 말하고 자리에서 일어서려는데, 연출가가 당황해서 나를 붙잡았고, 노희경 작가도 작품에 대해 자세히 설명하고 싶어 했습니다. 그래서 다시 앉아서 작품의 줄거리와 내가 맡을 역에 대해 들었습니다. 솔직히 그때 나는 내 배역에도 관심이 끌리긴 했지만, 작품을 설명하는 작가의 얼굴을 한참 바라본 끝에 그 작품을 하기로 결정했습니다.

나와는 결이 많이 다른 사람이라는 느낌이었습니다. 그동안 함께 작품을 해 온 김정수, 김수현 작가와도 많이 달랐습니다.

너무 냉정해 보여서 왠지 나와 맞지 않는 작가라는 느낌이 들었습니다. 오히려 그래서 하기로 했습니다. 무엇인가 이제까지와는 다른 작가와 해 보고 싶었습니다.

노희경은 독특한 인물이었습니다. 개성이 무척 강하고, 시청률이나 배우들의 요구에 타협하지 않는 면모가 처음부터 보였습니다. 그리고 쪽대본을 절대로 쓰지 않는다는 자세가 마음에 들었습니다.

그녀의 대본에는 지문이 많이 없습니다. 배우에게 불친절한 것이기도 하고, 군소리가 없는 것이기도 합니다. 지문이 없다는 것은 대본이 연기하는 사람에 따라 다르게 나온다는 것입니다. 그 점 때문에 나는 그녀의 작품을 좋아합니다. 배우가 누구냐에 따라 다 달라집니다. 그래서 두렵기도 합니다. 내가 아는 만큼 표현되니까. 반대로 좋은 의미의 긴장감도 듭니다.

대본을 보면서, '아, 그래, 알았어. 그래서 이렇게 썼구나. 당신이 무엇을 원하는지 알았어.'라는 생각을 하며 연기합니다. 작가도 나의 연기를 보면서 '그래, 알았어. 왜 그렇게 연기하는지 알겠어.'라고 할 것입니다.

노희경 작가가 가장 많이 쓰는 지문은 '담담히', '덤덤히'입니다. 특별한 감정의 흔들림 없이 그저 아무렇지 않은 듯 연기하라는 뜻입니다. 하지만 속에서는 소용돌이치는 많은 것이 느껴져야 합니다. 나는 그것을 살리려고 노력합니다. 작가가 어떤 여자를 그리려고 했을까 계속 생각하고, 내가 그 여자 안으로 들어가야 하니까 상상력을 동원해야 합니다. 그만큼 노희경 작가의 단순한 대사들 속에는 등장인물의 내면 풍경이 담겨 있습니다.

노희경 작가가 쓴 대본을 보면 나에 대해 너무 많이 안다는 느낌이 듭니다. 내 연극도 보고, 연구를 많이 했습니다. 나를 보면서 이렇게 생각했다고 했습니다.

'직접 만나면 이렇게 젊은데, 왜 화면에서는 늙어 보이실까?'

그러면서 내가 말이 느려서 그런 것 같다며 대사를 좀 빨리 해 보라고 했습니다. 그것이 많은 도움이 되었습니다. 내가 지금까지 내던 대사 속도와 톤이 구태의연한 것이었음을 깨달았습니다.

그녀가 나를 연구하는 만큼 나도 노희경 작가를 연구합니다. 그녀의 생각이 어떤지 알아보려고 대본을 자꾸만 들여다봅니다. 내 배역만이 아니라 다른 역들의 대사도 다 살펴봅니다. 다른 인물들의 삶도 모두 들여다봅니다. 그녀의 대본에는 읽을 것이, 다시 말해 발견할 것이 많습니다.

너무 당연한 말이지만, 잘 쓰는 작가의 작품일수록 나는 연기를 잘했습니다. 잘 못 쓰는 사람의 글은 아무리 연구하고 파고 파도 별게 없으니까 그렇습니다. 배우로서 보여 줬던 얼굴 또다시 보여 주는 것이 무섭습니다. 어차피 한 사람의 비슷한 얼굴이지만, 그래도 싫습니다. 이런 상황일 때 어떻게 다르게 표현해야 시청자가 이전 드라마를 떠올리지 않을까 무척 신경을 씁니다. 말 한마디도 다르게 하려고 노력합니다. 실제로 같은 말이라도 사람마다 다 다르게 말합니다. "그랬어요?"라는 말도 사람마다 다 다르게 합니다. 그런 것을 보면서 내 연기에 반영합니다.

「우리들의 블루스」 촬영을 앞두고 주연급 배우들이 모여 대사 연습을 했습니다. 연습이 끝나고 호텔 내 방으로 돌아왔을 때, 노희경 작가가 전화를 걸어 나에게 쓴소리를 했습니다.

"언제까지 엄마를 그렇게 소녀처럼 하시면 되겠어요? 맨날 엄마를 소녀같이 하면 누가 선생님을 또 쓰겠어요?"

그 순간에는 '이 사람이 미쳤나?' 하고 생각했습니다. 기가 막히고 자존심이 상했습니다. 그런데 곰곰이 생각해 보니까, 그 말 속에 어떤 진실이 들어 있었습니다. 극 중 인물 강옥동이라는 여자는 매우 불우한 여자입니다. 일곱 살 때 부모 다 죽고, 오빠는 친구하고 놀다가 뱀에 물려 죽고, 여동생과 둘이서 남의 식당에서 식모살이하고, 결혼해서는 남편도 딸도 바다에서 잃습니다. 어린 아들을 데리고 다른 남자의 첩이 되어 들어가 온갖 수모를 다 겪습니다. 결코 감상적인 엄마, 예쁘고 다정다감한 엄마가 아닙니다.

그런데 내가 또 사랑스럽고 다정한 엄마를 연기하니까 그렇게 지적한 것입니다. 그래서 독하게 해야겠다고 마음먹었습니다. 그다음부터는 내 습관대로 하려다가도 그녀의 말이 떠올랐습니다.

'아, 내가 또 그렇게 보이겠구나.'

노희경 작가는 나를 위해 그 말을 한 것입니다. 작가가 그려준 엄마는 그런 엄마가 아닌데, 내가 해 오던 대로 하니까 말투를 칼칼하게 하라고 했습니다. 그런데 내가 그 '칼칼'이라는 단어를 자꾸 잊어버려서 연출가에게 "노희경 작가가 어떻게 하라고 했었죠?" 하고 물으면 "칼칼하게요."라고 말해 주었습니다. 그것을 자꾸 까먹어서 몇 번을 물어봤습니다. 그렇게 그 감정을 놓치지 않고 노력했습니다. 소녀 같은 엄마로 하면 안 된다는 그 말 한마디가 걸려서 그것을 잊지 않고 연기했습니다.

작가는 자기가 쓰는 극 중 인물도 살리고, 자기가 좋아하는 배우가 새로운 연기를 하기를 바랐던 것입니다. 나는 '아, 이 사람이 나에게 도움을 주는구나.' 하는 생각이 들었습니다. 그 지적에 내가 새롭게 눈을 뜬 것입니다.

「우리들의 블루스」 촬영이 끝나고 노희경 작가가 문자를 보냈습니다.

"선생님, 정말 잘하셨어요. 편집하는 걸 보면서 선생님 생각이 많이 납니다."

너무 잘했다는 그 문자를 보는데, 눈물이 났습니다. 그런 역이 처음이라서, 그렇게 형편 없이 박복한 역은 처음이라서 전전 긍긍했었습니다.

마지막 회가 방영되고 나서 그녀가 전화를 했을 때 내가 말했습니다.

"당신이 그렇게 말했을 때, 예의 없다고 생각하고 자존심이 상했는데, 잊히지 않는 게 그 말이었어요. 내가 연기하는 데 정말 많은 도움이 되었어요. 감사해요."

그랬더니 작가도 '헤헤헤.' 하고 웃었습니다. 그러면서 말했습니다.

"선생님, 너무 잘하셨어요. 그리고 제가 그린 사람처럼만 했으면, 그 여인이 불쌍하지 않을 뻔했어요. 선생님이 제가 말한 대로 독하게 하면서 걷어 내고 또 걷어 내고 했지만, 선생님 천성은 또 어쩔 수 없기 때문에 사람들이 공감하고 연민의 마음을 갖는 인물이 됐어요. 제가 원하는 대로만 했으면 너무도 미운 엄마가 됐을 뻔했어요."

그 이야기를 듣고 '아, 다행이다.'라고 생각했습니다.

노희경 작가와는 내가 나이 들어서 작품을 함께하게 되었습니다. 나를 주인공으로 써 주던 김정수, 김수현 작가가 작품을 많이 쓰지 않게 되었을 때 노희경 작가가 「디어 마이 프렌즈」를 하자고 제안을 했습니다. 내가 일부러 계획한 것도 아닌데 모두가 나를 배려해 주고, 끊임없이 일하게 해 주는 것이 감사하기만 합니다.

「디어 마이 프렌즈」는 많은 배우들이 함께 나옵니다. 그럼에도 노희경 작가는 배우를 살릴 줄 압니다. 나의 경우에 혼자서 거의 3분을 떠들게 했습니다. 희자는 치매에 걸려서 어릴 때 죽은 아들을 생각합니다. 아들 잃었던 그 순간이 마음속 한입니다. 그래서 그 당시 살던 데를 찾아가서 베개를 업고 포대기까지 하고 돌아다닙니다. 아기가 아프니까 혼자서 아기를 업고 돌아다니던 것을 그대로 재연합니다. 치매 걸린 내가 사라진 것을 알고 친구들이 찾아옵니다. 그때 내가 베개를 업고 친구 정아에게 오열하며 소리칩니다.

"나쁜 년, 네가 여길 어떻게 와? 네가 감히 여기를 어떻게 와? 이 물어뜯어 죽일 년아……. 내가 너한테 전화했지. 내 아들이 열감기인데 도와달라고, 약 먹었는데 안 낫는다고, 무섭다고 와 달라고 했지. 왜 맨날 너는 그렇게 사는 게 힘들어? 왜 맨날 힘들어서 내가 필요할 때는 없어. 남편한테도 전화 안 되고, 그 밤에 내가 얼마나 무서웠는데, 전화했더니 기껏 나보고 '나도 힘든데 징징대지 마.'라고, 그러고 너 전화 끊었지. 난 너밖에 없었는데……. 니네들은 왜 그렇게 사는 게 힘들어? 맨날 힘들어. 그래서 내가 맘 놓고 기대지도 못하게……. 내 아들 살려 내, 이년아. 나쁜 년. 넌 친구도 아냐. 내 아들이 내 등에서 죽었어."

여러 명이 등장해도 마치 오페라에서 혼자 아리아를 부르듯이 나 혼자서 3분 넘게 대사를 하게 합니다. 그런 식으로 독무대를 만들어 배우를 돋보이게 해 줍니다. 사건이 별로 없을 때는 일부러 도드라지게 하지 않습니다. 그냥 평범하게 놔 두었다가, 사람들이 '이제 저 여자가 나오는구나.' 하고 생각할 때 마음껏 연기하게 대사를 몰아 줍니다. 그것이 노희경 작가의 매력입니다. 작가도 그 대목에서 최선을 다하는 것이 느껴집니다. 베개 업고 다니는 장면 녹화를 마치고 내가 말했습니다.

"대본 쓰느라 너무 애쓰셨어요."

그러자 그녀가 말했습니다.

"선생님, 그 대사 쓰면서 저 여러 번 기절했어요."

기절까지 해 가면서 대본을 썼다고 했습니다. 정말로 그러고도 남을 사람입니다. 그렇게 혼을 바쳐서 썼기 때문에 그 장면을 보면서 수많은 사람들이 눈물 흘리고 공감했을 것입니다.

「우리들의 블루스」에서 내가 있는 둥 마는 둥 시장 귀퉁이에 앉아서 몇 회를 보내니까 "김혜자를 데려다가 저렇게 시시하게 써먹나?" 하는 사람들도 있었고, 심지어 "김혜자 같은 배우를 드라마 속에서 저런 식으로 소비해도 되나?" 하고 말하는 이도 있었습니다. 그러다가 마지막 회에 이르러 나에 대한 이야기가 전개될 때, 나 혼자서 최대한으로 오열하며 연기를 펼치게 합니다. 모든 시청자가 그 장면에서 울음을 터뜨렸습니다.

노희경은 그만큼 무서운 사람입니다. 누가 뭐래도 자신의 계획대로, 자기가 생각한 대로 씁니다. 그리고 대사가 매우 신랄합니다. 가슴을 콕콕 찌릅니다. 뾰족한 것으로 그냥 찌르기만 하는 것이 아니라, 마지막에 가서는 "아팠지?" 하고 만져 줍니다. 어떤 성장과정을 거쳤는지 모르지만 인간을 깊이 이해하는 사람입니다. 조금 쌀쌀맞은 작가인데도 내가 그녀를 좋아하는 이유입니다.

노희경 작가는 보는 이의 심장을 할퀴는 것 같은 대사를 씁니다. 그래서 그녀 자신이 날이 서 있어 보입니다. 똑똑하고, 냉정하고, 개성 뚜렷하고, 어느 면에서는 싸가지 없고, 배우가 연기를 못하면 배우의 목을 조르거나 손목을 물어 버린 적도 있다는 말까지 들릴 만큼 독특한 작가입니다. 신랄하게 대사를 전개하다가도 마지막에는 가슴이 미어질 만큼 아프게 합니다. 어느 작가와도 다른 작가입니다. 혼자 저쪽에 서 있는 들풀 같은 사람. 그것이 그녀에 대해 내가 느낀 것입니다.

며칠 전 그녀가 나에게 이렇게 문자를 보냈습니다.

"선생님, 다시는 힘들게 연기하지 마세요."

그래서 내가 답했습니다.

"누가 노희경 씨에게, '그리 빼빼 마른 중학생같이 되면서까지 글 쓰지 말아요.' 한다고 그렇게 되겠어요? 언제나 그렇게 되면서까지 쓰겠지요."

아는 사람이 나에게 동영상을 하나 보내 주었는데, 영상 속에서 수탉이 온 힘을 다해 울다가 지쳐서 기절해 쓰러집니다. 그러고는 다시 일어납니다. 그 수탉이 너무나도 우리 두 사람, 노희경 작가와 나 같아서 그 영상을 그녀에게도 보내 주었습니다. 있는 것을 다 뽑아내고 소리를 지르다가 쓰러지는 것입니다. 그래도 조금 있다가 다시 일어납니다.

© 조남룡(코오롱스포츠 제공)

오직 행복하기 위해 태어났다

「우리들의 블루스」(김규태·김양희·이정묵 연출, 노희경 극본 2022년 tvN 20부작 옴니버스 드라마. 김혜자·이병헌·고두심·이정은·차승원·한지민·신민아·김우빈·박지환 출연. 제각각의 인생 사연을 가진 제주 푸릉마을 주민 열네 명이 펼치는 아홉 개의 에피소드)에는 인생의 끝자락, 혹은 시작점에 있는 사람들이 나옵니다. 각각의 에피소드가 '한 편의 영화' 같은 드라마입니다. 제주 고성 오일장 시장을 통째로 빌려 한겨울에 찍었습니다.

제주도가 배경이기 때문에 사투리 연습을 하는 데 많은 시간을 쏟았습니다. 마침 서귀포 법환마을에 있는 돌집에 류시화 시인이 1년째 머물고 있어서, 그 마을의 제주도 토박이 고인순 화가를 소개받아 한 달 가까이 사투리를 배웠습니다. 돌집 창문으로 바라보이는 바다와 섬, 노란 귤들이 매달린 귤나무들, 아침 잠을 깨우는 맑은 새소리들, 그리고 추울 때라서 작은 난로에 의지하며 "고맙수다양.", "사 갑서." 하고 서툴게 사투리 연습하던 시간들이 잊히지 않습니다. 모두가 고맙고 아름다운 사람들입니다.

  내가 역을 맡은 극 중 인물 강옥동은 조금의 여백도 없이 불행이 가득 수놓인 삶을 산 여자입니다. 작은 밭에 고추, 감자, 깨 같은 것을 키워서 제주 오일장에 내다 팝니다. 목포에서 태어나 여섯, 일곱 살 때 한 해 걸러 어머니 아버지를 잃고, 오빠는 뱀에 물려 죽고, 여동생과 단둘이 남의 식당에서 온갖 궂은 일을 하다가 동네 사람 소개로 뱃일하는 남자를 만나 제주도로 시집을 옵니다.

  애를 둘이나 낳았는데, 남편이 태풍에 목숨을 잃습니다. 물이 무섭다는 딸을 끌고 바다로 들어가 해녀가 됩니다. 먹고살기 위해 어쩔 수 없이 그렇게 하다가, 딸마저 물질하다가 파도에 놓쳐 버립니다.

  글자도 읽을 줄 모르는 이 여자는 세상이 너무 무섭습니다. 남편 죽은 바다는 무섭지 않더니 딸 죽인 바다는 쳐다보기도 싫어집니다. 그래서 남편 친구였던, 배를 수십 척 가진 선주가 같이 살자고 하자 그렇게 합니다. 그것은 남자의 첩이 되는 일이고, 거동도 못 하고 아파 누워 있는 본처의 똥기저귀 갈아주며 수발을 들어야 하는 일이고, 남의 자식을 친자식처럼 키워야 하는 것을 의미합니다. 그것만이 아니라 동네에서 남편 친구와 붙어먹는다는 손가락질을 당해야 한다는 뜻입니다. 그렇지만 하녀처럼 그렇게 살러 들어갑니다. 왜냐하면, 하나 남은 아들이 자신처럼 고생스러운 삶을 살지 않기를 바랐기 때문입니다. 무식한 이 여자는 아들이 그저 좋은 대문 드나들고 학교 다닐 수 있으면 된다고 생각합니다.

아들 동석(이병헌)은 그런 엄마가 너무 미워서, 일부러 그 집 아들들에게 얻어맞습니다. 엄마의 가슴을 아프게 해 주려고 그렇게 합니다. 끝없이 엄마에게 대들고, 자신의 인생이 엿 같은 건 다 엄마 때문이라고 시비를 겁니다. 참으로 기구한 팔자의 여자입니다.

「우리들의 블루스」 대본을 처음 받아 보고 강옥동의 모습을 먼저 상상했습니다. 이런저런 역을 해서 더 이상 할 머리 스타일이 없었습니다. 「눈이 부시게」는 나의 젊은 시절 역을 한 한지민 배우와 비슷해야 해서 단발머리를 했습니다. 그 후 3년 만에 하는 「우리들의 블루스」에서는 본래 곱슬머리 여자로 설정하자고 생각했습니다. 그 여자 모습을 상상하며 작가에게 말을 했더니 좋다고 했습니다. 원래 내 머리가 생머리인데, 곱슬머리 여자처럼 보이기 위해서 파마를 여덟 번이나 했더니 머리 끝이 다 부서졌습니다. 가운데 가르마를 타는 여자를 상상하면서,

옥동 그 여자로 사는 동안에는 집에서도 가운데 가르마만 했습니다. 그 머리를 집게핀으로 올렸습니다.

「우리들의 블루스」에 옥동이 처음 등장할 때 이부자리 개는 장면이 있습니다. 나는 다 보여 주고 싶었습니다. 보통은 드라마에 나오는 사람들은 머리 모양을 만지지 않습니다. 하지만 나는 실제처럼, 이부자리를 개고 머리를 주섬주섬 매만져서 집게핀으로 올리는 모습을 다 보여 주겠다고 생각했습니다. 이부자리를 갠다는 지문이 있으면, 대개는 처음 한 머리를 만지지 않고 이부자리만 갤 수도 있습니다. 하지만 아침에 일어나서 이부자리를 개고 머리를 매만지고 거울 한 번 본 것은, 내가 옥동이었다면 어떻게 했을까를 수없이 생각하고 나온 장면입니다. 거울 보지 않고도 할 수 있게 머리를 만져 집게핀 꽂는 것까지 집에서 계속 연습했습니다. 매일 아침 그렇게 한 사람처럼 보여야만 하니까, 정말이지 수십 번 반복했습니다.

「우리들의 블루스」는 옴니버스 형식이고 주인공이 여러 명이라서, 드라마를 찍는 긴 기간 동안 내가 나오는 장면을 찍기 위해 오래 기다려야만 했습니다. 그래서 그 여자를 잊으면 안 되니까, 그 여자가 불행한 여자라는 걸 잊어버리면 안 되니까, 계속 우울하게 지냈습니다. 집안일 도와주시는 이모님(이옥현 씨)이 하루는 나에게 말했습니다.

"그 작품 시작한 다음부터는 집에서 웃지를 않으세요."

그래서 대답했습니다.

"이 여자는 웃을 일이 없는 여자예요."

그 여자를 연기하려니까, 나는 현실에서도 그 여자가 되어서 살고 있고, 그 여자가 내 안에 들어와서 내 촬영 날까지 순서를 기다리고 있는 것입니다.

아무것도 안 하고 있는 것도 그 여자 역을 하고 있는 것입니다. 대사 없이 시장 좌판에 가만히 앉아 있어도 그 여자가 느껴져야 합니다. 꼭 대사를 해야만 그 여자의 상황과 그 여자의 마음을 알게 되면 안 되는 것입니다. 무심코 길에 앉아 있는 할머니가 말 한마디 하지 않아도, 그 할머니에게서 그냥 쉬고 있는 것인지 걱정이 있어서 발걸음을 멈춘 것인지 느껴질 때가 있는 것처럼, 옥동이 아무 말 없이 가만히 앉아 있어도 옥동의 마음이 느껴지게 표현하고 싶었습니다. 그녀의 마음속 생각을 나도 계속 생각했습니다. 대사가 없다고 배우가 생각 없이 앉아 있으면 안 됩니다. 그녀의 감정 상태에서 마음이 떠나 있으면 그 얼굴이 되지 않습니다.

나는 강옥동을 잊지 않기 위해서, 촬영 없는 기간 동안 집에 머물면서도 그 여자로 있어야만 했습니다. 나는 그 여자이니까, 그 여자로 살아야만 했습니다. 차라리 대사가 많으면 대사로 다 할 수 있습니다. 하지만 가만히 앉아 있어도 그 여자로 있지 않으면 안 되었습니다.

내가 아무 대사 없이 시장에 앉아 쉽게 한 신 찍고 갔다고 사람들은 생각할 수도 있지만 그렇지 않습니다. 좋은 배우는 저 구석에 처박혀 있어도, 그 배우에게 눈이 가야 합니다. 주인공이 돋보여야 하니 내가 더 돋보이면 안 되지만, 그래도 존재한다는 걸 느끼게는 해야 합니다.

　아들 동석이 못되게 굴 때, 나는 어떤 생각으로 어떤 표정으로 있어야 할지 고민이 많았습니다.

　'이 여자는 대체 무슨 생각을 하고 사는 걸까?'

　내 머리로는 알 수 없으니까. 배우가 그 삶을 다 살아 봤을 수는 없으니까. 하지만 배우가 모든 상황을 경험해야만 잘하는 건 아닙니다.

　'어떤 표정을 지을지 모르는 것, 그것이 그 여자의 표정'이었습니다. 어떻게도 할 수 없는 사람, 그것이 강옥동이었습니다. 그런데 지금까지 나는 '어떤 표정을 할 수 있는 역'만 연기했었습니다. 다시 말해 내가 이해할 수 있는 역만. 그런데 이것은 내가 어떻게 해야 하는지 짐작할 수도 없는 상황이었습니다. 뭐라고 대꾸할 수도 없고, 어디를 쳐다봐야 할지도 모르는 그런 표정이었습니다.

　시장에서 연기할 때 나는 그것이 너무 힘들었습니다. 거친 아들이 나에게 다가올 때 나는 어떻게 해야 하나…….

　'어떻게 해야 하지?'

이것이 바로 강옥동입니다.

'그런데 너는 네가 뭘 어떻게 하기를 바라는가?'

그렇게 나 스스로에게 말해 주었습니다.

'어떻게도 할 수 없는 것이 이 여자야. 아들이 와서 난리를 피울 때, 땅으로 꺼질 수도 없고 하늘로 솟을 수도 없는 것이 이 여자야. 죽을 수도 없고 살 수도 없는 여자. 껍질만 앉아 있는 여자. 나는 늘 완벽을 추구하고 아름다운 대사가 많은 영원히 자랑스러워할 작품을 남기고 싶지만, 내가 어떻게도 계획을 세울 수가 없어, 이 역은.'

배우가 연기만 잘 하면 되는 것이 아닙니다. 영상에서 보여지는 것도 중요합니다. 옥동은 암 말기이니까, 암 말기인 여자를 표현하기 위해서 나는 드라마 촬영하는 몇 달 동안 밥을 아주 적게 먹었습니다. 분장으로 표현할 수 있는 것이 아니기 때문입니다. 노희경 작가도 나에게 말했습니다.

"분장하지 마세요. 분장 안 하셔도 돼요."

분장 없이 말기암 환자처럼 하라는 의미였습니다. 내가 말기암 환자 역할을 한다는 걸 아니까 밥도 잘 먹히지 않았습니다. 그래서 가뜩이나 체구가 작고 마른데도 3킬로그램이나 빠졌습니다. 게다가 제주도의 뜨거운 태양과 바람을 맞으니까 해녀같이 까맣게 탔습니다.

아들 동석이 나를 업고 한라산을 오르는 장면도 있기 때문에 이병헌 배우가 힘들까 봐서도 밥이 먹히지 않았습니다. 그것도 안 하면 배우가 될 수 없습니다. 분장으로 커버하지 못하는 영역이 있습니다.

두 번째 남편 제사 지내러 가는 장면이 있습니다. 강옥동은 자기도 진짜 가난한데 해녀들과 함께 만들어 음식을 바리바리 싣고 갑니다. 그래도 자기가 부인이니까 그렇게 합니다. 제사 지내다가 전처 자식들과 내 아들 동석 사이에 싸움이 붙습니다. 첩의 아들이라고 무시하는 것입니다. 그때 내가 그동안 못 했던 말을 합니다.

"너네 어멍 15년, 너네 아방 10년 똥기저귀 갈아 준 돈 내놓으라! 그거 주면 우리 동석이 가져간 돈 갚을겨!"

이러면서 소리를 지르는 장면이 있습니다. 나는 평상시도 소리를 질러 본 적이 한 번도 없고, 연습할 때는 그렇게까지 소리를 지르지 않습니다. 한 번 소리 지르고 연습했더니 우리 집 강아지들이 마구 짖었습니다. 실제로 연기할 때만 소리를 지릅니다.

그런데 그 대사 한 문장을 소리 지르고 나자 머릿속이 하얘져서 그다음 대사가 생각나지 않았습니다. 그 순간, '이제 내가 연기를 그만할 때가 된 것인가?' 하는 생각이 들었습니다. 그래서 연출가에게 부탁했습니다.

"미안한데, 내가 한마디 소리 지르고 나면 아무 생각이 안 나요. 그러니까 그다음 대사를 빨리 불러 주세요. 얼굴 표정을 그대로 하고 있을 테니까요."

너무 진지하게 얘기하니까 그렇게 해 주었습니다. 그래서 "돈 내놓으라!" 하고 소리 지르고 가만히 있다가 그다음 대사를 불러 주면 다시 소리를 질렀습니다. 그렇게 편집으로 연결해서 그 장면을 찍었습니다.

그때 아들 동석 역을 한 이병헌 배우가 나에게 말했습니다.

"우리같이 젊은 것들도요, 이렇게 소리 지르고 하면 머릿속이 하얘져서 아무것도 생각이 안 납니다. 선생님께서 하루 종일 촬영하고 새벽 세 시가 됐으니 얼마나 피곤하세요."

그 말이 무척 고마웠지만 마음속으로 자문자답하게 되었습니다.

'그래도 이건 아니야. 전에는 더한 것도 했어. 그렇지만 그때는 내가 젊었잖아.'

거짓말 조금 보태서 백 번을 연습한 대사가 왜 생각이 안 날까요? 소리 지른다고 생각이 안 나나요? 너무나도 무서운 경험이었습니다.

마지막 촬영이 임박한 하루 전날, 새벽 세 시 반까지 연기를 하다 대리석 바닥에 넘어졌습니다. 미끄러우니까 누군가가 내 위에 또 넘어졌습니다. 촬영 끝나고 아침에 집에 와서 보니까 타박상을 심하게 입어 시퍼렇게 멍이 들어 있었습니다. 넘어졌을 때는 아픈 줄도 몰랐습니다. 사람들이 괜찮으냐고 물어도 찬찬히 "가만히 있어 봐요."라고 답하고 어디 부러진 건 아닌 것 같아 촬영을 계속했습니다. 나 때문에 일정이 미뤄지게 할 수는 없었습니다.

윤여정 배우가 어느 인터뷰에서, 예전에 본인이 촬영하다 탈진해서 더는 못하겠다 했더니 내가 입에 초콜릿 같은 거 넣어주면서, 일어나라고, 네가 못 하면 여기 있는 모든 사람들 다 기다려야 한다고, 힘내서 빨리 마치라고 했다는 이야기를 한 적이 있습니다. 그러면서 윤여정 본인이 여우라면 김혜자는 늑대라고 말했습니다.

배우는 할 거 다하고 쓰러져야 합니다. 스태프들은 무슨 죄인가요? 우리는 출연료나 많이 받고 하지, 스태프들은 우리 때문에 날밤을 새야 합니다. 배우는 기운 챙겨서 어떻게든 일어나서 해야 합니다. 나는 평생 그런 멍은 처음 들어봤습니다. 우리 아들이 병원 가자고 해도 가지 않았습니다. 쉬면 나을 거라고, 파스나 많이 사다 달라고 했습니다. 파스 붙이고, 병원 가지 않고 나왔습니다. 대리석 바닥인데 뼈가 부러지지 않은 게 다행이었습니다.

그렇게 여러 가지로 수척해진 상태로 최종회 촬영을 했습니다. 마지막 에피소드인 '옥동과 동석'의 이야기가 특히 시청자들의 마음을 울렸습니다. 옥동은 배를 타고 고향인 목포로 향합니다. 어멍이 말기 암이라는 사실을 알게 되고도 어멍 죽고 나서 나중에 후회하겠다며 버티던 아들 동석이 여행에 함께합니다. 두 사람 사이에 그동안 쌓인 감정이 폭발하지만 이 마지막 여행은 화해와 치유의 여행입니다. 목포에서 함께 시간을 보내면서 동석은 어머니에 대해서 자신이 미처 알지 못했던 여러 가지 사실을 알게 됩니다.

목포에서 자신이 남겨 둔 모든 것들과 이별하고 돌아온 옥동은 제주에 돌아오자 동석과 한라산으로 향합니다. 제주에 살면서도 삶에 휘둘리느라 이제껏 한 번도 한라산에 가 보지 못한 옥동의 소원을 들어주기 위해서입니다. 촬영하던 날 날씨도 도와줘서 눈발이 바람에 흩날립니다. 한라산을 배경으로 내가 이병헌 배우와 서 있는 모습만으로도 그림이 되었다고 나중에 연출자들은 말했습니다.

눈 덮인 산길을 오르다 잠시 앉아 쉬며 아들이 묻습니다.

"살면서 언제가 제일 좋았어?"

옥동이 말합니다.

"지금."

"암 걸려 아픈 지금?"

"아니, 너랑 같이 한라산 가는 지금."

옥동은 백록담까지 가겠다고 고집을 부립니다. 말기 암 환자에게는 불가능한 일입니다. 동석은 자신이 백록담까지 가서 사진을 찍어 올 테니 내려가서 카페에서 기다리고 있으라고 말하고 하산하는 젊은 사람들에게 엄마를 부탁합니다. 엄마 때문에 화가 날 때마다 수십 번도 더 올랐던 한라산을 이번에는 엄마를 위해 오릅니다. 옥동은 동석이 찍어 온 동영상을 보면서 제주와도 이별합니다.

한라산을 다녀온 옥동은 새벽에 일어나 아들 동석이 좋아하는 된장찌개를 끓입니다. 그리고 키우는 강아지와 고양이 밥을 일일이 챙겨 줍니다. 그녀의 얼굴에 기쁨과 평안이 담겨 있습니다. 그런 다음 홀로 자리에 누워 영원히 잠이 듭니다.

엄마 집에 온 아들은 미동도 하지 않는 엄마를 보고 다가와서 그녀가 죽은 것을 압니다. 이 장면에서 나는 이병헌 배우가 진심으로 연기를 하는 배우라는 것을 느꼈습니다. 내 머리에 자기 얼굴을 묻고 웁니다. 내 머리가 다 젖을 만큼 얼마나 서럽게 우는지 모릅니다.

그런 것은 대본에 없습니다. 그냥 나는 누워 있고, 이병헌 배우가 들어와서 된장찌개를 맛있게 한 숟가락 떠먹고는, "어멍 자? 나 왔어. 좀 깨." 하고 말합니다. 그런데 일어나지 않으니까 나에게 다가와서 내 코에 자기 귀를 갖다 댑니다. 금방 울지 않습니다. 그런 것까지 대본에 써 있지 않습니다. 그냥 귀를 갖다 댑니다. 그러고는 내 옆에 드러누워서, 가만히 다 만집니다. 죽은 내 얼굴을 자기 팔에 누이고서 이마도 만지고, 코도 만지고, 머리도 만집니다. 우리 엄마가 이렇게 생겼구나 하듯이 다 만짐니다. 만지고 나서 나를 꼭 껴안고 아이처럼 한없이, 한없이 웁니다. 그것은 지문에 없습니다. 이병헌 배우가 잘 하겠지 하고 안 써 놓은 것 같습니다. 자세히 써 있는 장면들도 있지만 그 장면에는 써 있지 않습니다. 배우는 오직 연기로 말하는 사람입니다.

마지막에 그렇게 하라고, 그전 장면들에서는 이병헌 배우가 더 못되게 굴게 했구나 하는 생각이 들었습니다. 그런 다음에 이병헌 배우의 내레이션이 흐릅니다.

"사랑한단 말도, 미안하단 말도 없이 내 어머니 강옥동 씨가 내가 좋아했던 된장찌개 한 사발을 끓여놓고 처음 왔던 그곳으로 돌아가셨다. 죽은 어머니를 안고 울며 난 그제서야 알았다. 난 평생 어머니 이 사람을 미워했던 게 아니라 이렇게 안고 화해하고 싶었다는 걸. 난 내 어머니를 이렇게 오래 안고 지금처럼 실컷 울고 싶었다는 걸."

이 내레이션이 더 가슴 아프게 시청자들에게 다가간 것은 이병헌 배우의 진심 어린 열연 때문이었습니다.

그 마지막 장면 촬영이 끝나고 이병헌 배우가 나에게 물었습니다.

"선생님, 제가 너무 꼭 껴안고 울어서 불편하지 않으셨어요?"

내가 말했던 기억이 납니다.

"왜 불편해요? 나도 슬프죠."

이병헌 배우가 맡은 역이 너무 불쌍했습니다. 나한테 온통 원한만 있는 역할입니다. 그런데 마지막에 그렇게 말합니다. '나는 평생 이 사람을 미워했던 게 아니라 이렇게 안고 화해하고 싶었다'라고.

「우리들의 블루스」에서 이병헌 배우가 연기하는 모습을 보면서 '괜히 이병헌이 아니구나. 이 사람 참 섬세하구나.' 하고 느꼈습니다. 예의 바르고, 칙칙하지 않고, 자기 할 일을 정확하게 하는 사람입니다. 젊은 배우들은 자기들끼리 모여 노닥거리기도 하는데, 이병헌 배우는 그런 것이 없었습니다. 작품을 함께하면서 '이 사람이 그냥 보통의 배우가 아니다.' 하는 것을 느꼈습니다. 연기를 정말 잘하는 배우입니다. 배우는 그래야 합니다.

「우리들의 블루스」의 주제는 '우리는 이 땅에 괴롭기 위해, 불행하기 위해 태어난 것이 아니라 오직 행복하기 위해 태어났다는 것'입니다. 「우리들의 블루스」를 본 모든 이들이 행복해지기를 기원합니다.

비록 단역 같은 역이었지만, 그 역을 하기 위해 몇 달을 그 여자 강옥동으로 살았습니다. 꿈과 희망을 내려놓고, 안 죽어지니까 사는 여자로, 어떻게도 할 수 없는 인생을 짊어진 여자로, 그렇게 살았습니다.

(「우리들의 블루스」는 최고 시청률 14.6%로 tvN 역대 드라마 시청률 7위를 기록하며 시청자들에게 깊은 울림을 남겼다.)

내 사랑

　한 남자가 동네 작은 상점 게시판에 가정부를 구한다는 쪽
지를 붙입니다. 우연히 그것을 본 여자가 남자의 집으로 찾아
가 가정부로 일하고 싶다고 말합니다. 남자는 여자의 행색을
보고 거절합니다.

　아웃사이더인데다 성격 나쁘기로 소문난 남자의 집에 아무
도 오려고 하지 않았기 때문에 결국 그 여자를 들입니다. 성격
이 괴팍하고 까칠한 남자는 여자를 계속 무시합니다. 고아원
출신이라 어렸을 때부터 일만 하고 살아와서 자신만 알고 사람
들과의 소통이 불편한, 나무토막 같은 남자입니다. 하루 종일
생선을 잡아 팔거나 장작을 만들어 팔고 고아원에서 일하는
등 허드렛일을 해서 생계를 유지합니다. 그래서 청소하고 요리

해 줄 여자가 필요했습니다.

여자는 알 수 없는 선천적 장애로 몸이 구부정하고 왜소합니다. 게다가 관절염 때문에 움직이는 것도 어색합니다. 어린 시절은 창문을 통해서만 세상과 소통했습니다. 커서도 사회적 활동을 할 수 없어 숙모의 집에 얹혀 삽니다.

가족이 예전에 살던, 어머니가 물려주신 집에서 살고 싶어하지만, 몰래 집을 팔아 치운 친오빠가 자기 한 몸도 건사 못하는 그녀를 숙모 집에 생활비를 주고 맡깁니다. 의지할 곳 없이 외롭습니다. 뒤틀린 몸으로 댄스장을 서성거리거나 그림을 그리는 것이 유일한 낙입니다.

숙모는 그녀의 일거수일투족이 달갑지 않습니다. 뒤치다꺼리를 해 주는 것도 귀찮아 합니다. 숙모에게나 오빠에게나 짐일 뿐입니다. 바닥에 굴러다니는 낙엽만큼도 못한 여자입니다. 어느 날 집이 팔렸다는 것을 알게 되고 오빠에게 분노합니다. 자신을 무시하는 숙모의 태도에도 화가 납니다.

숙모의 집에서 벗어나 경제적으로 독립하고 싶지만 몸이 정상적이지 못한 여자는 달리 취직할 곳이 없습니다. 그렇기에 아주 먼 길을 걸어 무작정 남자의 집을 찾아가게 된 것입니다. 남자의 집은 황량한 바닷가 들판에 창고처럼 서 있는 허름한 외딴집입니다.

새 신발을 신고 절뚝거리며 먼 길을 걸어온 여자를 보고 남자는 "희한하게 걷는 것 같다."라며 무시합니다. 여자는 걸음걸이가 그럴 뿐이라면서 "여자 다섯 명분 일은 한다."라고 말하지만 남자는 말라빠진 여자를 돌려보냅니다. 하지만 고아원 원장의 충고로 '일단 해 보고 결정하기로 하고' 여자를 다시 데리러 갑니다.

여자는 숙모에게 이별을 통보하고 그림 도구 등 몇 안 되는 짐을 챙겨 남자를 따라 그의 집으로 향합니다.

혼자 사는 삶에 익숙하고, 타인에게 정을 줘 본 적도 없는 남자는 거친 언행으로 여자의 마음에 상처를 줍니다. 낯선 집에서 일이 서투른 여자에게 "이 집에 서열은 나, 개, 그리고 닭, 그 다음이 너야!"라고까지 소리칩니다. 그럼에도 여자는 열심히 식사 준비와 청소 등 집안일을 해 나갑니다.

여자는 페인트 통을 발견하고는 집안일을 하고 남는 시간에 집 안의 선반, 벽, 창문, 남자가 버린 나무판자, 계단 등 여기저기에 그림을 그리기 시작합니다. 그림을 그릴 수 있는 곳에는 전부 그림을 그립니다. 열악한 화구로 그리지만, 그림 그리기가 그녀에게 순수한 기쁨을 가져다줍니다. 곳곳에서 보는 겨울 풍경, 말, 새 같은 주변 풍경을 그려 나갑니다. 그렇게 생선 장수의 회색빛이었던 집이, 그녀의 삶이, 알록달록한 색깔들로 입혀집니다.

그러다 뉴욕에서 온 여성이 생선 배달 문제로 남자의 집에 찾아왔다가 우연히 여자가 집 벽에 그린 닭 그림을 보게 됩니다. 그 여성 고객은 여자의 그림을 마음에 들어 하며 후한 값에 더 큰 그림을 의뢰하면서 뉴욕으로 보내 달라고 합니다.

여자는 전에 사산을 한 슬픈 경험이 있습니다. 아기는 심한 기형아로 태어나자마자 죽었고, 그녀의 가족이 아기를 묻었습니다. 그런 이야기를 남자에게 말합니다. 그렇게 조금씩 서로의 존재와 상처를 알아가면서 마침내 두 사람은 서로에게 마음을 열고, 고아원에서 소박한 결혼식을 올립니다. 그리고 꽃을 귀에 꽂은 여자를 남자는 수레에 태우고서 들판을 지나 집으로 옵니다.

자신의 그림을 좋아해 주는 사람이 늘어나자 여자는 더 열심히 그림을 그립니다. 돈에는 관심이 없고 단지 그림 그리는 일을 사랑할 뿐입니다. 집 밖에서 일하는 남자도 그림 속에 넣습니다. 그 그림들이 입소문을 타 그녀는 제법 이름난 화가가 됩니다.

그녀와 그림에 대한 기사가 신문에 나고, 미국 부통령이 그녀의 그림을 구입할 정도로 유명해집니다. 여러 신문사에서 앞다퉈 취재를 오고, TV 방송에도 나오면서 남자와 여자의 집에는 그림을 사려는 사람들로 북적입니다. '아침에 일어나도 사람들 천지고 일을 마치고 와도 사람들 천지'여서 조용한 생활이 침해받는다고 생각한 남자는 불만이 많아집니다. 결국 두 사람

사이의 갈등이 심해져 이별 직전에 이릅니다. 여자는 남자의 집을 나와서 생활합니다.

그때 여자는 숙모로부터 자신이 낳은 아기가 태어나자마자 죽은 것이 아니고, 기형아도 아니었으며, 그녀에게 아기 키울 능력이 없다고 판단한 오빠가 돈 받고 잘사는 집에 입양시켰다는 사실을 듣고 큰 충격에 빠집니다.

여자의 빈자리에 큰 상실감과 후회를 느낀 남자는 다시 여자를 찾아갑니다. 자존심 강하고 무뚝뚝했던 그가 그녀에게 진심으로 사랑의 감정을 고백합니다. 남자는 여자를 데려가 먼발치에서라도 건강하고 훌륭하게 자란 딸을 볼 수 있게 해 줍니다.

맨 처음 그림을 사 준 여성이 그림 그리는 것을 가르쳐 줄 수 있느냐고 묻자 여자는 웃으며 말합니다.

"그건 아무도 못 가르쳐요. 그리고 싶으면 그리는 거예요."

그 여성이 그림을 보며 질문합니다.

"이 나무는 빨간색인데 이쪽 나무는 초록색이네요. 이유가 있을까요?"

여자는 말합니다.

"음……. 아름다워 보여서요. 아름다운 것을 다 담고 싶었어요."

또 남자가 말합니다.

"누가 벽에 요정들을 그려도 된다고 그랬지?"

여자는 말합니다.

"요정이 아니라 새예요."

"새든 요정이든 누가 허락했느냐고?"

"당신이 집을 보기 좋게 만들어 놓으라고 해서요. 내가 보기 엔 이것이 좋아 보여서요."

선천적인 장애에다 관절염, 폐기종을 앓고 있던 여자의 건강 은 나빠져만 갑니다. 나중에는 허리가 완전히 굽고 발목에 힘 이 빠져 제대로 걸을 수도 없습니다. 붓을 쥐어도 손가락이 아 프지만 그녀는 매서운 추위 속에서 그림을 그려 나갑니다. 결 국 여자는 건강이 악화되어 쓰러집니다. 병원에서 남자는 여자 에게 "내가 왜 당신을 부족한 사람이라고 생각했을까?" 하고 자책합니다. 그 말에 여자는 남자의 손을 잡고 말합니다.

"나는 사랑받았어요. 나는 충분히 사랑받았어요."

그렇게 말하며 마지막 눈을 감습니다.

집으로 돌아온 남자는 여자가 그린 그림으로 가득한 집에서 쓸쓸하게 물건들을 바라봅니다. 그리고 여자가 처음 상점에서 발견한 구인 쪽지를 평생 보관했음을 발견합니다. 그렇게 영화 는 막을 내립니다.

캐나다 영화 「내 사랑」(에이슬링 월쉬 감독의 2016년 개봉작. 샐리 호킨스·에단 호크 주연. 캐나다인들이 사랑하는 여성 화가 모드 루이스의 실제 삶을 바탕으로 한 영화. 전미 비평가협회 여우주연상 수상)의 줄거리입니다. 혼자인 게 익숙했던 남자와 여자가 작은 집에서 운명처럼 만나 서로에게 물들어 가는 이야기입니다. 독특하고 따스한 색감의 그림들이 영화 내내 펼쳐집니다. 내용 설명만으로는 심장을 저미게 만드는 배우들의 명연기와 아름다운 장면들을 전달하는 것이 불가능합니다.

이 영화, 꼭 보세요. 감독이 13년을 준비해 만들었다고 합니다. 세상에서 가장 작은 집에 살면서 "나는 바라는 게 별로 없어요. 붓 한 자루만 있으면 아무래도 좋아요." 하고 말하는 기쁨의 화가……. 마음이 아침이슬 같고 세상을 보는 눈이 아름다웠기에 붓이 손에 쥐어져 있고 눈앞에 창문만 있다면 그걸로 충분하다고 말할 수 있는 사람.

행복의 의미를 다시 한번 돌아보게 하고 무엇이 우리를 구원하게 만드는가 생각하게 만드는 이런 역이라면 나도 꼭 해 보고 싶습니다. 내가 이제 여든 살이 넘었지만 아직은 60대 중반의 인물까지는 연기해 낼 수 있지 않나, 하고 혼자 생각합니다. 연기 생활 때문에 졸업을 하진 못했지만, 내가 이화여대 생활미술학과를 다녔기 때문에도 이런 영화에 더 애착이 가는 걸까요?

꿈꾸는 사람들

아직까지 「청담동 살아요」(김석윤·임현욱·이상미 연출, 박해영·
이남규 극본 2011~2012년 JTBC 170부작 드라마. 김혜자·오지은·이
보희·이상엽·현우·우현·조관우·서승현·최무성·신연숙·황정민 출
연. 서울 청담동에 있는 재개발 직전의 낡은 2층 건물에서 살아가는 혜
자네 식구들과 하숙생들의 세상 사는 모습을 코믹하게 그린 드라마)를
못 본 분이 있다면 지금이라도 보셔야 합니다. JTBC에서 짧게
재편집해 인터넷상에 올려 놓은 시리즈가 있습니다. 나도 거기
서 돌려보곤 합니다.

'못 본 사람은 후회할 시트콤 드라마'라는 댓글이 틀리지 않
습니다. 어떤 사람은 '이토록 가슴에 진한 여운을 남기는 시트
콤이 또 있을까?'라고도 썼습니다. '김혜자 씨가 댓글을 본다

니까 이 댓글을 꼭 봤으면 좋겠다.'라고 쓴 사람도 있습니다. 나는 내가 한 작품과 연기에 대한 댓글을 열심히 읽습니다. 그러면서 '나에 대해 어쩜 이렇게 정확하게 썼을까?' 공부가 됩니다. 댓글에 우스운 글만 있는 게 아닙니다.

「엄마가 뿔났다」에 보면 여주인공 김한자가 남편과 시아버지와 자식들을 두고 조그만 원룸을 얻어서 나갑니다. 그 당시 누가 이런 내용의 댓글을 달았습니다.

'세상 어떤 여자가 그렇게 안 사나? 결혼한 여자가 다 그러고 살지. 저만 잘난 척하네. 나도 그러고 산다.'

내가 가진 걸 다 쏟아부어서 한 연기가 인정을 받지 못하면 어린아이처럼 마음이 많이 아픕니다. 한편으로는, 댓글을 읽으면 그 사람이 어떤 심리에서 그런 글을 쓰는지 보입니다. 배우라서 그런지 나는 그런 촉이 발달했습니다. 실제로 댓글 다는 사람들 모두 심리극에 나오는 배우들 같습니다. 모두가 각자의 심리, 각자의 성격, 처한 상황에 따라 댓글이라는 형식으로 은연중에 자기 대사를 하는 것입니다.

그래서 댓글을 읽으면 많은 공부가 됩니다. 댓글을 무시하는 사람도 있습니다. 나는 아닙니다. 댓글이 얼마나 많은 걸 느끼게 해 주는지 모릅니다. 내가 어떻게 보이는지 알 수 있고. 나를 깨우쳐 주는 멋있는 댓글도 많습니다. 댓글들 보면서 놀라고, 내가 잘 살아야 되겠구나 하고 느낍니다. 시청자들이 무심코

다는 댓글을 통해 배우로서 인간 심리를 들여다볼 수 있고 배움을 얻습니다. 나를 욕하고 나쁘게 말하는 댓글들도 나는 심리극 속에서 다른 배우가 하는 대사로 여기려고 합니다.

이렇게 쿨하게 댓글들을 읽지만, 한번은 그렇지 않을 때도 있었습니다. 영화 「마더」 개봉 10주년을 맞아 '관객과의 대화' 행사를 할 때의 일입니다. 봉준호 감독이 함께한 자리였습니다. 영화 만들 때의 에피소드를 이야기하던 중에 내가 "촬영 때 아들 역의 원빈 배우가 사전에 얘기 없이 내 가슴을 만졌다. 알고 보니 감독이 지시한 것이라고 했다."라고 말했습니다. 그러자 네티즌들이 벌떼같이 봉준호 감독을 비난하고 나섰습니다. 성 인식과 젠더 감수성에 문제가 있다는 것입니다.

나중에 제작사 측이 밝힌 대로 내 기억에 오류가 있었던 것 같습니다. 감독이 나에게 미리 "도준(원빈)이 엄마 가슴에 손을 얹을 수도 있다."라고 말했고, 나 역시 "얹으면 어때요? 모자란 아들이 엄마 가슴 만지며 잠들 수도 있겠지."라고 말했습니다.

문제는 일단의 집단이 무조건적이고 과도한 비난을 퍼부었고, 또 재미삼아 돌을 던지는 사람들이 가세했다는 것입니다. 영화 「마더」는 봉준호 감독이 "저는 엄마가 아니라서 극 중 엄마의 마음은 선생님이 더 잘 아실 거 같다."는 이야기도 하고 서로 참 많은 이야기를 나누며 찍은 영화입니다. 저 장면을 찍을 때 모자란 아들을 둔, 마음이 복잡한 엄마로 누워 있었습니다. 양말도 벗지 않고. 만약 아들이 잘못되면 언제라도 뛰어나가야 하니까. 그런 엄마의 마음으로 연기했는데, '감독이 남자 배우와 짜고 여자 배우를 속이고 성추행했다.'는 식으로 욕을 하니까 봉준호 감독에게 너무나 미안하고 그 상황이 무서웠습니다. 웃자고 한 말이 왜곡되어 기절초풍할 일이 벌어진 것입니다. 너무 괴로워 응급실에 실려갔다가 왔습니다. 세상이, 사람들이 괴물처럼 느껴지는 순간도 있습니다. 원빈 배우에게도 많이 미안했습니다. 원빈 배우도 그 장면에서는 자신의 캐릭터를 최대한으로 연기한 것입니다. 나도 성 인식과 젠더 감수성에 문제가 있는 걸까요?

그런데 지나고 나서 보면 우리 모두가 그 사건을 주제로 심리극을 한 것이라는 생각이 듭니다. 우리는 그 심리극의 가해자가 되기도 하고 억울한 희생자가 되기도 합니다. 그것이 '인생 드라마'입니다. 이 심리극으로부터 완전한 자유를 꿈꾸지만 그 자유를 얻은 사람이 얼마나 될까요? 하지만 자신의 주장이 옳다고 소리치는 댓글들을 포함해 모든 칭찬과 비난이 심리극을 하는 것이라고 생각하면 악성 댓글에도 조금은 덜 흔들리게 됩니다.

텔레비전에서 뉴스가 흘러 나옵니다.

"50년을 주기로 지구에 접근하는 홀리혜성이 다시 지구로 접근하고 있습니다. 홀리혜성은 태양 근처에 진입하면서 급격히

밝아져 지구에 가장 근접하게 되는 금요일 밤에는 어디에서나 밝게 빛나는 모습을 볼 수 있을 것으로 기대됩니다. 앞으로 50년 후에나 다시 볼 수 있는 홀리혜성을 좀 더 가까이에서 보기 위해 전국 곳곳의 천문대에는 벌써부터 자리를 차지하고 있는 사람들로 붐비고 있습니다."

청담동 허름한 만화방 건물에 사는 사람들은 자신들의 나이를 헤아려 봅니다.

"50년 후에 다시 오는 거면 내 나이가 일흔여덟."

"우린 완전 꼬부랑 할머니 할아버지 돼서 다시 보는 거네."

"난 100."

"전 여든아홉. 그래도 희망적이죠."

그때 남동생 김우현(우현)이 나를 보며 말합니다.

"누나는 두 번 보기 힘들겠다."

내가 말합니다.

"이게 두 번째야. 벌써 한 번 봤어."

"아, 50년 주기이니까 누나는 50년 전에 봤겠구나."

지구에 접근하는 혜성의 영향으로 전파가 교란을 일으켜 휴대폰과 텔레비전이 불통됩니다. 혜성이 지나갈 때 소원을 빌면 이루어진다고 누군가 말합니다. 그때 쓰는 사람도 없는 만화방 공중전화 벨이 요란하게 울립니다. 놀라서 받으니, 어떤 여자아이가 "여보세요." 하고 말합니다. 분명히 어디서 듣던 목소리입니다. 전화국에 문의하니까 벨 기능조차 없는 공중전화라고 합니다.

오후에 공중전화가 또 울립니다.

"여보세요."

아까의 그 여자아이 목소리입니다.

"너 누구니? 너 어떻게 공중전화에 전화를 걸어?"

"돈 넣으면 되는데요."

"그게 아니고, 니가 지금 공중전화에 전화를 걸었잖아."

"우리 아빠 공장에 걸었는데요."

"이거 공중전화야. 니가 공중전화에 전화를 걸었어."

"공중전화로 전화를 어떻게 받아요?"

"내 말이 그 말이야. 어떻게 건 거야."

"난 그냥 우리 아빠 공장에 걸었는데. 그건가 봐요, 무슨 혜성이 와서 전화에 혼선 많을 거라는데. 50년 만에 온다는 혜성이요. 2012년에 다시 온다는……."

"2012년에 다시 온다고?"

"네, 50년 후에 오니까 2012년에 다시 온다는데요."

"지금이 몇 년 도인데?"

"1962년이잖아요."

"지금이 1962년이라고?"

"네, 근데 왜요?"

"얘가 어디서 거짓말을 해. 너 내가 묻는 말에 1초 이내에 대답해. 생각하지 말고 1초 이내에 대답해야 돼. 지금 대통령이 누구야?"

"대통령 없는데요."

"얘 거짓말하는 것 좀 봐. 대통령 없는 나라가 어딨어?"

"대통령은 없고 의장은 있는데요. 박정희 의장이요. 아줌마, 저 돈이 없어요. 빨리 우리 아빠 좀 바꿔 주세요, 네? 여보세요, 여보세요."

그리고 전화가 끊어집니다. 그때 만화방 공중전화에 적힌 번호를 봅니다. '751-6061' 그 번호도 왠지 보던 번호 같습니다. 듣던 여자애의 목소리에 보던 전화번호. 어렸을 때 아버지가 다닌 공장의 전화번호가 51-6061입니다. 그 여자애는 다름 아닌 어렸을 때의 혜자입니다.

어린 혜자는 아파서 누워 있는 엄마 힘들까 봐, 어린 동생들 놀랄까 봐 소리내어 울지도 못하는 아이였습니다. 조용히 억장이 무너지곤 했던 아이. 어디 숨어서 울고 싶던 아이. 울 곳이 필요했던 아이.

다시 뉴스가 흘러나옵니다.

"50년 만에 돌아온 홀리혜성이 오늘 밤 지구를 완전히 벗어날 것으로 보입니다. 그동안 홀리혜성으로 인해 발생한 통신과 전파 장애도 오늘 밤 11시를 기점으로 완전히 해결될 것으로 보입니다."

어린 혜자는 다시 공중전화기 앞에서 기도합니다.

"간절히 원하는 건 이루어진다. 간절히 원하는 건 이루어진다. 아빠, 내 전화 한 번만 받아 주세요, 제발."

그날 밤 만화방의 노란색 공중전화가 또다시 울립니다. 내가 황급히 수화기를 듭니다.

"여보세요."

"서울공업소죠? 우리 아빠 김철근. 우리 아빠 거기 있죠? 우리 아빠 좀 바꿔 주세요, 네?"

"혜자야, 왜 그래?"

"우리 아빠 좀 바꿔 주세요, 네?"

"아빠 돌아가셨잖아, 혜자야."

"거기 있잖아요. 왜 아빠가 안 받고 자꾸 아줌마가 받아요?"

"혜자야……."

"아줌마, 나 어떻게 살아야 될지 모르겠어요. 엄마가 금방 죽을 것 같아서 겁나요. 어떻게 살아야 될지 모르겠어요."

홀리혜성의 전파 방해 때문에 전화가 지지직거립니다. 나는 어린 혜자를 소리쳐 부릅니다.

"여보세요, 여보세요."

다행히 다시 연결됩니다.

"여보세요, 여보세요."

"응, 그래, 혜자야. 넌 결혼해서 예쁜 딸도 낳을 거고, 서울에서도 부자만 산다는 청담동에 살면서 지금 행복해. 진짜로 행복해. 아줌마 말 믿어. 이게 다 진짜야. 그리고 넌 시인이 될 거야."

"시인이요?"

"그래, 시인. 넌 시인이 될 것이고, 아니야, 이미 시인이 됐어. 네 동생 보희는 배우가 되고, 그리고 우현이는 만화가가 돼. 진짜야, 이건 다 진짜야. 그리고 넌 예순세 살이 되면 인생은 살 만 했다고, 살아 낼 만했다고 그럴 거야. 진짜야, 너 행복해. 아줌마 말 믿어."

"진짜예요?"

"진짜야. 진짜로 행복해, 진짜로 행복해."

"그런데 그걸 어떻게 알아요?"

내가 울면서 말해 줍니다.

"내가 너니까."

"네?"

"내가 너니까."

"여보세요. 여보세요."

"혜자야, 내가 너야!"

그리고 전화가 영영 끊어집니다.

'시간, 시간, 시간이 뭘까……. 시간은 정말 흘러간 건가. 지금도, 또 지금도……. 그때 그 시간은 지금 어디로 가 있을까? 어딘가에 켜켜이 쌓여 있어 지금도 살아가고 있을 것 같은 어린 시절의 나……. 그런 어린 시절의 나에게 힘을 불어 넣어 주고 싶다.'

나는 먼 과거의 어린 나를 향해 입에 손을 모으고 큰 소리로 말합니다.

"혜자야, 잘 살아!"

그 외침을 어린 시절의 혜자가 문득 듣고 골목길을 뛰어 내려갑니다.

어젯밤에도 이 마지막 회를 다시 보면서 많이 울었습니다. 어린 혜자가 너무 불쌍하고 마음 아팠습니다. 유쾌하고 코믹한 시트콤 드라마이지만 「청담동 살아요」에는 이런 감동적이고 가슴 아픈 장면이 있습니다. 어떻게 혜성을 등장시켜 과거의 나와 공중전화로 통화하는 상상을 할 수 있을까요? 박해영 작가는 정말 뛰어난 작가입니다. 과거의 나와 전화하는 그 신이 너무 좋았습니다.

이 드라마에서 나는 무척 마른 모습입니다. 조금 부드러운 얼굴이었으면 더 좋았을 텐데, 그때는 집 안팎으로 불행한 일들이 생겨서 여러 가지로 내가 많이 힘들었던 시기입니다. 이 작품이 나를 살려 주었습니다. 나를 살게 하고 다시 일어나게 한 작품입니다. 힘이 들어서 뼈만 남은 채로 이 드라마 속에 들어가 겨우겨우 살아갔습니다. 그래서 더 잘할 수 있었습니다. 드라마 속 김혜자는 아빠는 공장 다니다 죽고 엄마도 죽고 동생 둘 데리고 어렸을 때부터 고생을 많이 한 여자입니다.

　너무 말라 말뼈다귀같이 보기 싫게 나오는데도, 그 혜자의 눈 속에 그런 고통이 다 들어 있습니다. 어린 혜자의 가여움이. 내가 나를 보는데도 마음이 아파서 눈물이 났습니다. 그 장면을 연기하면서, 정말로 그런 일이 있을 수 있다고 생각했습니다. 과거의 나와 얘기하며 용기와 희망을 주는 그런 일이 왜 없겠어요?

　이런 드라마가 나는 좋습니다. 힘들어서 쓰러지기 직전인 사람들에게 어떤 꿈을 꾸게 해 줍니다. 그냥 허황된 꿈이 아닙니다. 이런 드라마가 있으면 또 하고 싶습니다. 내 명성을 위해서가 아니라 절망 속에 빠진 사람들에게 희망을 심어 주는 그런 작품을 하고 싶습니다.

　「청담동 살아요」에 나오는 인물들 모두 한심한 사람들입니다. 형편 좋은 사람이 아무도 없습니다. 다 현실에서 밀려난 사람들입니다. 부촌의 대명사인 강남구 청담동에서 실체를 숨긴 채 살아가는 루저들이라고 할 수 있습니다. 여동생 보희(이보희)는 얼굴 예쁜 것 하나로 영화 한 편 찍고 재벌 남자에게 시집 갔다가 1년 만에 소박맞고 혜자네 집에 얹혀 삽니다. 어떻게 하면 조금 예쁜 옷 입을까, 어디 돈 많은 남자 없을까, 이루어지지 않는 꿈을 꿉니다. 혜자까지 가끔 오빠라고 느끼는 노안의 남동생(우현)은 만화가이지만 제대로 만화책 한 권 내 본 적 없는 못난이입니다. 누나한테 구박받으면서 화장실 청소나 하고, 손님이 만화책 빌려 가는 거 장부에 적으면서 살아갑니다. 어렵게 살기 때문에 딸(오지은)은 명품백에 손이 가고, 돈 많고 배경 좋은 남자를 찾는 게 목표입니다.

우현과 같은 방을 쓰는 하숙생 최무성(최무성)은 서울대를 나온 청담성형외과 의사이지만 실력이 없어 성형외과 실장에게도 무시당합니다. 월급은 미국으로 유학 가 있는 자식과 아내에게 죄다 보내고, 주머니에 돈 한푼 없는 찌질이 궁상입니다. 가수 조관우(조관우)는 아이돌 지망생 몇 명을 데리고 혜자네 반지하 셋방에서 더부살이하는 자칭 연예기획사 사장입니다. 무명배우 보희 누님을 짝사랑해 매니저 역할을 자청하지만, 연습생들에게 밥 한 끼 사 줄 돈도 없습니다.

김혜자도 거지나 다름없습니다. 한 번도 서울에 살지 않다가 나이 60 넘어서 청담동에 살게 됩니다. 그다음부터 "나, 청담동에 살아요."를 외치며 목에 힘을 주고 살아갑니다. 그러다 우연히 백화점 VIP 고객만 가입할 수 있는 문인 클럽에 들어가게 되고, 그곳에 모인 부잣집 여자들에게 자신이 만화방 주인인 것을 부풀려 "북카페를 경영한다."라고 말하며 졸지에 청담동 귀부인 행세를 합니다. 실상은 떠돌이 오빠의 만화방을 떠맡아

하숙까지 치면서 재건축 직전의 낡은 2층 건물에서 살아가는 여자입니다.

만화방을 하는 틈틈이 짧은 일본어 실력으로, 한류 스타를 보기 위해 청담동을 찾아온 일본 관광객들의 가이드 아르바이트까지 합니다. 대충 이 집 저 집을 가리키며 "여기는 욘사마의 집, 저기는 원빈의 집."이라고 소개합니다. 가난하지만 부자인 것처럼 청담동 주민답게 살아 보려 하지만, '뱁새가 황새 따라가려다 가랑이 찢어지는' 인물입니다.

하지만 겉은 거지인데 어렸을 때부터 혜자의 마음 한구석에는 반짝반짝 빛나는 별이 있습니다. 세상을 아름답게 보려고 하는 별. 어려서부터 한없이 불행한 아이였는데, 그 별을 잃지 않습니다. 남보기에는 "쟤는 저러고 어떻게 살아?" 하는 아이였지만 마음속에는 반짝이는 별을 간직하고 있습니다. 하루하루가 희망으로 빛납니다. 절대로 희망을 잃지 않는 아이입니다. 가슴속에 잘 안 보이는 별을 놓치지 않으려고 애쓰는 아이. 나는 그것이 마음 아팠습니다. 사실 그 별은 없을지도 모릅니다. 아이는 그 별을 없애지 않으려고 안간힘을 씁니다. 그 별은 없는 별일 수도 있는데. 현실에서는 없는, 터무니없는 별을 가슴에 품고서, 아무리 사람들이 "그런 건 없어." 하고 말해도 "아니야, 있어." 그리고 사는 역이 혜자의 역입니다.

그것이 얼마나 어려운 일인지 모릅니다. 발은 구정물에 담그고 있으면서도 기가 막힐 정도로 아름다운 별을 마음속에 간직한다는 것이. 이 드라마에 나오는 인간들 모두가 그렇습니다. 그렇기 때문에 지금 나에게 다시 해 보고 싶은 드라마를 묻는다면 나는 단 1초도 생각하지 않고 「청담동 살아요」라고 말합니다.

극 중 김혜자는 푼수가 없습니다. 현실에서는 그런 것을 '푼수 없다.'고 말합니다. 그래도 괜찮습니다. 푼수 없으니까 이 현실을 살아갈 수 있습니다. 푼수 없는 척하면서, 바보인 척하면서. 그 역이 바로 나 자신입니다. 많은 드라마를 했지만 「청담동 살아요」의 김혜자가 바로 나입니다. 그것을 김석윤 연출가는 안 것입니다. 그래서 나에게 그 역을 맡겼습니다.

내가 어떤 때는 쓸데없는 고집을 부려 사람 환장하게 할 때가 있습니다. 「청담동 살아요」 촬영이 막바지에 달할 무렵이었는데 내가 김석윤 연출가를 화나게 했습니다. 그러고는 집에 와 버렸습니다. 정확히 기억나지 않지만 아마도 나를 너무 몰아붙이니까 내가 말도 안 되는 소리를 해서 그 사람을 화나게 했던 것 같습니다. 그런데 밤 1시쯤 전화가 왔습니다. 김석윤 연출가는 편집도 다른 사람에게 맡기지 않고 집에서 자기가 편집합니다. 특이한 사람입니다. 지금은 잘 모르겠지만.

전화를 받았더니 연출가가 말했습니다. 편집을 하다가 내가 웃는 장면을 보고는 아까까지 밉던 게 다 없어졌다고. 그 웃는 모습 보고 자기가 다 풀어졌다고. 그 말이 너무 감사했습니다.

　김혜자는 시를 씁니다. 가난하지만, 인생에 답이 없지만 언제나 시인이 되고 싶어 합니다. 시가 뭔지도 모르면서. 말할 수 없이 섬세한데, 그것을 어디에 표현할 데가 없으니까 시를 쓰기 시작합니다. 백화점 문인 클럽 회원인 부잣집 여자의 곱게 나이 먹은 피부를 보고 '냄새가 다르다'라는 제목의 시를 씁니다.

　　그녀는 좋은 냄새가 난다.
　　갓 수확한 솜털이 보송보송한
　　다디단 복숭아 향기가 난다.
　　평생 먹어 온 것이
　　사람의 살 냄새를 만드나 보다.
　　나의 살 냄새를 맡아 본다.
　　씻어야겠다.

　동네 건달이 만화방 앞에 세워 놓은 자기 차를 누가 긁었다면서 수리비를 물어내라고 욕을 하며 협박합니다. 그러자 김혜자는 "입에 걸레를 문 듯한 그런 난도질된 언어 이제 그만 쓰라."고 말하며 시적으로 훈계합니다.

　"그쪽의 차에는 바람이 풀밭을 스치듯 서러움의 모서리들로 찢겨진 자국들이 남아 있겠지만은, 이쪽으로 넘어온 당신의 언어는 여기 착한 사람들의 마음에 모진 비바람과 커다란 돌덩이 하나씩 던져 놓고 있는 거예요. 잃어버린 싹가지를 그쪽은 어디서 찾을 수 있을까요? 한 줌의 재로 사그라지기 전에, 죽기 직전 투명한 요단강가에 있던 수많은 빛들을 보기 전에는 꼭 찾을 수 있기를."

당황한 건달은 "아놔, 욕먹고 감동받기는 처음이야." 하고 황급히 나갑니다.

외국에서 유학했다는 부잣집 여자가 권한 칸트의 『순수이성비판』을 읽고는 〈월간 만화〉를 강제로 넣고 돈 달라고 독촉장을 보내는 사람에게 말합니다.

"잘 들어. 인간은 아무리 나쁜 인간이래도 옳고 그름을 정확히 판단하는 선천적인 인식 구조가 있어. 따라서 넌 무엇이 옳고 그른지에 대한 판단력은 있는 거야. 그런데 넌 남의 말을 듣지 않는다는 자아에 대한 고정관념에 사로잡혀 있어. 나쁜 놈이라는 일관성을 유지하기 위해서 넌 넣지 말라는 〈월간 만화〉를 계속 넣고 있는 거야. 인간의 통념적인 인식 구조에 어긋나는 니 행동 때문에 우리가 계속 이렇게 싸워 대고 있는 거라고. 무슨 말인지 알아 들어? 왜 말이 없어?"

상대방은 조용히 "알겠습니다." 하고 다시는 넣지 않겠다고 약속합니다.

상한 귤을 봉지에 넣으려는 과일상에게도 일침을 가합니다.

"인간의 존엄성을 염두에 두고 판단하셨으면 좋았을걸. 인간은 모두 이성적인 판단 능력이 있기 때문에 아주머니께서 이 상태 안 좋은 귤을 이익을 위해서 몰래 거기다 넣으려고 이성적인 능력을 발휘하실 때 저 또한 이걸 골라낼 수 있는 이성적 능력이 있다는 거죠. 때문에 어떤 판단과 행동을 하실 때는 서로를 수단으로 보지 않고 목적으로 보면서 서로의 존엄성을 지켜주는 것, 그것이 손님과 주인 사이에 필요한 거 아닐까요?"

만화방 손님이 화장실에 휴지가 없다고 불평하자 김혜자는 말합니다.

"판단을 잘못하셨네요. 판단은 분석 판단과 종합 판단으로 나뉘는데요. 분석 판단은 경험을 꼭 필요로 하진 않아요. 예를 들면 화장실에 휴지가 필요하다 그게 참이죠. 하지만 그게 참이라고 해서 반드시 화장실에 휴지가 있는 건 아니에요. 따라서 경험을 통한 종합적 판단이 반드시 필요하답니다."

볼일이 급한 손님은 몸을 배배 꼬며 죄송하다고 말합니다.

다시 봐도 너무나 귀여운 여자입니다. 자신의 초라한 신분을 감추기 위해 얼토당토않는 거짓말을 늘어놓고, 거짓말은 또 다른 거짓말로 이어집니다. 오죽하면 이렇게 혼자 한탄합니다.

"나 살자고 던진 거짓말이 되레 매번 나를 죽일 듯이 쓰나미가 돼서 돌아오니, 이러다 내가 정말 죽지. 사람의 인생에 할당된 거짓말의 양이 있다면 난 청담동에 이사 온 요 삼 개월 동안 내 인생에 할당된 거짓말 모두 쏟아낸 것 같아. 이제 더 이상 내 속에서 나올 거짓말이 없었으면 좋겠다 제발."

가진 것 하나 없는데, 도둑 맞았다는 부잣집 여자들에 밀리고 싶지 않아서 자기 집도 털렸다고 뻥을 칩니다. 경찰과 함께 집까지 조사받으러 오면서 경찰차 안에서 간절히 기도합니다.

"하나님, 지금입니다. 지구 종말 타임입니다. 여기서, 제가 더 살아 뭐해요. 제발, 여기서, 제발."

자신이 처한 문제를 자기 힘으로 극복할 수 없다는 것을 잘 아니까, 이것이 지구의 마지막 날이면 좋겠다고 말합니다. 그런데도 죽지 않고 살아집니다. 꿈을 잃지 않으니까. 얼굴이 전혀 우거지상이 아닙니다.

부자 동네이니까 쓰레기통에서 주워 온 옷도 명품입니다. 프랑스제 스키복이라고 너무 좋아서 입고 다니다가 동네 개가 똑같은 패딩을 입은 것을 보고 김이 새 버립니다. 그래서 남동생에게 주니까, 그는 또 뻐기며 입고 다닙니다. 명품이라고 개 옷 입고 다니는 이런 기발한 이야기를 어느 작가가 또 쓸 수 있을까요? 뛰어난 블랙 코미디입니다.

이 드라마를 처음 촬영할 때 내가 얼굴을 잘 아는 사람은 내 여동생 역을 맡은 이보희 배우밖에 없었습니다. 처음 만난 연기자들이 다들 너무 연기를 잘해 두 번 세 번 놀랐습니다. 그래서 내가 그중 한 여성 연기자에게 말했습니다.

"연기를 잘하셔서 정말 감탄했어요. 세상에 이렇게 잘하는 배우가 있다는 걸 알고 너무 놀랐어요."

그러자 그 배우가 바로 맞받아쳤습니다.

"저도 선생님 같은 배우가 있는 거 이번에 처음 알았어요."

그렇게 정색하며 말하고는 가 버렸습니다. 나는 순수하게 말한 것인데 내 말이 감정을 상하게 한 것 같았습니다. 약간 당황스럽고 놀랐습니다. 내가 진심이더라도 말을 조심해야 한다는 것을 새삼 배웠습니다. 「청담동 살아요」는 그동안 좁은 세상에 갇혀 살던 내게 새로운 세상을 보여 준 작품입니다.

바보 같지만 눈물 나게 순수한 사람들. 「청담동 살아요」에 나오는 인물들이 다 그렇습니다. 전부 현실 부적응자입니다. 나는 그런 것이 너무 좋았습니다. 세상에는 그런 사람들이 많습니다. 안 될 일을 꿈꾸는 사람들이. 그런데 너무 재미있게 써서 부조리인데도 아무도 우울하지 않습니다. 처지가 심각한데 심각하지 않습니다. 나는 그런 세상을 원하는 것 같습니다.

똑똑한 인간들 눈에는 바보 등신 같지만, 이들은 이렇게 말하는 듯합니다.

"그래, 나, 바보 등신이야. 그런데 나는 행복해. 너네들이 생각하기에 나는 실패자이지만, 너네들이 내 꿈을 가져갈 수는 없어. 너네들같이 현실에서 눈이 이리 돌아갔다 저리 돌아갔다 그러는 것, 나는 싫어. 머리 잘 돌아가는 것도 싫어. 내가 약간 바보 같지만 실제로는 바보가 아니야. 나는 꿈속에서 살고 싶은 거야. 나는 이 꿈에서 깨기가 싫어."

조관우 매니저도 김혜자와 비슷한 인간입니다. 현실하고 전혀 맞지 않는 짓을 합니다. 똑바로 눕기에도 좁은 지하 셋방에서 맨날 만화책이나 보면서 자기가 무슨 기획사 사장이라고 행세합니다. 세상의 눈으로 보면 또라이입니다. 그런데 가수 지망생들에게 노래 불러 주면서 맨날 행복해합니다. 그가 라이브로 부르는 노래 '꽃밭에서'를 듣고 모두가 감동합니다.

아무것도 먹을 것이 없지만 사람이 먹는 것만으로 살 수 없습니다. 꿈도 먹는 겁니다. 「청담동 살아요」의 사람들은 굶어서 죽을 정도만 아니면 꿈을 먹고 사는 사람들입니다. 그래서 겉모습은 초라하고 비비 틀어지고 말라도 행복합니다.

「청담동 살아요」는 드라마 전체가 한 편의 시입니다. 김혜자 하는 짓도, 조관우 하는 짓도 시 같습니다. 현실로는 이루어지지 않으니까 꿈속에서 삽니다. 현실로 들어가면 다 부서지니까, 현실과 꿈 사이 어느 지점에서 살아갑니다. 현실과 꿈 중간 지점에서 사는 사람들입니다. 꿈이 깰까 봐 그 중간 지점에서 현실 속으로 들어가지 않는 것입니다. 가끔 정신 차릴 때가 있습니다. 그러면 고개를 흔들고 꿈에서 깨지 않으려고 노력합니다. 꿈꾸면서 사는 사람들, 꿈이 깨기가 싫은 사람들입니다.

그런 사람들이 어딘가에 있을 것이라고 나는 생각합니다. 현실과 꿈 사이 중간 지점에서 살아가는 사람들. 그 사람들이 다 사라지면 세상이 너무 삭막해집니다. 하지만 그런 사람들은 사라지지 않습니다. 사라질 수가 없습니다. 현실을 마주하면 죽어야 합니다. 그러니까 사라지지 않습니다. 죽을 용기는 또 없습니다. 꿈에서 깨지 않는 설정을 해 놓고, 그 안에서 재미있게 살아갑니다. 그래서 한편으로는 애잔하고 슬픈 이야기입니다.

DON'T HATE HER SON

SHE WON'T STAND IT

SHE IS

mother

by BONG Joon-ho

CJ Entertainment Presents, a Barunson Production From the director of <The Host> <Memories of Murder> <Barking Dogs Never Bite> KIM Hye-ja X Won Bin

신은 계획이 있다

김혜자는 작품을 선정하는 데 매우 까다로운 것으로 소문이 나 있습니다. 실제로 첫인상부터 마음에 들지 않는 대본은 선택하지 않았습니다. 나는 내 직관을 믿습니다. 그러다 보니 3년이나 4년마다 한 번, 그렇게 뜸하게 작품을 했습니다.

드라마든 영화든 내가 연기하는 작품을 보면서 누구 한 명이라도 행복해지는 것, 눈물을 쏟으면서도 인생의 환희를 느끼는 것이 내 작품 선정의 기준이었습니다. 그렇지 않으면 하기 싫었습니다. 어떤 이야기든 살아 있는 것에 의미를 던지는 작품을 하고 싶었습니다.

누구나 그렇듯이 배우 생활 초기에는 경제적으로 어려울 때도 있었습니다. 남편 집이 가난했습니다. 시부모님을 모시고 서

영화「마더」포스터

대문 영천 꼭대기에서 셋방살이를 했습니다. 우리 집은 부자여서 아버지가 작은 집이라도 마련해 준다고 했는데, 남편이 죄송하다고 받지 않았습니다. 나이 차이도 많고, 집안도 시골인 가난뱅이에게 시집 보낸다고 언니들이 내 결혼을 많이 반대했습니다. 나는 집안 배경이야 어떠하든 남편만 좋아서 시집을 갔습니다.

한번은 어느 연출자 선생님이 나에게 "어떻게 먹고 싶은 떡만 먹느냐?"라며 제의가 오는 작품은 거절하지 말고 하라고 권유하셨습니다. 나는 주저하지 않고 말했습니다.

"저는 그래도 먹고 싶은 떡만 먹을 거예요."

내가 하도 작품을 고르니까 누군가가 "어차피 텔레비전은 예술이 아니다."라고 말했습니다.

나는 너무나 서운해서 단호하게 말했습니다.

"예술이라고 생각하고 온몸을 던져도 힘이 드는데, 어떻게 처음부터 아니라고 할 수 있어요? 난 그렇게는 못 해요."

CF도 내 마음에 드는 것만 했습니다. '지금은 굶더라도 나중에 내가 먹고 싶은 떡을 먹겠다.'라는 것이 나의 고집이고 생각이었습니다. 먹고 싶지 않은 것은 안 먹고 참았다가, 먹고 싶은 떡이 나왔을 때 먹는 것. 그렇게 배역을 선택해 왔습니다.

내가 맡았던 배역 중에 극단적인 역은 없었지만, 그래도 그 내용이 그 내용인 것은 참을 수 없었습니다. 왜냐하면 나는 그 여자로 정말로 살아야 하고, 그 여자가 되어야만 하는 것이기 때문입니다. 물론 그 인물이 안 되어도 연기를 할 수 있는 사람들이 있습니다. 연기 실력을 잘 활용하는 연기자들도 많습니다. 그런데 나는 그 사람이 안 되면 될 때까지 몸부림을 치고 혼자서 수십 번, 수백 번이라도 해서 그 사람이 되어야만 합니다. 이상한 미신처럼 들리겠지만 그것이 나인 것을 어찌할 수 없었습니다.

일일 드라마를 할 때는 너무 슬퍼도, 슬픔을 너무 진하게 연기하면 보는 사람들이 진력나기 때문에 가볍게 하려고 노력했습니다. 그것이 더 어려웠습니다. 실제로는 집에서 살림만 하는 여자라 해도 슬픔이 밀려오는 순간에는 격한 감정으로 흐느끼는데, 처음에는 나도 그렇게 했습니다. 그런데 그렇게 하면 안 된다는 것을 알게 되었습니다. 까무러칠 정도의 감정이지만, 저녁 8시나 밤 10시에 편안하게 드라마를 보는 시청자들을 생각하면, 내가 그 괴로움을 다 표현하면 안 된다는 것을 깨달았습니다. 그렇게 하면 너무 튀어 보이고, 보는 사람도 힘이 듭니다.

따라서 배역과 나를 동일시하면서도 슬픔의 표현을 조절해야만 합니다. 보는 사람이 '아, 그만했으면……' 하는 생각이 들지 않도록. 힘들고 슬픈 순간을 견디며 감정을 조절해야만 앞으로 나아갈 수 있는 것이 인생입니다. 어떤 배역을 연기하는 것과 마찬가지로 인생을 산다는 것은 '나 자신을 세상에 내놓는 것'이라고 나는 생각합니다.

한 프로그램에서 내가 이런 말을 한 적이 있습니다.

"그건 조른다고 될 일이 아니에요."

나는 그런 말을 한 기억이 잘 나지 않지만, 나중에 사람들이 말해 줘서 알았습니다. 사실 그것은 평소에 내가 자주 하는 말입니다. 누가 나에게 와서 어떤 배역을 권하면 내가 작품을 많이 하지 않으니까 거절하는 경우가 많습니다. 안 되는 건 안 되는 것입니다. 조른다고 되는 일이 아닙니다. 내가 나를 가장 잘 아는데, 혹시 그것을 하게 된다고 해도 나 자신이 너무 싫어질 것 같으면 거액의 출연료를 준다 해도 하지 않았습니다.

기억나는 일이 있습니다. 한번은 어느 연출자가 꽃을 한 아름 사 들고 집에 찾아와서는 말도 많이 하지 않고 가만히 앉아 있다가 대본 하나를 내밀었습니다.

내가 말했습니다.

"이 작품은 하지 않을 것 같아요. 괜히 힘들이지 마세요."

사흘 뒤 아프리카에 가야 할 일정이 있기도 했습니다. 그 연출자는 "알았습니다." 하고 대본을 놓고 갔습니다. 그런데 그가 집에 돌아가서 나에게 문자를 보냈습니다. 그때가 봄이었나 봅니다. 벚꽃 사진 한 장에 실어 이렇게 적어서 보냈습니다.

'선생님 집을 나서서 담 아래를 지나다가 벚꽃이 너무 예뻐서 가지 하나를 꺾어 왔습니다.'

나는 답장을 보냈습니다.

"그 작품 할게요."

나에게 거절을 당하고 돌아가면서 우리 집 담 너머로 핀 벚꽃 가지 하나를 꺾어서 가지고 가는 그 마음이 너무 시적이고 그 마음을 알 것 같아서, 한다고 했습니다. 그런 감성이면 함께 멋진 작품을 해낼 수 있을 것 같았습니다. 그것이 「봄날의 미소」(김근홍 연출, 김영현 극본 MBC 2005년 2부작 드라마)인데, 주인공은 아니었습니다. 후처의 아들을 입적해서 의지하며 키우는 의붓어머니 역이었습니다. 아들이 심장 이식을 받아야만 살 수 있다는 의사의 말을 듣고 병원 쓰레기통을 붙잡고 기우뚱하게 서 있던 내 모습, "나도 데려가!" 하고 수십 번 반복하며 아들에게 떼쓰던 모습이 기억에 남습니다.

모르는 연출자나 감독과는 작품을 잘 하지 않습니다. 전혀 알지 못하던 사람과 작품을 한 경우는 봉준호 감독입니다. 그는 대학생 때 영화 동아리 사무실이 우리 집이 보이는 홍익대학교 근처에 있었다고 합니다. 하루는 사무실에서 내려다보는데 내가 슬리퍼를 신고 밖으로 나왔다고 했습니다. 호기심이 나서 뒤를 밟았는데, 내가 홍대 앞을 지나더니 극동방송국 쪽으로 꺾어지더랍니다. 그 골목 안에 당시 내가 출연하는 드라마 촬영팀이 있었습니다. 그렇게 내가 동네 슈퍼 가는 걸음걸이로 가서는 곧장 촬영을 하는 것을 봤다고 했습니다. 그렇게 한

두 시간 찍더니 "고생들 하세요." 하고 말하고는 다시 그 걸음 걸이로 집으로 갔다고 합니다. 봉준호 감독은 그것이 '충격적인 경지'였다고 했습니다(씨네21 인터뷰).

그때 나를 보면서 '저 배우와 작품을 하려면 어떻게 해야 할까?' 하고 생각했다고 합니다. 전형적인 순종형 어머니 역할을 많이 하는 것을 보고, 왜 그런지 내가 그런 엄마 역할에 진력이 났을 것 같았다고 했습니다. 그래서 영화 「마더」를 만들게 되었습니다.

「마더」는 아들 때문에 살인까지 하게 되는 엄마를 다루고 있는데, 봉준호 감독은 어느 인터뷰에서 '그 지독한 모성애를 그릴 수 있다고 생각한 유일한 배우는 김혜자였다'고 했습니다. 자신이 어릴 때부터 쭉 봐 왔던 김혜자와 영화를 하고 싶은데 '늘 하던 어머니상이 아닌, 저분과 영화를 찍는다면 어떤 스토리를 할 수 있을까?' 해서 스토리가 순간적으로 떠올랐다고 했습니다. 스토리 이전에 배우가 먼저 있었고, 자신의 영화 「마더」의 시작점이 김혜자였음을 밝혔습니다.

봉준호 감독은 처음 우리 집에 와서 3층에 있는 내 방 창밖으로 보이는 전깃줄을 보고 말했습니다.

"할 수만 있다면 저 전깃줄을 걷어 드리고 싶어요."

그때, '아, 이 남자 멋있다.' 하고 생각했습니다. 나도 창문 중간쯤으로 지나가는 그 선을 몹시 싫어했습니다. 어떻게 금방 그것을 알았을까?

그는 내 정신 나게 하는 이야기를 많이 해 줍니다. 나이가 적든 많든 나에게 '옳은 소리'를 해 주는 사람의 말은 다 흡수하고 받아들이려고 합니다. 항상 감사합니다.

「마더」 촬영이 끝나는 날, 봉준호 감독이 나에게 종이 한 장을 주면서 말했습니다.

"선생님, 3년 후에 이 작품을 꼭 할게요."

그 종이에 다음 작품의 콘티가 그려져 있었습니다. 그러고 10년이 지났지만 나는 한 번도 그 영화에 대해 질문하지 않았습니다. "그 영화는 왜 안 해요?" 하고 묻지 않았습니다.

얼마 전 봉준호 감독이 찾아와서 오래된 이야기이니 서로 하게 되었습니다. 그가 말했습니다.

"선생님, 저는 내내 그게 마음에 걸렸어요."

나는 말했습니다.

"괜찮아요."

나는 그에게 부담 갖지 말라고 말했습니다. 나에게 무대를 마련해 줄 의무는 그에게 없으니까요. 사람 생각이 변할 수도 있고, 상황이 안 될 수도 있고, 그것이 인생이니까요. 그래서 나는 말했습니다.

"나는 다 잊었어요. 봉준호 감독은 그냥 나에게 좋은 사람이에요."

그가 말했습니다.

"제가 선생님과 너무 작품이 하고 싶어서 아직 설익은 말을 드린 것 같아요. 콘티까지 그려서 드리고. 그런데 2년 후쯤, 제가 선생님과 하려고 했던 그런 사건이 현실에서 똑같이 일어났고, 너무 김이 새서 할 수가 없었어요."

신문에 다 난 사건을 할 수는 없으니까 그의 말이 옳았습니다. 나는 웃으며 말했습니다.

"이렇게 얼굴 봤으니까 됐어요."

신은 나에게 배역을 보는 눈을 주셨습니다. 평범한 것은 싫어합니다. 얼굴도 평범하게 생겼고 순탄한 환경에서 자랐지만 평범하고 그저 그런 역은 끌리지 않습니다. 지루한 삶은 생각만 해도 숨이 막힙니다. 살아 있으면서 이미 죽은 것 같은 삶은 싫습니다. 고통과 애증의 드라마에 굴러 떨어졌다가 올라왔다가 굴곡이 있어야 연기가 생생해집니다.

내가 낭송한 시가 한 편 있습니다. 『마음챙김의 시』(류시화 엮음, 수오서재 간)에 실린 앨렌 바스의 '중요한 것은'이라는 제목의 시입니다.

삶을 사랑하는 것
도저히 감당할 자신이 없을 때에도,
소중히 쥐고 있던 모든 것이

불탄 종이처럼 손에서 바스러지고

그 타고 남은 재로 목이 멜지라도

삶을 사랑하는 것

슬픔이 당신과 함께 앉아서

그 열대의 더위로 숨 막히게 하고

공기를 물처럼 무겁게 해

폐보다는 아가미로 숨 쉬는 것이

더 나을 때에도

삶을 사랑하는 것

슬픔이 마치 당신 몸의 일부인 양

당신을 무겁게 할 때에도,

아니, 그 이상으로 슬픔의 비대한 몸집이

당신을 내리누를 때

내 한 몸으로 이것을 어떻게 견뎌 내지,

하고 생각하면서도

당신은 두 손으로 얼굴을 움켜쥐듯

삶을 부여잡고

매력적인 미소도, 매혹적인 눈빛도 없는

그저 평범한 그 얼굴에게 말한다.

그래, 너를 받아들일 거야.

너를 다시 사랑할 거야.

그래, 너를 받아들일 거야, 너를 다시 사랑할 거야……. 그렇게 나를 자극하고, 설레게 하고, 가슴을 뛰게 하는 배역을 기다립니다. 하지만 이제 내가 나이가 몇인데, 누가 나를 자극하기 위해 배역을 만들어서 해 보라고 할까요? 늘 '이것이 마지막이구나.' 하고 생각할 때 감사하게도 신은 새로운 배역을 주십니다. 지금도 궁금합니다. 어떤 작품이 나의 마지막 작품이 될까? 신의 계획이 있으실 테니, 기다리고 있습니다.

인생 드라마

　「여女」(소원영 연출, 이덕재 극본 1995년 MBC 16부작 월화 드라마. 김혜자·최불암·신은경·정찬 출연. 아이를 유괴해 애정을 쏟아 키우지만 결국 모든 것을 잃는 여성과 딸의 이야기)에 나오는 민숙(김혜자)에게는 용설이라는 이름의 딸(신은경)이 있습니다. 딸을 낳던 날 창밖에 눈이 펑펑 내리고 있었다고 해서 '얼굴 용' 자에 '눈 설' 자를 써서 지은 이름입니다. 하지만 실제로는 한여름에 경포대 해수욕장에서 부모와 함께 와서 놀던 아이를 유괴해다가 키운 것입니다.

　민숙은 비련의 주인공입니다. 남편 없이 사업에 성공하긴 했지만, 아이를 못 낳는다는 이유로 강제 이혼당했습니다. 그래서 깊은 상처가 되고 왜곡된 욕망이 커집니다. 아기가 너무 갖고 싫어서 바닷가에서 한 여자아이를 훔쳐 와서 키운 것입니다. 세상의 그 어떤 엄마보다 더 지극 정성으로 키웁니다. 하지만 비밀은 영원할 수 없습니다. 착한 여대생이던 용설은 죽은 줄만 알았던 아버지가 살아 있고, 사랑하는 엄마가 자신의 친부모를 파괴한 유괴범이라는 사실을 알고 심한 고통에 빠집니다.

자신의 출생에 대해 묻는 용설에게 민숙은 고아원에서 입양 했다고 거짓말을 합니다.

"고아원이야. 여러 아이들이 놀고 있었다. 그런데 그중에 한 아이가, 그중에 한 아이와 눈이 마주치는 순간, 내 가슴은 쿵쾅 거리기 시작했어. 저기 내 딸이 있구나. 저기 내 아이가 있구나. 저기 잃어버렸던 내 딸이 있구나."

숨겼던 비밀을 알게 된 딸과 엄마 사이에 벌어지는 인간 심리를 잘 그려 낸 수작입니다. 「전원일기」의 어머니상과는 전혀 딴판인, 유괴범이라는 이미지 자체가 시청자들에게 충격을 주었습니다. 내가 서교동 살 때인데, 한 번도 작품을 함께하지 않은 소원영 연출가가 몇 번 찾아와서 그 작품을 하자고 해서 알았다고 했습니다. 방송국에서 볼 때마다 남자답고, 몸집도 크고, 무뚝뚝하고, 헛말하지 않고 할 말만 하는 사람이라는 인상을 받았기 때문에 정색을 하고 제의하니까 신뢰가 갔습니다. 이 작품 촬영할 때 연출도 매우 잘했습니다.

무엇보다 남의 아이를 유괴하는 역을 나한테 시킬 생각을 했다는 것이 놀라웠습니다. 「전원일기」의 어머니 역을 하고 있는 나와는 어울리지 않는다는 생각은 솔직히 눈곱만큼도 하지 않았습니다. 이런 역도 할 수 있어서 감사했습니다. 배우로서 내 안에 얼마나 많은 의외의 상상들이 숨어 있는데, 뜻밖의 역을 하자고 하니까 '이 사람이 나의 그런 면을 발견했구나.' 하는 생각이 들었습니다.

유괴해 와서 키운 딸이라는 것이 밝혀지자 여자는 집요하게 거짓말로 거짓말을 덮습니다. 그러다가도 위협이 닥치면 평소의 부드러운 얼굴을 벗고 새끼를 품은 어미 개처럼 이빨을 드러냅니다. 무섭게 발작 증세를 보입니다. 봉준호 감독도 이 드라마를 보며 '신들린 듯한 광기의 순간'이 깊이 각인되었다고 했습니다. 모성애의 양면을 극대화시킨 작품이 그렇게 해서 탄생하게 됩니다.

결국 딸에게 버림받은 여주인공은 죗값을 치루느라 미친 여자가 되어 경포대 바닷가를 방황합니다. 그리고 자기 환영 속에만 보이는 아이를 향해 두 팔을 벌리며 중얼거립니다.

"용설아 생각나니? 바로 여기서 엄마가 널 낳았어. 그날도 이렇게 함박눈이, 이렇게 예쁜 흰 눈이 펑펑 쏟아졌단다. 이렇게 눈이 펑펑 오는 날 엄마가 여기서, 여기서 널 낳았어."

잊어버리고 있었는데, 얼마 전 「우리들의 블루스」를 제주도에서 촬영한다는 소식을 듣고 소원영 연출가가 문자 메시지를 보내 「여」의 그 마지막 장면에 나온 바다가 제주 바다였다는 얘기를 해 줘서 새삼 기억났습니다. 영화로 만들었어도 좋았을, 영화적인 소재입니다.

딸 역을 한 신은경 배우와는 「엄마가 뿔났다」(2008)에서도 함께했습니다. 내 성격 때문에 드라마 안에서의 관계를 유지했을 뿐 얘기를 별로 안 해서 인간 개인에 대해선 잘 몰라도, 연기를 아주 잘하는 배우입니다. 솔직하고, 똑똑하고, 대사 한 번 틀리는 법도 없었습니다. 사생활에 대해 어렴풋이 들은 적 있지만, 나는 다른 건 모릅니다. 배우가 요조 숙녀이어야 한다는 법은 없습니다. 나는 그런 것 상관하지 않습니다. 나한테 한 번도 무례하거나 못된 행동한 적도 없고. 자신에게 맞는 역이 주어진다면 멋지게 빛날 배우입니다. 어느 인터뷰에서 스타가 아닌 배우를 꿈꾼다면서 "김혜자 선생님을 닮고 싶다. 영화 「마더」를 보면서 연세가 많으심에도 불구하고 모험하고 도전하는 모습이 멋지다고 생각했다. 나 역시 나이가 들어도 그렇게 도전해 나가고 싶다."라고 말했다고 합니다. '부디 잘 되라, 신은경.' 하고 마음속으로 응원합니다.

한편으로 생각하면, 배우는 어떤 면에서는 승려같이 살아야 하기도 합니다. 가슴속에서는 불길이 막 왔다 갔다 해도 평상시의 행동은 누구한테도 씹힐 일 하지 말아야 합니다. 나는 본래부터 그렇게 생각했습니다. 가슴속에는 백 명의 남자가 살아도 신부나 수녀님처럼 살아야 합니다. 왜냐하면 드라마 안에서 그 모든 것을 보여 줘야 하니까. 드라마 안에서 그 불꽃을 다 살아야 하니까. 사생활과 드라마가 얽히면 그 배우에 대한 신비감도 없어지고 맡은 역이 살아나지 않습니다. 그것이 배우가 자신이 맡은 역, 앞으로 맡게 될 역을 지키는 일입니다.

다른 작품에서도 그렇지만 「여」를 하면서 '김혜자는 눈동자로 연기를 한다, 눈빛으로 말과 감정을 전달한다.'는 평을 많이 들었습니다. 화면에 비친 깊은 눈망울이 모든 걸 담고 있다고. 어떤 이는 사슴 같은 눈동자로 이질적인 유괴범의 내면 연기를 해 내는 것에 놀랐다고 했습니다. 눈빛에 여러가지를 담고 있는 배우라고 영화 담당 기자들도 말합니다.

봉준호 감독이 내 눈에 대해 말한 적 있습니다.

"김혜자 배우를 가까이서 많이 봤는데 눈이 정말 신기하다. 부드러운 안광이 나오면서 옛날에 순정만화 보면 여주인공 눈 속에 은하수가 있지 않나? 그것의 실사 버전을 보는 기분이다. 얼굴에서 차지하는 눈의 면적이 정말 크다. 찍다 보면 계속 다가간다. 자꾸 앞으로 가니까 나중에는 CG로 지우기도 했다. 눈이 너무 맑아서 촬영감독이 동공에 비치더라…… 영화의 역사 중에 클로즈업의 역사가 있는데, 김혜자 배우는 역사의 한 페이지를 장식할 만한 분이다. 클로즈업을 본다는 것은 얼굴도 얼굴이지만 눈을 본다는 얘기인데, 일단 시각적으로 두 눈이 압도하는 부분이 있다. 눈이 보여 주는 깊이나 표정이 여러 대사를 할 필요를 없게 만드는 능력이 있는 분이다."

어려서부터 인도 여자아이처럼 눈이 크고 흑요석 같다고 어른들이 '인도인'이라는 뜻의 '인도진'이라고 불렀습니다. 그래서 귀여움을 많이 받았습니다. 아버지는 서른일곱에 낳은 나를 유난히 귀여워하셔서 늘 무릎에 앉히고 "우리 양념딸, 예쁜 양념딸." 하면서 맛있는 것을 입에 넣어 주셨습니다('양념딸'은 '고명딸'의 사투리. 원래는 '다른 자매 없이 하나뿐인 딸'이라는 뜻이나 여기서는 '귀여운 딸'이라는 의미인 듯).

나의 아버지 김용택은 일본 메이지대학을 졸업하고 미국 시카고 노스웨스턴대학에서 경제학 박사 학위를 받으셨습니다. 미국 유학 시절 북미 유학생 총회장을 했고, 중국 상하이를 오가며 독립운동을 하다가 일본 경찰에 체포되어 감옥에 갇히기도 했습니다.

아버지는 열일곱 살에 두 살 위인 어머니와 결혼해 두 딸을 낳으셨습니다. 그런 후에 혼자 유학을 떠났습니다. 아버지가 유학 떠나던 날 어른들 계신데 눈 한번 못 맞추고 어머니는 부엌문 앞에 서 계셨다고 합니다. 아버지는 어른들께 전부 인사를 드리고 부엌 쪽으로 와서는 고개 숙인 어머니에게 "나 물 한 그릇 주시오."라고 했답니다. 어머니는 당황해서 냉수 한 그릇을 얼른 떠 아버지께 드렸습니다. 그때 얼핏 아버지와 눈이 마주치셨습니다.

나는 이 이야기를 들을 때마다 이유 모를 슬픔에 가슴이 아픕니다. 아버지는 물을 청하는 것으로 아내에게 사랑의 표현을 한 것이고, 어머니는 아버지를 한번 올려다보시는 것으로 아버지의 사랑에 답하신 것입니다.

그 긴 유학 생활 동안 어머니만 생각하셨겠어요? 여자친구도 생기고 그러셨을 것 같습니다. 아버지 앨범을 보면 세련된 미국 여학생들과 찍은 사진도 많았습니다. 아버지는 내게 시를 많이 읽어 주셨습니다. 지금도 잊히지 않는 것은 한용운 시인의 '님의 침묵'입니다.

"혜자야, 여기서 '님'은 누굴까?"

내가 초등학교 때 아버지가 물었습니다.

"사랑하는 사람이잖아요."

그러자 아버지가 말씀하셨던 기억이 납니다.

"응. 그것도 맞아. 그런데 꼭 사람을 가리키는 것은 아니야. 잃어버린 내 나라일 수도 있고 그래."

나는 님이 왜 나라란 말인가 생각하면서도 아버지의 이런 설명이 나를 키워 주었습니다.

아버지는 동물을 참 좋아하셔서 우리 집에는 거위, 원숭이, 오리, 개, 고양이 모두 있었습니다. 어느 날은 다리가 세 개밖에 없는 개를 주워 오셨습니다. 다리 하나가 무릎 근처에서 없어진. 그 개를 깨끗이 목욕시키고 키웠습니다. 애꾸눈 고양이도 있었습니다. 모두 사이좋게 살았습니다.

배우가 되고 나서 어느 날 고아원을 방문했는데, 그곳 원장님이 "아버님이 사회부 차관으로 계실 때 우리 고아원을 정말 많이 도와주셨는데 이제 따님이 오셨군요." 하며 반기셨습니다. "정말 그 아버지에 그 딸입니다." 하시면서. 사회부 차관 하실 때 구호물자가 얼마나 많이 들어왔겠어요? 별의별 게 다 있었습니다. 종이 인형까지 있었습니다. 그런 것을 다 고아원들에 보내 주셨습니다.

아버지가 늦게 미국 유학을 다녀와서 나를 낳았기 때문에 큰언니와는 열아홉 살, 작은언니와는 열일곱 살 차이가 납니다. 큰언니 이름은 김순곤, 둘째 언니는 김정곤입니다. 언니들은 '땅 곤坤'자 돌림인데 내 이름만 왜 '혜자'라고 지었는지 모릅니다. 그래서 '김혜곤'이 아니라 '김혜자'로 살게 되었습니다.

아버지가 미군정 시절 재무부장(오늘날의 재무부 장관)을 하셨고, 6.25 전쟁 후 이승만 정부 때 사회부 차관을 하셨기 때문에 드넓은 관저인 우리 집은 매일 사람들로 북적였습니다. 정치인들뿐 아니라 고향에서 일가친척이 다 와서 얹혀살다시피했습니다. 아버지는 천성이 선한 사람이라 누구 하나 내치지 않았습니다. 가난했던 시절이니까 '저 집에 가면 얻어먹을 수 있다.'며 날마다 사람들이 입만 가지고 찾아왔습니다.

그래서 나는 혼자 있는 게 소원이었습니다. 배우가 되어서도 늘 내 방에서 혼자 있는 습관이 생긴 것이 그 시기의 영향 때문일 수도 있습니다. 아는 사람, 모르는 사람 할 것 없이 군식구가 너무 많이 와 있어서 진저리가 날 정도였습니다. 나 혼자 살 수 없을까, 그것이 꿈이었습니다. 어렸을 때부터 학교에 가면서 누가 들어갈까 봐 내 방문을 걸어 잠그고 갔습니다.

내 밑으로 다섯 살 차이 나는 남동생이 하나 있었습니다. 이름은 김건곤. 이름만 들어도 가슴 아픈 내 동생 김건곤. 내가 방문을 잠그고 나가면 동생이 주먹으로 탁 쳐서 유리를 깨고 문을 열곤 했습니다. 안에서 뭐 좀 뒤지려고 하는데 문이 잠겨 있으니까 내가 미워서 그렇게 했습니다. 학교 갔다 온 나는 잉잉 울면서 유리를 해 넣고, 이튿날 다시 잠그고 학교에 가면 동생이 또 주먹으로 부수곤 했습니다.

김건곤이 초등학교 다닐 때인데 어느 날 아버지가 남자아이 하나를 데리고 오셨습니다. 밖에서 다른 여자에게서 낳은 아이였습니다. 어떤 여자였는지는 모릅니다. 결혼했다가 혼자 된 여자라는 것만 알았습니다. 우리는 그것조차 알고 싶지 않았습니다. 우리 모두에게 너무나 큰 충격이었습니다. 세월이 흘러도 잊히지 않습니다. 언니들이 수군거리고, 나는 너무 무서웠습니다. 언니들과 엄마를 쳐다보면서 모든 게 겁나고, 그것이 우리 집의 비극이었습니다. 그래서 4남매였던 우리는 갑자기 5남매가 되었습니다.

나도 참 슬프게 살았습니다. 그때부터 뭔가 가슴에 커다란 어둠이, 검은 부분이 생겼습니다. 누구에게도 말할 수 없는 비밀. 친구들과도 멀어지고, 누가 나를 만나러 집에 오는 것도 싫었습니다. 그냥 빨리 죽고 싶다는 생각만 했습니다. 그래서 수면제를 사 모으며 동네 약국을 돌아다녔습니다. 나보다 더 큰 충격을 받은 사람은 내 동생 김건곤입니다. 딸만 있는 집에 자기가 외아들이라고 생각했는데 갑자기 남자아이가 들어온 것입니다. 그것도 한 살 차이밖에 안 나는 아이가.

너무 한심한 아버지였습니다. 아들 낳고 바로 밖에서 또 다른 아이를 배게 해서 학교 들어갈 나이가 되니까 호적에 올려 데리고 온 것입니다. 건곤이가 얼마나 놀랐을까요? 그것을 어떻게 말로 다하겠어요? 아마도 그래서 미쳤을 것입니다. 건곤이는 아무 말도 하지 않았습니다. 갑자기 새로 생긴 동생 김성곤을 그냥 바라보기만 했습니다. 한 번 싸우지도 않았고, 그 아이에 대한 불만을 절대로 말하지 않았습니다.

우리가 살던 관사에 풍금같이 생긴 서양식 책상이 있었습니다. 외국 영화에 나오는, 둥근 덮개가 있어서 열면 그 안에 책도 몇 권 세워 놓고 앉아서 글도 쓰는 책상입니다. 그 아이가 그 안에 새끼 고양이 한 마리를 감췄는데, 건곤이가 무심코 덮개를 열었다가 안에서 고양이가 확 튀어 나오니까 너무 놀라비명을 질렀습니다. 그 생각 하면 모두 불쌍합니다. 그런데도 건곤이는 그 아이에 대해 한 번도 뭐라고 하지 않았습니다. 어렸지만 알고 있었던 것입니다. 이 모든 게 어른들 잘못이지 그 아이의 잘못이 아니라는 걸. 그 아이도 어려서부터 얼마나 외롭고 상처가 컸을까요? 그 책상은 내가 계속 갖고 있다가 너무 낡아서 결국 버렸습니다.

어렸을 때 받은 충격으로 김건곤은 친구 사귀는 것을 싫어했습니다. 친구가 한 명도 없었습니다. 또래의 조카 두 명하고만 놀았습니다. 나이 차이가 많이 나니까 엄마도 애를 낳고 큰언니와 작은언니도 애를 낳았기에 한 터울이었습니다. 그 시절에는 그랬습니다.

김건곤은 얼굴이 그리스 조각품처럼 미남이었습니다. 당시 명문 학교였던 경복고등학교를 시험 쳐서 들어갔는데, 고등학생 때부터 삐딱해져서 깡패가 되었습니다. 누구와도 싸움에서 지지 않았습니다. 집에서는 아무 말도 하지 않고 있었지만, 밖에서는 누가 시비를 걸면 두들겨 패서 병원에 실려가게 만든 적도 있습니다. 말할 수 없이 과격했습니다. 그런 식으로 억눌린 감정을 풀었습니다.

경복고등학교의 전설이었습니다. 왜냐하면 3학년 때부터 공부해서 서울대학교에 합격했기 때문입니다. 그래서 그다음부터 선생님들이 공부 안 하는 학생들에게 '너희가 김건곤처럼 고3

때 이 악물고 공부해서 서울대 간다면 상관하지 않겠다.'라고 했다고 합니다. 머리가 좋은 아이였습니다.

그때는 내가 시집 가서 친정집 근처에서 따로 살 때였는데, 남편하고 라디오에서 서울대학교 합격자 발표를 듣다가 '수험번호 몇 번 김건곤' 하고 이름이 나왔습니다. 너무 좋아서 환호성을 질렀습니다. 그런데 불과 1분도 안 돼서 밖에서 쿵 하는 소리가 났습니다. 건곤이가 자신의 합격 소식을 누나인 나한테 빨리 말해 주고 싶어서 한달음에 달려와서는 대문 열어 달라고 할 틈도 없이 담을 뛰어넘은 것입니다.

문을 열고 나가니까 건곤이가 숨을 헐떡이며 "누나, 나 붙었어!" 하고 외쳤습니다. 나도 건곤이를 얼싸안으며 "우리도 라디오에서 들었어!" 하고 둘이 붙잡고 울었습니다. 불쌍한 내 동생 김건곤. 고등학교 3학년 때 자기 방에서 공부할 때 신발을 벗지 않았습니다. 신발 벗는 것이 귀찮다고 마당에서 신발 신은 채 곧바로 방으로 들어갔습니다. 화장실 가는 것도 귀찮아서 창문 열고 거기서 밖으로 오줌을 쌌습니다. 그때 이미 미쳐 있었습니다. 우리는 그런 사실도 모르고, 삐뚤어져 있던 애가 공부를 하니까 그것만 좋았습니다. 깡패였다는 사실도 모르고 그냥 문제아라고만 생각했습니다.

건곤이가 대학을 졸업하자마자 부모님은 대를 잇게 한다고 일찍 결혼을 시켰습니다. 건곤이는 결혼할 마음이 전혀 없었습니다. 그런데 부모님이 원하니까 자기가 다니던 동네 체육관에서 알게 된 여자와 결혼했습니다. 신혼여행을 다녀온 뒤, 김건곤은 택시를 타고 집에 오면서 옆에 탔던 같은 또래인 조카 두 명에게 말했습니다.

"연극은 끝났다."

그리고 집에 오는 시늉만 하고는 그 길로 혼자 한강으로 가서 뛰어내렸습니다. 스물일곱 나이입니다. 내가 「황녀皇女」라는 드라마에 출연할 때였습니다. 분장실에 있는데, 탤런트 실의 한 대밖에 없는 전화기로 나를 찾는 전화가 왔습니다. 받아 보니 경찰서에서 온 전화였습니다. 한강에서 죽은 사람이 탤런트 동생이라고 하니까 방송국으로 전화가 온 것입니다.

전화를 끊고 나서, 내가 죽는 장면을 촬영하는데, 죽어서 눈을 감고 누워 있는데 눈물이 줄줄 흘러내렸습니다. NG가 나서 다시 찍고 또다시 찍어도 계속 눈물이 났습니다. 내가 너무 정신을 못 차리고 우니까 연출자가 따라 나서서 나와 함께 한강으로 갔습니다. 갔더니 시신을 건져 강변에 가마니로 덮어 놓았습니다.

경찰이 동생인지 확인하라고 했습니다. 속눈썹이 기다랗고 코가 조각품같이 생긴 내 동생이었습니다. 그런데 그 얼굴은 눈에 들어오지 않고, 가마니 밖으로 나온 발가락들이 보였습니다. 발가락 사이에 모래가 끼어 있었습니다. 엄지발가락에 털이 나 있고 발톱에도 모래가 끼어 있었습니다. 무릎 꿇고 앉아서 하염없이 울면서 그 모래를 닦아 주었습니다. "연극은 끝났다." 하고 말하고 죽은 것입니다. "당신들이 대를 잇길 원했지? 알았어. 그렇게 해 줄게. 하지만 이제 연극은 끝났어." 하고 김건곤은 스스로 연극의 막을 내렸습니다. 어떻게 이런 인생이 있을 수 있을까요? 너무나 미남이었던 동생. 사춘기를 힘들게 보내고 마음속에서 이미 다 내려놓았던 내 동생. 이런 일 겪고도 내가 안 미치고 지금까지 산 것이 용합니다. 그렇게 김건곤이 죽고 몇 달 후에 건곤의 처에게서 유복녀인 딸아이가 태어났습니다. 아이의 엄마는 얼마 후 재혼을 하고, 우리 엄마 아버지가 그 아이를 건곤이 딸이라면서 무척 사랑하며 키웠습니다.

내 방에는 작은 흑백 사진 한 장이 걸려 있습니다. 내가 여섯 살 때 아버지와 어머니, 그리고 한 살의 남동생이 함께 사진관에 가서 찍은 사진입니다. 어머니 얼굴 속에서 내 얼굴이 보입니다. '인생 드라마'의 주인공들이 등장하는 포스터 같습니다.

사회부 차관을 한 후에 아버지는 국회의원 선거에 네 차례 도전했지만 모두 떨어졌습니다. 본래부터 학자이지 정치인이 될 수 없는 사람이었습니다. 선거에 네 번 떨어지는 동안 우리 집은 집이 아니었습니다. 똑똑하고 현명하던 아버지가 그렇게 어리석은 사람으로 변할지 몰랐습니다. 결국 가세가 기울어 그 드넓던 집을 다 날리고, 철거를 앞둔 은평구의 여섯 평짜리 다

찌그러진 판잣집에서 말년을 살았습니다. 내가 잘나가는 탤런트이니까 아파트를 사 드리려고 아무리 해도 아버지는 싫다고 하셨습니다.

"나는 여기서 살아도 족한 사람이야, 혜자야. 우리는 괜찮아."

그러고는 어느 여름날 낮잠 주무시다가 미소 지은 얼굴로 돌아가셨습니다. 77세였으니까 조금씩 몸이 안 좋으셨지만 돌아가신다는 생각은 해 본 적이 없었습니다. 자다가 돌아가셨으니까 모두들 죽는 복도 타고나셨다고 했지만 나는 마냥 서럽기만 했습니다. 돌아가시기 얼마 전 우리 집에 놀러 오셨다가 소파에 누우신 채 소변을 보신 적이 있습니다. 헝겊으로 된 소파가 흥건히 젖었습니다. 별로 편찮으시지도 않았는데 애기처럼 그렇게 하셨습니다. 내가 그때 "아버지, 창피하게. 일하는 아줌마가 뭐라 그러겠어요. 빨리 일어나세요." 했던 것 같습니다. 아버지는 그냥 또 아기처럼 웃으셨습니다. '우리 아버지가, 멋있는 아버지가 왜 이런 실수를 하셨을까? 어디가 안 좋으신가?' 하는 걱정보다는 창피했던 기억이 납니다. 아버지를 목욕시켜 드리면서 울었던 생각도 납니다. 양복 속에 감추어져 있던 아버지의 몸은 너무 말라 있었습니다. 살갗이 이리 밀리고 저리 밀리는 노인이셨습니다.

매년 성묘하러 갈 때가 되면 내가 연락해서 다 부릅니다. 대학 졸업하고 서울시 공무원 생활을 한, 이제는 나이 칠십이 넘은 막냇동생 김성곤, 그리고 아버지 없이 잘 큰 김건곤의 딸, 큰 언니 아들은 미국에서 살고 있으니까 세상 떠난 작은언니의 아들, 그리고 내 아들과 함께 아버지의 산소에 갑니다. 그 산소 앞에 서서 그 얼굴들을 바라봅니다. 내 눈동자 속에 그들의 삶, 나의 삶이 담겨 있습니다. 그 눈동자를 가지고 나는 연기를 합니다.

「우리들의 블루스」를 쓴 노희경 작가가 어느 인터뷰에서 말했습니다.

"김혜자 선생님은 말씀하실 때, 사람 얘기를 이렇게 눈을 동그랗게 뜨고 들으신다. 그래서 제가 미어캣 같다고 선생님을 보면서 생각했다. 약간 놀라서 이렇게 고개를 들고, 허리를 세우고, 사방을 두리번두리번하신다."

그 말이 맞는지도 모릅니다. 무엇에 놀랐는지 눈을 동그랗게 뜨고 이 이해할 수 없는 세상을 두리번두리번하고 있습니다. 그 눈동자 뒤에 투명한 눈물이 그렁그렁한 채로.

나를 지키는 나

　　조미료 '다시다'를 비롯해 제일제당(지금의 회사 명칭은 CJ제일제당)의 제품 광고에 1975년부터 27년 동안 출연했습니다. 그렇게 오랫동안 할 수 있었던 것은 「전원일기」(1980)의 엄마 역이 작용한 이유도 부정할 수 없습니다. 하지만 이 광고는 「전원일기」가 시작되기 5년 전부터 출연했습니다. 어떤 면에서는 이 광고 출연이 「전원일기」에서 엄마 역으로 이어졌다고 할 수 있습니다. 무엇보다도 신이 내게 주신 과분한 기회였다고 생각합니다. 그리고 그 일에 최선을 다했습니다.

　　제일제당 광고에 출연하는 동안 다른 광고에는 나가지 않겠다고 스스로 약속했고, 끝까지 그 약속을 지켰습니다. 오로지 같은 회사의 광고만 했습니다. 나는 무엇이든 한 가지만 하려고 하는 성격입니다. 하나에만 몰입하고 몰두하려고 했습니다. 모든 예술이 타고난 것만으로 되는 것은 아니라고 나는 생각합니다. 맡겨진 캐릭터에 몰입하려면 끊임없이 노력해야 합니다. 옆에서 벼락이 쳐도 모를 정도로 빠져야 합니다. 자나 깨나 생각하고 다른 일에는 무관심해져야 합니다. 돈과 인기에 눈이 먼 것처럼 이것저것 하는 것이 내 성격에 맞지 않았습니다. 하나만 해야 그 사람에게 신뢰가 갈 테니까. 내가 생각해도 그런 점에서 '김혜자'는 괜찮은 사람 같습니다. 다시다 광고는 컨셉을 바꿔 가면서 1년에도 여러 번 찍었습니다.

'다시다'는 '입맛을 다시다'에서 따온 순우리말입니다. "그래, 이 맛이야."라는 유행어를 만들며 다시다 광고가 크게 히트하자, 다른 회사에서 비슷한 제품 광고에 출연해 달라며 훨씬 많은 모델료를 제시했습니다. 나는 말했습니다.

"아무리 돈을 받고 하는 모델이라도 이 회사 모델을 했다가 다음해에 경쟁사의 모델을 하는 건 소비자들을 기만하는 일이에요."

그렇게 거절했습니다.

다시다 광고를 하는 동안 "밥 먹을 때 그 제품을 사용하느냐?"라는 질문을 기자들로부터 자주 받았습니다. 당연히 먹었습니다. 맛없으면 모델을 하지 않을 생각이었습니다. 새로운 제품이 나올 때마다 음식에 넣어 먹었습니다. 내가 맛없는데 사람들에게 먹으라고 하는 것은 말이 안 된다고 생각했습니다.

나중에 제일제당에서 '비트'라는 이름의 세탁 세제를 만들었고, 내가 광고를 해야만 했습니다. 나는 하지 않겠다고 단호하게 말했습니다. 환경에 좋지 않은, 물을 오염시킨다는 생각이 들었습니다. "난 이런 거 안 해요. 안 할 거예요." 하고 거부했습니다. 사람들이 나의 이미지만 믿고 좋은 것인 줄 알고 나쁜 제품을 사면 안 된다고 생각했습니다. 그런데 관계자들이 하루 종일 나를 설득했습니다. 아주 조금 써도 빨래 효과가 나고, 제일제당에서 만든 것이니 믿어도 된다고 했습니다. 시대가 바뀌어서 어차피 세제는 있어야 하는데, 조금 넣고 많은 빨래를 할 수 있는 것이 좋지 않겠느냐고 나를 이해시켰습니다. 그래서 더 거부할 수 없었습니다.

제일제당의 조미료 광고 모델이 끝난 이후에도 수차례 다른 회사의 조미료 광고 모델 제의가 있었습니다. 하지만 나에게는 돈보다 중요한 게 있었습니다. 나를 지키는 일입니다. 그런 점에서 나는 매우 영리한 여자입니다. 바보 같고 비현실적인 사람으로 보일 때도 있지만, 내가 나를 지키지 않으면 금방 허물어진다는 것을 아는 것입니다. 어떻게 보면 영리한 것이라기보다는 그런 쪽으로 '촉'이 발달해 있습니다. 나는 나를 굉장히 아꼈습니다.

제일제당 광고에 출연한 지 20년이 되었을 때는 국내 최장수

전속 광고 모델을 기록했습니다. 방송광고의 가장 큰 영예인 한국방송광고 대상을 두 차례나 받았습니다. 27년 동안 이 광고의 감독을 맡아 준 윤석태 CF 감독이 있었기에 가능한 일이었습니다. 문화적으로 큰 조명을 받아 마땅한, 이분을 빼놓고는 한국의 TV광고를 논할 수 없을 만큼 CF 계에서는 최고의 감독이고 우리나라 영상광고의 전설입니다. '오직 그것뿐', '사랑해요 LG', '따봉', '우리 것은 소중한 것이야', '아버님 댁에 보일러 놔드려야겠어요' 등이 전부 그가 만든 광고들입니다. 휴머니즘과 사람을 연출하는 데는 일인자입니다. '다시다' 하면 김혜자, '김혜자' 하면 다시다가 떠오를 만큼 다시다 성공의 1등 공신이 '김혜자'라고 말들을 하지만, 나 혼자 잘나서 그 광고가 성공한 것이 아닙니다. 윤석태라는 천재 감독이 나의 이미지를 만들어 준 것입니다.

이런 일도 있었습니다. 광고 촬영하러 가서 단 한 번 촬영했는데 윤석태 감독이 나더러 그만 집에 가라고 했습니다. 내가 놀라서 "왜 그러세요?" 하고 물었더니, 더 이상 안 나올 거라고 했습니다. 내가 너무 완벽하게 잘해서 지금 한 것 이상으로 나올 수가 없다는 것입니다. 한 번밖에 촬영하지 않았는데도 아무렇지 않게 그렇게 말했습니다. 그래서 나도 "알았어요." 하고 말하고, 금방 가면 이상하니까 조금 앉아 있다가 나왔습니다. 그만큼 순간적인 판단과 감각이 뛰어난 분입니다. 절대로 지지

한('어떤 일이 오래 끌기만 하고 보잘것없다'는 뜻) 사람이 아닙니다. 나는 그런 사람과 일하는 것이 좋습니다. 그리고 신은 언제나 뛰어난 사람들을 나에게 보내 함께 일하게 하셨습니다.

어느 해인가 다시다 판매 실적이 다른 해에 비해 조금 떨어진 적이 있었습니다. 다시다가 많이 팔리니까 온갖 유사한 제품이 쏟아져 나와서 아무래도 판매가 전 같지 않았을 것입니다. 그당시 조미료 전쟁이 대단했습니다. 그런데 회사 측에서 나에게 여러 얘기를 하면서 속을 내비쳤습니다. 사업하는 사람들이라 경쟁 업체에서 이 모델 썼다가 저 모델 쓰고 하니까 '우리도 좀 바꿔 보는 게 좋지 않을까?' 하는 생각이 들었을 것입니다.

그래서 내가 말했습니다.

"나와 그만하고 싶으시다는 거죠? 알았어요. 그렇게 하세요. 그만 할게요. 나중에 또 하자고 하지 마세요. 나에게 또 하자고 할 경우에는 내가 달라는 대로 모델료를 주세요. 그때 여러 소리하시면 안 돼요."

그래서 그다음 해에 다른 모델을 써서 하니까 판매가 더 나빠진 모양이었습니다. 다시 나더러 하자고 연락이 왔습니다. 그래서 내가 달라는 대로 받고 다시 했습니다. 어떤 면에서 나는 무서운 사람입니다. 순하고 어리숙해 보이지만, 어떤 직감은 매우 발달했습니다. 돈 문제가 아니라 자존심의 문제였고, 그들이 나를 다시 찾을 것이라는 확신이 있었습니다.

기네스북에 오를 만큼 27년을 했습니다. 그 마지막 해에 윤석태 감독이 이것이 마지막 광고 촬영이 될 것 같다고 말했습니다. 촬영이 끝나고 내가 제일제당 회장님을 만나러 갔습니다. 그전에나 그후에나 광고에 출연하면서 회사의 대표를 만나거나 자리를 함께한 일은 없었습니다. 그것이 처음이자 마지막 일입니다. 어떤 고위층이 찾아와도, "나 그냥 갈래요." 하고 나왔습니다. 그런데 그때는 내가 자진해서 제일제당 사옥을 찾아가서 회장님과의 면담을 요청했습니다. 내가 만나자고 하니까 무슨 중요한 말을 하고 싶은가 보구나 하고 옆의 사람들 다 내보내고 회장님과 단둘이 만났습니다.

내가 말했습니다.

"바쁘신 분이니까 빨리 말씀드릴게요. 너무 아까워요. 제가 지금까지 다른 광고에도 일절 나가지 않고 27년을 이 회사의 제품 광고만 했는데, 30년을 채우면 더 아름다울 것 같아요. 그렇게 하면 더 좋지 않을까요?"

그러자 그 회장님이 매우 정중하게 말했습니다.

"말씀을 듣고 보니 공감이 갑니다. 그동안 너무 애쓰셨습니다. 그 마음 너무나도 잘 알겠고, 무슨 말씀인지 알아듣겠습니다. 저도 같은 생각입니다. 꼭 그렇게 하도록 하겠습니다. 이곳까지 찾아와 주셔서 감사합니다."

그렇게 간단히 대화를 나누고 나왔습니다. 하지만 결국 그만하는 것으로 결론이 났습니다. 그때 대화를 하면서 나는 내 요청대로 되지 않으리라는 걸 느꼈습니다. 사람이 감이라는 게, 느낌이라는 게 있으니까. 그분도 회사 관계자들이 긴 회의를 거치고 여러 가지 현실적인 이유로 내린 결정일 테니, 이미 다 정한 계획을 수정하기 어려웠을 것입니다. 충분히 이해 가는 일입니다. 다만 이 광고에만 온전히 나를 바쳐서 했는데 30년을 채우면 더 좋지 않을까 하는 마음이 들었을 뿐입니다. 아무리 생각해도 너무 아까워서 아무에게도 말하지 않고 혼자 찾아갔었습니다.

세상에서 매우 드문, 대기업과 배우와의 아름다운 관계였습니다. 제일제당 측에서 나를 단순한 광고 모델이 아니라 전무에 해당하는 직급을 주었다는 기사들이 나기도 했지만, 사실이 아닙니다. 제일제당에서 나를 그만큼 대우해 주고 존중해 주었다는 의도에서 쓴 오보였을 것입니다. 나는 배우일 뿐이고, '배우일 뿐'인 것이 좋습니다. '전무인 나'는 생각만 해도 웃음이 나옵니다. '고향의 맛 다시다' 광고를 한 김혜자로서 행복했고, 아름다웠고, 감사했습니다. 단순한 조미료 광고가 아니라 반세기 동안 사람들 마음에 훈훈한 정을 심어 준 윤석태 감독과 제일제당 덕분입니다.

오래전 일입니다. 어느 정당의 유명 정치인에게서 전화가 왔습니다. 장황하게 나에 대한 찬사를 늘어놓으면서 한번 만나자고 하길래, 무슨 일인지 할 말 있으면 전화로 하시라고 했더니 "국회의원에 나와 달라."고 했습니다. 나라와 국민을 위해 일할 자격이 충분하다면서. 그래서 예의 차릴 것도 없이 말했습니다.

"저는요, 말을 잘 못해요. 대본에 적힌 말만 잘하는 사람이에요. 그리고 저희 아버지가 네 번이나 국회의원 출마했다가 떨어지면서 집이 풍비박산 났거든요. 저는 '국회의원'이라는 말에 신물이 난 사람이에요."

내가 너무 단호하게 자르니까 놀랐는지 "영원한 팬이 되겠다."며 슬그머니 전화를 끊었습니다. 그다음에도 선거 때마다 툭하면 연락이 왔습니다. 배우로 이름을 얻은 사람들이 국회의원을 하기도 하니까 그러는 것 같습니다.

1988년에 이런 일이 있었습니다. 여당 국회의원에 출마한 전직 문화방송 사장이 나에게 도움을 청했습니다. MBC 전속으로 20년 동안 연기 생활을 해 왔기 때문에 '은혜를 갚는다.'는 뜻으로 유세장에 나갔다가 심한 곤혹을 치렀습니다. '여당의원'이라서 나간 것이 전혀 아니었는데 그쪽 지지자로 몰렸습니다. 그것이 뼈아픈 경험이 되어 두 번 다시 정치와는 어떤 식으로든 관계 맺지 않았습니다.

나는 배우로서 연기밖에 관심이 없습니다. 연기의 재능을 가지고 태어난 것이지, 얼굴이 알려지고 이름이 났다고 해서 다른 분야에서 설레발치고 싶지 않습니다. 그냥 내가 하고 싶은 것은 연기밖에 없습니다. 배우나 정치인이나 다 국민들에게 희망을 주자고 하는 것인데, 정치보다는 연기를 통해 줄 수 있는 희망이 더 크다는 것이 내 생각입니다. 나는 배우가 훨씬 더 좋습니다.

하지만 나도 국민의 한 사람으로서 걱정이 많습니다. 나이가 많아서이기도 하지만 어떤 날은 나라에 대한 걱정으로 잠이 오지 않습니다. 국민들의 수준은 나날이 높아져 가는데 정치인들은 왜 맨날 그 모양일까요? 무식하고 천박하기 이를 데 없습니다. 무조건 어거지를 쓰고 선동을 해서 국민을 갈라치기해 한쪽의 표만 얻으면 된다고 생각합니다. 그런 모습을 보면서 국민이 몹시 불편해한다는 걸 왜 모르는 걸까요? 생각이 조금이라도 있는 사람들은 이 나라가 어떻게 되어 가고 있나 불안해한다는 걸.

우리가 누가 잘하고 누가 못하고를 논하기 전에 정말 이 사람들이 나라를 생각하나, 이 사람들이 정말 통치 철학이 있는 사람들인가, 라는 생각이 먼저 듭니다. 거짓말을 아무렇지도 않게 하고, 자신이 저지른 짓을 모른다고 합니다. 그러면 패거리들이 모여 그 거짓말을 옹호합니다. 경제를 살리겠다고 주장하지만 실제로는 자기들 패거리끼리 나눠 먹으면서 나라를 망치는 사람들입니다. 그런 것을 보고 있으면 가장 저질 드라마를 보는 것 같습니다.

배우는 훌륭한 대본이 있어야 빛이 납니다. 그런데 이 사람들은 대본도 형편없고 출연진도 형편없습니다. 그냥 삼류 드라마를 보는 것 같습니다. 아무 철학도 없고 의미도 없는 그런 걸 보는 것 같아서 가슴이 답답합니다. 초보 작가가 써도 저렇게 쓰지는 않습니다. 비서들이고 측근들이고 다 있는 사람들이, 나랏돈으로 월급 주는 보좌관이 아홉 명이나 된다는 이들이 형편없는 드라마를 매일 쓰고 있고, 형편없는 대사를 매일 하고 있습니다. 나는 연기밖에 모르는 국민이지만 어떻게 저렇게까지 무식할 수가 있고, 저렇게까지 생각이 없을 수가 있나, 보는 사람이 창피할 지경입니다. 그런데도 얼굴 들고 다니는 거 보면 수치심도 없고 부끄러움을 모르는 사람들입니다.

문제는 저 드라마를 안 볼 수가 없다는 것입니다. 나라의 운명이, 국민의 미래가 달린 일이니까. 더구나 피 같은 국민의 세금으로 행세하는 자들이니까 더욱 안 볼 수가 없습니다. 자기 돈으로 밥 먹고 헛소리하는 것은 자유이니까 뭐라 할 수 없지만, 다 국민 돈을 물 쓰듯 쓰는 사람들입니다. 다시 보기 싫은데 안 볼 수가 없는 그런 사람들입니다. 그것이 이 나라에 태어난 숙명일까요?

뛰어난 영화, 뛰어난 드라마는 사람들에게 공감을 주고 감동을 주는 예술입니다. 관객을 매혹시켜야 합니다. 그런데 이 나라의 운명을 좌지우지하는 사람들이 하는 대사가 관객을 창피하게 만듭니다. 그들은 감동과 희망을 주는 것이 아니라 선동하고 거짓말하고, 자신이 한 일도 하지 않았다고 주장합니다. 거기에 되지도 않는 연예인과 소위 작가라는 자들까지 가세해 편가르기를 부추깁니다. 코미디에 빗대는 이들도 있는데, 그것은 코미디라는 장르를 모독하는 일입니다. 그들은 사악한 코미디를 하는 자들입니다. 국민의 한 사람으로서 정말로 자존심이 상합니다.

그러면서도 이 나라가 무너지지 않는 게 나는 너무 감사합니다. 곧 망할 것 같은데 이렇게 유지되고 발전하는 것이. 국민이 성실하게 살아서 그런 것입니다. 아침에 보면 출근길에 그렇게 차가 막히는데도 매일 출근하고, 밤낮없이 열심히 일하는 그런 사람들의 힘 덕분입니다. 그 마음이 합쳐져서 나라가 지탱되고 있는 것입니다.

과거에는 정치하는 사람이라면 웬만큼 머리가 있고, 지성이 있고, 철학이 있었습니다. 일본의 식민지 정치를 겪고 전쟁을 치르면서 진정한 애국심이 있었습니다. 그런데 요즘 청문회나 국정감사 같은 것을 보면 유치해서 볼 수가 없습니다. 저들은 절대로 나라를 위하는 것이 아닙니다. 눈을 뜨고 봐 줄 수가 없는 하류인생들입니다. 정당 정치가 패거리 정치라는 의미는 아닐 텐데, 웃기는 게 아니라 슬플 뿐입니다.

사람이 근본은 있어야 합니다. 설령 가난하게 자랐어도 사람의 근본을 잃지 않은 사람이 정치에 나서야 합니다. 국민들은 계속 마음이 허할 것이라고 나는 생각합니다. 누가 옳은가, 어떻게 해야 이 나라가 바로 서고 앞으로 나아가나, 이러면서 정치하는 사람들을 바라봅니다. 그런데 그 사람들 하는 짓을 보면 '나도 저 자리에 앉아 있으면 저럴래나?' 하는 생각밖에 들지 않습니다. 나만 그런 걸까요? 눈 가지고 귀 가진 사람은 정치인이라는 자들이 하는 짓을 보면서 많은 생각을 할 것입니다. 우리가 어떻게 해서 세운 나라인데, 얼굴 두꺼운 인간들이 자기 패거리들의 권력 유지만을 위해 이 나라를 망치고 있습니다. 초등학교만 나와도 저 정도는 아닙니다. 내가 살아가면서 본 가장 무능력하고 질 낮은 사람들입니다. 기회주의적이고 후안무치한 연기를 하는 데는 대종상 감입니다.

국민의 한 사람으로서 이 나라가 어떻게 될 것인가, 어떤 때는 밤 두세 시까지 잠을 못 자고 뉴스를 검색하며 걱정을 합니다. 아니야, 지금보다 훨씬 좋은 나라를 만드는 일이 가능하겠지, 분명히 가능할 거야, 우리가 아직 모를 뿐이야, 하고 생각하면서.

정치뿐만 아니라, 내가 살아 보니까 인생은 코미디입니다. 조금 무식하면 그냥 저질 코미디를 하다가 죽는 것이고, 조금 지성이 있으면 약간 세련된 코미디를 하다가 죽는 것입니다. 평생 배우로 산 사람의 눈으로 볼 때, 잘난 척하고 똑똑한 척하고 진실된 척하지만 삼류배우처럼 속이 다 들여다보이고 웃기다는 것에는 큰 차이가 없습니다.

커튼콜할 때까지

영화 「내 사랑」에서 그림을 그리는 주인공 모드 루이스(샐리 호킨스)는 말합니다.

"나는 창문을 좋아해요. 지나가는 새, 꿀벌, 매번 달라요."

나는 3층 내 방 창문 너머로 바람에 흔들리는 나뭇잎들을 바라보고 있을 때가 많습니다. 나뭇잎들은 매일 다르게 흔들립니다. 나뭇잎들이 어제와 다른 모양으로 흔들리는 모습을 가만히 바라보며 앉아 있습니다. 남들 눈에는 무의미하게 시간을 보내는 것처럼 보일 수도 있겠지만, 바람에 몸을 맡긴 나뭇잎들의 춤을 바라보는 것이 좋습니다.

어느 바람 부는 날, 창밖을 보는데 조그만 풀들이 비바람에 흔들리고 있었습니다. 그때 내가 바하 음악을 틀어 놓았는데,

비바람에 풀들이 이쪽에서 저쪽으로, 저쪽에서 이쪽으로 흔들리는 모습이 마치 바하 음악에 맞춰 춤을 추는 것 같았습니다. 그런 순간들이 많습니다. 그럴 때 가슴이 벅차도록 행복을 느낍니다. 「눈이 부시게」에서 아들이 치매에 걸린 나에게 이렇게 묻는 장면이 있습니다.

"엄마는 언제 가장 행복했어요?"

나는 거창한 행복이 아니라 일상적인 순간의 행복을 이야기합니다.

아침마다 새들에게 모이를 줍니다. 다섯 시 반이면 습관처럼 눈이 떠지지만, 너무 일찍 주면 안 되니까 일곱 시까지 기다렸다가 베란다 문을 열고 나가서 쌀을 뿌려 줍니다. 예쁜 그릇에 물도 채워 줍니다. 참새들이 나무에 앉아서 기다리다가 얼른 내려옵니다. 숨만 크게 쉬어도 날아가니까, 문 닫고 들어와서 숨죽이고 가만히 지켜봅니다. 새들 숫자를 세어 본 적도 있는데, 가장 많게는 열일곱 마리까지 세었습니다. 능소화 가지에도 앉아 있고, 다 기다리면서 앉아 있습니다. 내가 늦게 나가면 빨리 달라고 쩍쩍거리며 성화를 댑니다.

비둘기 두 마리도 옵니다. 몸집이 크니까 참새 열 마리가 먹을 것을 비둘기 한 마리가 먹어치웁니다. 너무하다 싶어서, "그만 먹고 가, 둘기야." 하고 혼자서 말합니다. 그래도 절대로 싸우지 않습니다. 비둘기가 와도 참새들이 피하지 않습니다. 오후에 시끄러워서 나가 보면, 아침에 미처 못 왔던 참새가 와 있습니다. 아침에 못 먹었으니까, 지지배배하면 주겠지, 하고 소리를 지르는 것입니다.

매일 오는 참새, 비둘기 말고 요즘에는 까치도 날아옵니다. "맛있게 먹고, 똥은 다른 데 가서 싸면 안 되니?"라고 말합니다. 새로 날아온 까치에게는 조용히 말합니다.

"걱정하지 말고 많이 먹어."

요새 산에 까치가 부쩍 많아졌습니다.

우리 집에서 부화한 산까치가 날다가 무슨 이유에선지 떨어져 죽었습니다. 너무 마음이 안 좋아서, 수국 잎에 몇 겹을 감싸서 뜰 한켠에 묻고, 강아지들이 파헤칠까 봐 앞산에 가서 크고 작은 돌들 주워다 그 위에 놓아 주었습니다. 우리 동네 산까치들이 다 모인 것같이 많은 새들이 날아와 나무들 위에서 지켜보고 있었습니다. 새들도 새끼가 죽으면 전부 모여 슬퍼하는구나를 알게 되었습니다. 놀랍고 감사했습니다.

우리 집 담이 낮습니다. 강아지들이 바깥 구경하라고, 올라갈 수 있는 의자를 마련해 주었습니다. 지나다니는 사람 보는 걸 좋아해서. 나도 어떤 때 그 의자에 앉아 있으면 초등학생 아이들이 지나가다가 묻습니다.

"누가 구름이에요?"

나에게 말 걸려고 괜히 그렇게 묻습니다. 내가 말해 줍니다.

"얘가 구름이고, 얘는 다래야."

어린아이들과 얘기하는 것을 나는 좋아합니다. 나를 돌아보면, 너무 영리한 사람과는 거리를 두며 살아온 것 같습니다. 강아지들, 지나다니는 초등학생 아이들, 그러한 순수한 존재들과 대화를 나눕니다. 그래서 나는 초등학생 친구들이 많습니다. 아이들이 먼저 담 밖에서 말을 붙이고 인사를 해 줍니다.

한번은 구름이를 데리고 산책을 나갔는데, 열쇠를 안 가져갔고, 이모님이 외출을 해서 집에 들어갈 수 없었습니다. 겨울이라 추웠습니다. 그래서 구름이를 껴안고 집 앞 계단에 앉아 있었습니다. 구름이를 안고 있으니까 많이 춥지 않았습니다. 작은 존재인데도 서로 온기를 나눕니다. 거의 반 시간을 그렇게 앉아 있었는데, 지나가던 동네 청년이 나를 보고 다시 돌아와서 물었습니다.

"집에 못 들어가셔서 그러세요? 그럼 제가 넘어가서 열어 드릴까요?"

"감사해요."

얼굴이 알려졌다는 게 어떤 때는 불편하지만, 고마울 때도 많습니다.

앞집이 오래된 회색 벽돌집이었습니다. 그래서 그 집을 배경으로 자목련을 심었습니다. 인도 뭄바이에 갔을 때 인도의 청회색 하늘을 배경으로 피어난 탐스러운 자목련이 너무나 아름다 있습니다. 그 자태를 잊지 못해 자목련을 심었습니다. 꽃이 피면 너무 예뻤습니다. 그런데 그 집 주인이 바뀌고, 집을 새로 지어서 붉은 벽돌집이 되었습니다. 망했습니다. 그나마 3층 내 방 창문으로 보이는 가장 높은 가지에 핀 세 송이만은 푸른 하늘을 배경으로 여전히 곱습니다.

사람도 꽃나무도 배경에 무엇이 있는가에 따라서 돋보이기도 하고 죽기도 하고 그렇습니다. 특히 자목련처럼 고유색이 강한 꽃은 자기 뒤에, 옆에 무엇이 있느냐가 참으로 중요하다는 것을 알았습니다. 사람도 그렇겠구나 하고 생각했습니다. 붉은색 벽돌을 배경으로 서 있으니까 자목련 꽃이 보이지 않았습니다.

지금 살고 있는 집 짓고 얼마 후에 류시화 시인이 주방 창문으로 내다보이는 곳에 벚나무 한 그루 구해다 심어 주었습니다. 그곳에서 보이는 풍경이 약간 삭막했기 때문입니다. 그 벚나무는 특이하게도 다른 벚나무들처럼 높이 자라는 것이 아니라, 내 키 두 배 정도에서 더 이상 자라지 않고 옆으로만 조금씩 가지를 넓혀 갑니다. 그래서 해마다 봄이면 식탁에 앉아 기쁜 소식처럼 핀 벚꽃을 바라볼 수 있습니다. 꽃들은 봄, 여름, 가을, 겨울 어느 계절에 봐도 기쁜 소식 같습니다.

봄이면 마당에 제비꽃이 낮게 퍼져 나옵니다. 담 앞에는 영춘화가 일찍부터 노랗고 환한 얼굴을 살랑거립니다. 살구나무와 벚나무에는 새순이 오동통합니다. 만지면 터질 것처럼. 나는 서교동과 연희동에서만 50년을 살았습니다. 촬영할 때 외에는 집 밖을 거의 나가지 않았습니다. 여기서 나가기 싫어서 누가 강남에서 만나자면, 그 사람이 막 미워지려고 합니다. 내 방이 있는 3층에서 보면 창밖으로 사계절이 다 보입니다.

리젯 우드워스 리스라는 시인이 쓴 '삶에 대한 작은 찬가'라는 시를 벽에 붙여 놓고 가끔씩 소리내어 읽습니다.

> 살아 있음이 기쁘다. 하늘의 푸르름이 기쁘다.
> 시골의 오솔길이, 떨어지는 이슬이 기쁘다.
> 개인 뒤엔 비가 오고 비온 뒤엔 햇빛 난다.
> 삶의 길은 이것이리, 우리 인생 끝날 때까지.
> 오직 해야 할 일은, 낮게 있든 높이 있든
> 하늘 가까이 자라도록 애쓰는 일.

나는 살구꽃 필 때가 좋습니다. 커다란 나무에 조그만 꽃들이 자욱하게 서려서 멀찌감치 서서 보면 분홍색이 연하게 떠오릅니다. 한 2, 3일 행복하게 해 주고 나서, 우리가 모르는 미풍에도 후룩 집니다. 무게도 안 느껴질 듯한 자그마한 새가 앉아도 떨어집니다. 눈송이보다 더 가벼운, 손톱만 한 나비들이 내려오는 것처럼. 그리고 곧이어 라일락이 한창입니다. 담 밖으로 가지가 나도록 라일락을 많이 심었습니다. 우리 집 앞 지나는 사람들 행복하게 해 주고 싶어서. 행인들이 가지를 꺾어 가기도 합니다.

아들이 래브라도레트리버 강아지를 구해 와서 키운 적이 있는데, 덩치가 어찌나 큰지 마당을 왔다 갔다 하니까 마당의 꽃들이 마구 밟혀 죽었습니다. 속이 상해서 류시화 시인에게 말하며 울었습니다. 그러자 시인이 말했습니다.

"저 아이를 돌아다니는 꽃이라고 생각하세요."

그래서 '아, 그래야겠구나. 저 아이를 꽃이라고 생각해야겠구나.' 하고 마음을 바꿨더니 기분이 조금 나아졌습니다. 그런데 이렇게 큰 똥을 싸는 꽃도 있나? 거기에 대해선 시인은 아무 말이 없었습니다.

나는 본래 화려하고 큰 침대를 좋아하지 않습니다. 나 혼자 눕는 곳이니 작은 침대를 짜서 쓰고 있습니다. 아래에 수납을 할 수 있는, 단순한 침대입니다. 자가용도 15년 탔는데 더 이상 타지 않으니까 오래전부터 차고에 그냥 있습니다. 타려고 해도 수리비가 더 나오니까 아무도 타지 않습니다. 그래서 택시를 타고 다닙니다.

차 없이 살아도 아무렇지 않습니다. 남 보기에 자가용 타고 내리는 게 폼이야 나겠지만, 나는 택시 타도 아무렇지 않습니다. 내가 택시에서 내리면 사람들이 놀라긴 합니다. 나는 나답게 솔직하게 살고 싶습니다. 어떤 걸 아닌 척하고 살려면 힘이 더 듭니다.

다만 드라마 연습할 때 이해가 잘 되지 않고 대사가 잘 안될 때, 그것에만 집중합니다. 배우로서 연기 잘한다고 평가받는 것, 그것이 최고의 명예라고 나는 생각합니다. 그 이상은 더 바라는 게 없습니다. 내가 이 세상과 작별했을 때 사람들은 내가 출연한 작품들로 나를 이야기하지, 내가 무슨 옷을 입었고 무슨 차를 타고 다녔는가로 나를 이야기하지 않을 것입니다. 물론 얼마나 소유하고 성공했느냐가 아니라 얼마나 사랑했는가로도 나를 평가할 것입니다.

나이를 먹는다는 것은 이상합니다. 어떻게 모든 사람에게 다 똑같은 현상이 일어날까요? 세상에서 가장 아름다운 사람도, 볼품없는 사람도, 부자도, 가난한 사람도 피해 갈 수 없습니다. 그래서 '아, 이게 나이를 먹는 것이구나.' 하는 생각이 들 때마다 약간 슬프기도 하고 약간 기쁘기도 합니다.

밤에 잠을 푹 안 자서 그런지 불안이 밀려올 때가 있습니다. 쓸쓸한 생각이 들 때도 있습니다. 나이를 떠나서 인생을 살아가는 누구에게나 밀려드는 감정일 것입니다. 하지만 "지금 누군가가 나를 생각하며 대본을 쓰고 작품을 구상하고 있을 거야." 하고 생각하면서 그 불안감을 밀어냅니다.

앞으로 어떤 작품을 하게 될지 모르지만, 나는 끝나는 날까지 단정하게 살고 싶습니다. 내 책상 위에 있는 달력에도 써 놓았습니다. '끝나는 날까지 단정하게 살리라.'라고. 피곤하고 귀찮아서 흐트러져 있고 쓰러져 있다가도 '아니야, 누가 보지 않아도 나 자신에게도 단정하게 사는 나의 모습을 보여 주고 이야기해 주고 싶어.' 하면서 힘을 내어 일어납니다. 나 자신도 그렇게 느끼고 싶습니다.

배우는 속옷도 잘 갖춰 입고 다녀야 한다고 생각합니다. 어느 날 사고가 나거나 갑자기 죽었을 때 병원이나 사람들이 내 몸을 수습해 줄 때 창피한 모습을 보이고 싶지 않습니다. 귀찮을 때마다 이런 생각을 하면서 나를 단정히 합니다.

「선셋 대로」(빌리 와일더 감독의 1950년 개봉 영화. 윌리엄 홀든·글로리아 스완슨 주연. 옛 명성을 증언해 주는 사진 가득한 어두컴컴한 집 안에 사는 노배우와 젊고 가난한 시나리오 작가의 이야기)라는 할리우드 영화가 있습니다. 굉장히 화려한 젊은 시절을 보내고 은퇴한 여배우에게 어느 날 할리우드에서 전화가 옵니다. 여배우는 자신이 영화를 찍을 것이란 기대에 부풀어 엄청난 돈을 들여 얼굴 미용을 하고 영화사를 찾아갑니다. 그런데 알고 봤더니 영화사에서는 그녀를 출연시키는 게 아니라 그녀가 가진 골동품 자동차가 필요해 연락한 것이었습니다. 그 여배우가 세상에 단 한 대밖에 없는 희귀한 차를 가지고 있었는데, 그 차가 필요했던 것입니다.

배우로서 나이가 든다는 것은 서글픈 일이지만 살아 있는 동

367

안 끊임없이 나를 바칠 무언가가 있다는 것만큼 행복한 일은 없습니다. 젊은 시절로 다시 돌아가고 싶으냐는 질문을 받곤 합니다. 그 모든 괴로움과 번민이 다시 반복되기를 원하느냐는 질문처럼 들려서 웃곤 합니다.

며칠 전, 정원일을 하다가 넘어지면서 라일락 나뭇가지 하나를 붙잡았습니다. 돌에 찧어서 상처가 제법 크게 났는데, 그 순간 "하나님, 살려 주셔서 감사합니다!"라고 부지불식간에 말했습니다. 라일락 가지를 잡지 않았으면 크게 다칠 뻔했습니다.

그런데 살려 주셔서 감사하다고 내가 말하고 있었습니다. '내가 마음이 변했나?' 그냥 '감사하다.'가 아니었습니다. '살려 주셔서' 감사하다고 인사를 했습니다. 내가 나 자신에게 놀란 순간이었습니다. 내 입에서 그런 말이 나올 거라고는 꿈에도 생각하지 않았었습니다. 평생을 죽고 싶었는데 여든이 넘으니 살고 싶은가 봅니다.

내가 붙잡고 넘어진 라일락 가지가 찢어져서, 나 아픈 건 둘째 치고, 헝겊을 가져와 라일락 가지를 단단히 싸매 주었습니다. 기운 내라고.

"미안해, 얼마나 아팠니? 네가 나를 살려 줘서 고마워. 너도 제발 살아."

볼 때마다 그렇게 말해 주고 있습니다.

나는 커튼콜만 남았다고 오래전부터 생각했습니다. 그래서

「디어 마이 프렌즈」를 할 때도, 「눈이 부시게」를 할 때도, 「우리들의 블루스」를 할 때도 이것이 나의 마지막 커튼콜 작품이라는 생각으로 혼신을 바쳐서 했습니다. 언제나 막차를 타는 심정으로 카메라 앞에 섰습니다. 나는 '원로' 소리를 듣는 것이 싫습니다. 그 말이 내 귀에는 슬프게 들립니다. 원로가 무엇인가요? 이 바닥에서 이제 늙었다는 것이 아닌가요?

나는 잘 나온 사진이 있으면 영정 사진으로 쓰겠다고 생각합니다. 사람들이 마지막에 바라볼 내 얼굴이 배우 같고 아름다운 사진이 영정으로 놓여 있기를 바랍니다. 거기 모인 사람들에게 슬픔과 더불어 저 사람을 내가 알았었다는 기쁨을 같이 줄 수 있는 얼굴이면 좋겠습니다. 그래서 예쁘게 나온 사진을 볼 때마다 영정 사진으로 쓰자고 말합니다. 그리고 죽었는데 너무 젊었을 때 사진이면 안 되니까 가능하면 최근에 찍은 사진으로 바꿉니다.

지금 죽어도 '멋있게 죽었다.'라고 할 나이는 이미 지나 버렸습니다. 그럼 어떻게 하는가? 더 훌륭한 역을 맡아서 해야 합니다. 그래서 "죽을 때까지 멋있었다."라는 말을 들을 수 있어야 합니다. 내가 대본을 쓰고 내가 연출을 하는 것이 아니기 때문에, 누군가가 나를 생각하며 '이 배우가 이 역을 하면 좋겠다.' 하고 선택해 주는 것이기 때문에, 나는 그때를 준비하며 무의식중에도 책을 펼쳐 놓고 읽습니다.

이제는 실수하면 만회할 기회가 별로 없는 나이입니다. 매일 나를 돌아보고 반성하면서 삽니다. 배우로서 마지막 생을 잘 끝마치고 싶습니다. 인생 고비 때마다 '이만하면 감사하다.'며 나를 다독였습니다.

배우는 죽지 않으면 연기해야 합니다. 누구도 내 역할을 대체할 수 없으니까. 링거 맞고 촬영장에 나간 적도 수없이 많고, 빙판에 넘어져 다리가 부러졌는데도 병원에서 녹화했습니다. 대중에게 늘 그리운 배우로 기억되고 싶은 것이 소망입니다. 연기 외에 다른 것은 아무것도 모르는 나. 연기하는 것, 아프리카 아이들을 위해 봉사하는 것, 두 가지만으로도 벅찹니다. 둘 다 잘 마무리하고 싶습니다.

늙어 가는 사람은 늙음에 대해 말하지 말라고 했는데, 나는 김남조 시인의 이 시를 좋아합니다. '자책과 놀며'라는 제목의 시입니다.

내가 지쳤다는 사실을
자책한다
나태와 안일 그 피부병을
자책한다

이다지 감미로운

시간 죽이기를
자책한다

미지근한 온도
희석된 긴장
절망보다도 무개성한 허탈을
자책한다

달력엔
자책의 날짜들만 잇달아
숙달 외길을 달리는
자책 취미를
자책한다

많지 않은 세월에
자책과 노느라
나의 밤낮이 바쁘다
하여 바쁘게
자책한다

어느 날 마당에 나가니 주황색 장미가 펴 있었습니다. 놀라서 내가 물었습니다.

"너 언제 폈어?"

나무 사이에 있어서 몰랐습니다.

"너 언제 폈어? 너의 얼굴을 보니 나한테 해 주고 싶은 말 있는 것 같아. 말해 봐. 너는 나에게 무슨 말을 하고 싶어?"

그렇게 한참을 서로 바라보았습니다.

그리고 저녁이 옵니다. 3층 내 방 창문 너머로 저녁이 오는 풍경을 바라보며 앉아 있습니다. 옅은 색조의 어둠이 점점 짙어져 가면서 나중에는 나무들도 꽃들도 그 어둠에 몸을 맡깁니다. 그렇다고 완전히 사라진 것은 아닙니다. 자세히 보면 어슴푸레하게 빛나고 있습니다. 연약하고, 또 강하게.

나를 깨우는 사람이 정말 많습니다. 연기할 때가 아니면 이렇게 늘쩍지근하고 게으른 사람인데, 그럴 때마다 내 생각을 깨우쳐 주고, 자극을 주는 분들이 있어 왔습니다. "김혜자, 일어나!" 하고 말해 주는 것 같은 이들이. 나를 정신 나게 하고 움직이게 하는 사람들이. 살다 보면 알게 됩니다. 고비고비마다 '그 사람'을 통해서 살게 했구나, 하는 것을. '아, 정말 기가 막힌다. 신은 나만 보고 있는 게 아닐 텐데, 어떻게 굽이굽이마다 고마운 사람들을 보내 주셨을까?' 하고 깨닫습니다. 내가 일부러 계획을 한 것도 아닌데, 나를 생각해 주고 끊임없이 일을 하게 해 주는 사람들, 살아야 할 이유를 갖게 해 준 그 사람들이 얼마나 감사한지 모릅니다.

　인생은 기억할 단 하루만 있으면 된다고 하는데, 많은 아름다운 기억들로 빛나고 있습니다. 참으로 감사한 생을 살았다 생각합니다. 나는 참 축복받은 배우이구나, 합니다. 언제까지가 나의 삶일지는 모르지만, 남은 삶도 내가 할 수 있는 데까지 성실하고 아름답기를 바라봅니다. 그리 해 주시기를 신께 기도하며 창을 닫습니다.

김혜자

일생을 연기에 바친 배우는 시청자와 관객의 마음만이 아니라 시대의 마음을 사로잡는다. 현실과 허구를 오가면서 모두의 희망과 아픔과 욕망이 그녀를 통해 경이롭게 표현된다. 그리하여 세상의 찬탄을 받는 스타가 되지만 그만큼 그녀는 거대한 고독과 허무 속에 놓인다. 그리고 그 고독과 허무가 토대가 되어 스크린 속에 또 다른 얼굴로 재탄생한다.

한국을 대표하는 배우 김혜자는 서울에서 태어나 경기여중·고를 졸업하고 이화여대에서 미술을 전공했다. 학창 시절부터 배우를 꿈꾸었으며 안소니 퀸이 주연한 영화「길」을 본 후 젤소미나 같은 역을 마음에 품었다. 대학 재학 중이던 1962년 KBS 공채 탤런트 1기에 합격했으나 자신의 연기에 실망해 이내 그만두고, 도망치듯 떠나 결혼해 첫아이를 낳고 육아에 마음을 쏟았다.

하지만 연기에 대한 갈망은 쉬이 사그라지지 않았고, 스물일곱 살 때 연극으로 다시 배우의 길에 들어섰다. 한국의 대표적인 극단 '실험극장'에서 연기의 기본부터 다시 배웠으며, 열망에 훈련을 더한 시기를 거쳐 '민중극장', '자유극장' 등에서 주인공으로 활약하면서 '연극계의 신데렐라'로 떠올랐다. 이후 1969년 개국한 MBC에 스카우트되어 본격적으로 TV 드라마에 출연하며 수많은 배역으로 살아왔다.

「전원일기」「모래성」「겨울 안개」「여자는 무엇으로 사는가」「사랑이 뭐길래」「엄마의 바다」「여」「그대 그리고 나」「장미와 콩나물」「엄마가 뿔났다」
「청담동 살아요」「디어 마이 프렌즈」「눈이 부시게」「우리들의 블루스」
등 100여 편의 드라마에 출연했다. 연극 「유다여 닭이 울기 전에」「사할
린스크의 하늘과 땅」「19 그리고 80」「셜리 발렌타인」「오스카! 신에게 보
내는 편지」 등의 주인공 역을 했으며, 영화로는 「만추」「마요네즈」「마더」
「개를 훔치는 완벽한 방법」이 있다.

작품을 선택할 때는 비록 현실이 고통스럽고 절망적이더라도 그 사이에
서 바늘귀만 한 희망의 빛이 보이는가를 기준으로 삼았다. 연기를 하는
동안 살아 있음을 느꼈고, 동시에 보는 사람들을 살리고 싶었다. 1966년
제2회 백상예술대상 연극부문 신인연기상을 시작으로 MBC 연기대상,
KBS 연기대상, 마닐라 국제영화제, 부일영화상, LA 비평가협회상 등에서
수차례 수상했으며, 백상예술대상에서 TV부문 대상 4차례, 여자최우
수연기상 4차례를 수상하는 대기록을 세웠다.

생에 감사해

2022년 12월 22일 1판 1쇄 발행
2023년　3월　2일 1판 20쇄 발행

지은이 _ 김혜자

발행인 _ 황은희·장건태
편집 _ 최민화·마선영·박세연
마케팅 _ 황혜란·안혜인
디자인 _ 행복한물고기HappyFish
제작 _ 제이오

펴낸곳 _ 수오서재
주소 _ 경기도 파주시 돌곶이길 170-2(10883)
등록 _ 2018년 10월 4일(제406-2018-000114호)
전화 _ 031-955-9790 팩스 _ 031-946-9796
이메일 _ info@suobooks.com
www.suobooks.com
ISBN 979-11-90382-91-5 03810
책값은 뒤표지에 있습니다